AQUARIUS

AQUARIUS

AQUARIUS

AQUARIUS

每個人心中都有一座島嶼，

藉文字呼息而靜謐，

Island，我們心靈的岸。

賀淑芳
蛻

【出版緣起】

以小說之筆填補歷史縫隙

國家文化藝術基金會董事長 林淇瀁（向陽）

「馬華長篇小說創作發表專案」是國藝會第一次以支持海外華文創作者為主的補助專案，徵件期間從二〇一六至二〇一八年止，由國藝會第七屆董事會施振榮董事長促成，邀請馬來西亞在台發展之企業家潘健成董事長（群聯電子有限公司）、郭文德先生（前南山人壽董事長）專款贊助，每年支持一位馬來西亞籍作家的長篇小說創作，先前已出版的兩部長篇小說分別是黎紫書《流俗地》（二〇一八年補助／二〇二〇年出版）、龔萬輝《人工少女》（二〇一七年補助／二〇二二年出版），兩部都獲得《亞洲週刊》評選為十大好書；《流俗地》更榮獲「二〇二二年花蹤文學獎馬華文學大獎」，足見此一專案之影響力。

小說家賀淑芳這部長篇《蛻》，於二〇一六年獲得補助，是本專案首屆補助作品，經過三年多的創作，兩年半的增刪，終於完稿付梓，可喜可賀。原申請計畫題為《繁花盛開的森林》，出版前改題為《蛻》，可見小說家對這部小說斟酌再三、力求完美的謹嚴態度。賀淑芳是台灣文壇熟知的傑出馬華作家，現居馬來西亞霹靂（Perak）州，曾任工程師和報章副刊記者，也曾榮獲「時報文學獎」評審獎、「聯合報文學獎」等大獎；她是作家，也是學者，在台灣的政治大學中文所取得文學碩士、新加坡南洋理工大學取得文學博士，近年來並在臺北藝術大學文學跨域研究所任教。

《蛻》以一九六九年發生於馬來西亞的「五一三事件」種族衝突為核心，寫出馬華衝突的歷史記憶和族群傷痕，可說是一部可歌可泣的史詩級小說。「五一三事件」發生於一九六九年五月十三日，當時在吉隆坡文良港發生了馬來人與華人的衝突，引發華巫雙方搏鬥，罹難者上達百人，華裔傷亡較為慘重。此一事件迄今仍被馬來西亞官方視為禁忌，馬來西亞國家檔案局也尚未公開相關檔案。賀淑芳以小說家之筆，透過一個五一三事件受難者家庭的故事凝視這個斷裂的事件，在一家三代、三個女性的敘事中，再現一九六〇年代華人的生存艱困和族群創傷；在她筆下，三代女性的角色鮮明，堅韌又不失柔軟，顯現了馬來西亞華人的集體記憶和面對生存的不斷蛻變，也填補了馬來西亞近代史中五一三事件的隱諱與空白。

恭喜賀淑芳終於完成《蛻》這樣深刻動人的小說。在台灣文學的發展過程中，馬華作家及其文學作品一向深受重視，且具有不可忽視的表現、成就和影響力。國藝會以能夠催生賀淑芳的《蛻》和黎紫書的《流俗地》、龔萬輝的《人工少女》為榮。

【推薦序】

近距離與遠眺

／張亦絢（作家）

賀淑芳的〈十月〉講日本女人菊子十歲被賣到山打根，愛上從基隆去的牧師。時間是孫中山革命的年代。或許因為我留意過相關歷史，小說讓我驚豔無比。在「聖與非聖」、「潔與不潔」中的梭巡，絲毫不做作，那真是功力——儘管小說可能有點晦澀。賴香吟早期偶也晦澀，我也不覺得不妥——有些東西就是晦澀保得住濃郁——有天突然就敞亮了，也有敞亮的好。過去的賀淑芳也並不掉入文藝腔，但還是保有不少書面語的特質。《蛻》令人感覺是巨大轉折。以往只是內容的野性不羈，這下在語言上也放開了。活得不得了。有時甚至感覺到人物就在面前呵氣，非常血肉之軀。

強烈的生命氣息——使用這種熱燙風格處理「歷史」，頗有藝高人膽大的味道。因為原也可以走黃碧雲《盧麒之死》的路，更冷眼旁觀些——結果沒有。兩者各有所擅，黃的優異比較好懂，但我感覺賀淑芳在倫理上也做足了非凡功課——因為，不經深思熟慮，很難「縱身躍入」向來噤聲、連研究也半空白的歷史事件。寫作者常問，對於真實歷史事件，小說家到底何處可寫？何處不可？我以為這沒有鐵律，但原則肯定是有的。這幾年，儘管國家人權館與出版社合作出了兩大套「白色恐怖」散文與小說選，或可說台灣在「文學與歷史創傷」的主題上，進入較能聚焦的時期，但眾人疑問仍多，也都覺得要觀摩世界各地旨趣接近的作品。《蛻》固然可放在馬來西亞或馬華的脈絡，但對台灣方與未艾的「歷史創傷」深化書寫，也不啻是場及時雨。

「五一三是馬來西亞歷史的分水嶺」——我讀完《蛻》再回去看歷史書，「五一三」並非完全沒被提及，雖然有些只說「一九六九年的種族衝突」——但史書存在若干問題：有從反殖民或國家治理角度出發，只把該事件視為首相東姑·阿布都拉曼任內的汙點，讚許之後「新經濟政策」安撫了馬來人。另有盡力逐日還原經過的，但作者似也感到官方資料太占比重，即使力求完備，也難「稟筆直書」。五一三事件後，馬來西亞出現過明訂禁止討論的法律[1]，對言論自由與學術研究，自有斬傷。二〇〇〇年後，都還有人因與官方觀點不同而受罰。歷史書都表示五一三有其嚴重性，但嚴重在哪，偶爾語焉不詳。讀過《蚖》我才懂，因為「華人移民」在這段歷史中不怎麼被當成記憶主體，也幾乎不被賦予視角。——國家主義或民族主義不知道怎麼思考移民，移民好像歷史中的模特兒或假人——被推倒或送命了，還是不痛不癢——有部影片多年前揭發法國的醜聞，有個政策寧可付錢給北非移民後代令其「歸鄉」，也不願接納他們。然而，這些移民當年之所以來到法國，完全是因為法國缺工而主動大量招募。「中英北京條約」的簽訂，使英國可以將中國的勞動人口運往其殖民地馬來半島，一八五一——一八七五就估計有三十五萬契約華工構成「移工潮」[2]。另外，也有前來依親者。

[1] 「一九六九年『五一三事件』過後，修訂憲法第十條，禁止公眾人士討論四項敏感問題：公民權、國語、馬來人及其他土著的特殊地位和其他群體的合法權利、以及統治者的地位。」陳鴻瑜，《馬來西亞史》，二〇一二，蘭台出版。頁四三九。

[2] 陳澤憲，〈十九世紀盛行的華工契約制〉，轉引自張義君，《英屬馬來亞霹靂州怡保鎮華人社會的形成與發展（一八八八——一九四二）》，二〇一七，台灣師範大學歷史學系碩士論文。

割膠、洗錫米等華工寫照中，賀淑芳除了帶入了「奇蹟寫實」的色彩（如同「母親挖墳」一場），也深描了參與其中的女性與兒童。〈我父陳亞位〉裡，陳亞位到吉隆坡時才六、七歲，從沒上學，不會聽講馬來話，但會製鞋。五一三時，十歲兒子失蹤，夫妻關係也生變。多年後，在車站巧遇前往應徵新職的女兒桂英，不欲拿女兒錢，謂女兒錢要養女——後接桂英想起弟弟與清明。

父女一向疏離，卻非無情——這段文字無甚奇，但除了寫出受難家屬如何一生為傷痛縈繞，在寫親情上，幾也是萬中選一。桂英「外婆家屋被燒了，沒有人逃出來」，老人小孩無倖免，燒死前遭劈砍。例外是出門工作的阿清阿姨與三舅，後者受馬來人保護躲過。官方公布有七百多房屋受損，流離失所的人也上萬。[3]「外婆家」只是眾屋之一，但就家族來說，卻幾近滅族。受難的單位不只個人與家族，還有「愛人們」。楔子裡就開宗明義，記憶也與求愛相關，兩者要跨越的困難都必須承認自身曾有真實「壞情慾」。賀淑芳的大宗記憶者，除了是女性，也是愛慾者。邊洗衣服邊哭喪子的桂英母親葉金英，有情夫阿良叔叔。桂英與阿斑在一起慾火高漲。然而，五一三那一日才「為戀愛鋪遠路」地，特去拿鞋的阿清姨，在路上失去又是密友又是情敵的友梅，還「全家死那麼多人」。感覺到與死亡深連，阿清覺得「我不能再戀愛了」。死亡的威嚇能閹割多少？小說哀悼死於暴力，但並不與死亡連成一氣闡割人物，這是愛慾立場能夠帶來深刻人性的表現。

馬來西亞史很複雜，最忌以其他歷史「以此類推」。史上固然出現過歧視華人的種族政策，但要化約所有馬來人皆信此道，也很可疑。《蜕》面質也扭轉了歷史刻板印象，但先於一切的，還是「以文學技藝轉變記憶基模」的批判與實踐。血脈、族群或國別，是十九世紀遺留的長期記憶基模，親屬世系以及與國族有關的年代，至今仍是強勢基模，經常犧牲其他基模或作為其他基模的「遺忘機器」。譬喻而言，賀淑芳的記憶之屋，不是家祠，更近萬應——它補綴連補綴的「百衲被」組織，容納了更多族群二分外的感懷與見證——〈宋紅歡與宋萬波〉是較鮮明的例子。小說一方面近距離地擁抱了愛戀與生活的肉身痛楚，另方面，也不忘遠眺歷史（或對或錯）給定的身分與包袱。兩者的高反差交錯，帶來極其繁複的衝擊。既形成小說家獨特的五一三文本，也深切地對應近年藝術文化領域，對於「後國家之必要」的思考。

---

[3] 陳鴻瑜，《馬來西亞史》。

【推薦序】

小說的在場

※作者初稿題為《繁花盛開》。

／童偉格

《繁花盛開》摹寫記憶，既事關人對往事的重述，也事關重述者，對記憶本質的體感。記憶的本質，如辭典裡，簡潔卻深邃的定義：記憶，是「一種將事實保留在意識裡，並自由調用的權力」。記憶即權力。深邃，因為辭典的簡潔，也許，暗示了現世之中，多數時候，保留的不可能，或自由的不被允許。大概因此，關於記憶，我們已有許多表陳事實禁制的討論。如小說家昆德拉，闡述記憶與遺忘的鬥爭；歷史學家東尼·賈德，則論證「記憶責任」，與「記憶自身」的不同——幾乎沒有例外，國家，總會以集體責任論述，規訓她的公民，對個體記憶的調用方式，從而，以再製記憶，來成就失憶的正當性。

上述闡述與論證，亦可用以扼要界定《繁花盛開》，所思辨的規訓框架。小說近尾聲，賀淑芳藉蘿（小說主角之一）的發現，為讀者捻明：關於五一三事件，這個集體之殤，是國家，「製作了一張面具」，且「認為只有它給的版本是對的」。而必然，在禁止追查真相、也就不容究責的情況下，國家，也一併「封鎖上那條本來可以讓整個國家、種族、關係，去深刻蛻變的那條路。」

這一切禁制的基礎，是國家檔案局裡，一九六九年，整年份報導檔案的「缺席」。如小說最後所述。然而，賀淑芳書寫的獨特，倒不在嚮導讀者，直面國家已做成的，如斯澹然、近乎無恥的抹消；且讓讀者，再度同感義憤。獨特的是：早在抵達上述「缺席」以前，小說家已以全部可能的篇幅，為我們，專注複現了不同個體，各自記憶自身，可能的繁然。也許可以說，這正是整部《繁花盛開》，明確的書寫意向：背向集體繫年的懸缺，小說裡的重述者們，乃以個人生命史，來合力繫年；背向歷史檔案的真空，這部小說，則讓事關歷史的書寫，有了如實存有的可能性。

虛構小說因此，是事實意識的重新在場。獨特的亦是：在賀淑芳書寫中，那些虛構的個體們，毋寧已為懸空的理想主體，預習了「深刻蛻變」的苦痛歷程。如小說裡，這同一位蘿，對生物蛻皮之致命性的查察。歷程是：一個個體，從呼吸器官深處，撕扯出一層內膜，「從體內脫到外邊，一個差錯，就會堵塞呼吸，窒息，死」。然而，倘若能倖存，則蛻去的舊我，將成新我的食糧；新我「喫掉它，活下來，恢復力氣」。倘若記憶的重述者，能從被重述所召還的苦痛體感中倖存，則脫蛻的內傷，將亦可能是新我，未來的養料。

一種對主體修復的猶然深許。記憶的重述，與記憶的實感如是，在《繁花盛開》裡密切相關。兩種力學也因此，在小說裡悖論衝決。其一，是關於五一三事件，所固著的受難現場，小說家，以葉金英、葉阿清、陳桂英，及更多角色，各自的見歷來分述。其二，是關於那般綿長的受難其後，小說家則由蘿，這位並未親歷現場之人，來重證受難的實然——它的後效，它對「整個國家、種族、關係」所造成的難明傷損，可能是什麼。前者，繫連起歷時近半世紀的線性敘事；後者，卻令小說自身的線性邏輯可能翻轉，也使《繁花盛開》裡的眾聲敘事，有了叩問同一緘默的嚴峻色澤。

翻轉，因為我們將會發現：也許，是因最後，蘿的夢境裡，那位困居地底的長髮畫家，才有了由最初，「楔子」裡的作畫女人所帶起的，這整部體感五一三事件的小說。也因為，如母親陳桂英等倖存者，他們，以各自生命史，去碎夢一般留挽的受難事實，最後，在蘿這位遲到之人的見歷裡，首先，已是「希望之谷」（痲瘋病院名）左近，遍布雙溪毛絨亂葬崗，卒年，同歸一九六九的墳塚群。

蘿的「在場」：她的生命有多長，五一三其後的時光，具體就有多綿長。嚴峻，因為對蘿而言，記憶如墓碑，是符徵，無記憶，卻已是符旨。也許從此，如母親等人，那般緘默過盡的生命，無法，不形同她必須單獨一身，疊納於內裡的膜衣。對她而言，緘默者的步行，總也昭示未被聲張的創傷，一再的如履。這是說：也許，對遲到者而言，「記憶責任」與「記憶自身」，確切相互索引。記憶的責任，求索記憶自身，自湮滅死境中穿渡。

嚴峻，也因為就上述，對主體修復的深許看來，我猜想，「希望之谷」裡的「希望」一辭，在小說裡，並非反諷語相。希望，亦是確切的，一如自覺承擔責任的記憶者，堅定所想修復的記憶自身。相似希望，智利小說家亞歷杭德羅・桑布拉，亦曾在《回家的路》裡思辨。這部小說，回顧兩次強震間，歷時二十五年裡，國家，對個人記憶的禁制，並重省一名遲到者如「我」，自覺的書寫意義。「我」認為：「放棄一本書，是因為終於明白它不屬於我們。我們如此渴望讀到它，以致一度堅信我們該親自去寫。我們厭倦了等候別人寫，然後我們再讀的過程。」

與此相反，則縱然艱辛與困難，卻不放棄去完成一本書，必然，是因書寫者仍然堅信：死者被封印在緘默裡的生命，與我們有關，就是我們，應當清償的記憶債務。就此而言，小說的在場，體現為對「缺席」的執著穿視。小說寄存的希望，因此，總也深許著某種不可能的歸返。只有虛構能為的歸返。

相似的不可能，賀淑芳顯然琢磨得更深切。我也猜想，關於歷史書寫，這正是《繁花盛開》裡，最獨特的實踐：面對真相空闕的冷硬現狀，一位必然遲到的虛構文學創作者，不放棄去干預，必然，還會更愈遲到的，所謂「歷史自身」。也許，可以更簡單說：無論歷程如何艱難，《繁花盛開》的落實，就是果敢的宣告——我們不再等待，有人來允許我們，成就死蔭之谷裡，記憶的破土，生機的贖還。

目錄

楔子

在她過往的習畫裡，世界和祥寧靜，瑕疵不外是芒果表皮上的腐斑或者樹幹癒後的瘤痂。

五月過後，不再是了，血洪水會刷走畫布上的水果與胡姬花。火地獄。那日她逃進溝渠，兩尺深，在一堆盆栽、屍體、三夾板之間匿藏，從黃昏到天黑，至到紅頭兵出現，生死由命。

年輕男人的軀幹斜跌溝渠裡，白衣瞬變紅衣。他臉緊貼渠壁，空睜的一邊瞳孔異常漆黑，沒有光，那張臉封住了最後一刻，跟她相對。肩膀刀砍處，可見白骨帶筋突出，傷口凝血轉黑。

黃昏烏鴉飛入坑渠啄搶死人肉，她不敢噓出聲。

在過往和祥的日子裡，裸體大都寫意，畫到腿根之處便留白。這個國家很保守，學校偶爾請來的女模特兒都得穿上比基尼泳衣。後來安排裸女越來越不方便，就只能請男模特兒了。一個二十幾歲的年輕原住民男人，最裸時，他也得穿著黑色的緊身泳褲。年復一年，他好像也習慣了，從領津貼轉成領月薪，兼打雜，管理教室，當版畫師助理。年復一年，學生摹畫的對象也只有他，從起初的方剛血氣，一直畫到他五六十歲，鬆弛多皺軟柔的身體。

那些年裡，在為食街小販中心，她去吃早餐時，看別人，也曾胡亂遐想。他們還會有情慾嗎？老年，六十，或七十，肉慾不再重要了嗎？在她前面，有個極瘦極瘦的老男人捧著一杯熱咖啡，一個有墊碟的瓷杯，好像它是這早晨罕有的山泉缺口，啜飲得小心翼翼。瘦癟的臉與肩膀，細瘦的手臂拘謹地貼緊胸腹，但衣服乾淨，還能掏出鈔票付錢，如此他至少還會被視為一個有尊嚴的人。那麼除卻作為一個人之外，倘若他也同時希望被視為一個（有點吸引力的）男人或女人，難道這希望會太奢侈嗎？

有時他們像聽到她心中的問題，會轉過頭來，對她回眸赧然一笑。

去夜學班教課時，也曾遇見過一些令她心動，想為之畫畫的女孩男孩。

只是剛有這念頭，街就毀了，變成地獄。

她報讀的美術學院，在端姑阿都拉曼路與蘇丹依斯邁路的十字路口，馬路後面。她租的房子就在秋傑路後巷的孟加拉屋，靠近河邊，那裡常淹水。

三十多年過去了。有一天，有人訪問她，給她帶來一些舊照片。看看照片，起初並沒有什麼感覺，直到她認出有一條蛇被釘掛在籬笆刺上痛苦扭動的那個路口，每天出門時走過的一株楊桃樹，其枝幹捆繞著一圈圈黑色的電話纜線，橫拉過馬路。

她想起曾經為某個人沉迷，情不自禁超出預算地花錢，買化妝品、燙頭髮、長時間走一間間店鋪只為了買一件裙子、找鞋子，想把自己變成另一個，她知道他會喜歡的那種形象。

打開的大門外邊一片白晝之海。六月酷熱，幾無一絲蔭蔽。一覺醒來，在無法去愛，也無法被愛的痛苦中，連皮膚都是疼痛的。

牆壁上掛著的解剖圖，身體的神經叢束、血管，總讓你覺得可怕。

光明所不能修復的，便交給黑暗來修復。應該要動身去往太陽下山後的地平線下，找某個可以使死人復活的治療者。你望入鏡子，像看記憶的痂皮剝生。

痛苦，恐懼，恐懼著恐懼，慢慢忘了許多事，一天天，忘掉創傷，也連帶忘掉各種各樣彼此相互關聯，像給蛛絲連起的事物名字。世界遙遠某處有個缺口，你心如空殼。

起初他們一前一後地走，他們經過一座高腳屋獨立別墅，聽說二戰時曾據為日本憲兵拘留所。東邊，有棵老榕樹給它覆蔭，雕花的木板窗扉像脫臼的手臂般，再也闔不上。二樓木板剝裂處，白晝裡看起來也像蝕齒黑洞。

不管一樓的水泥牆還是二樓的木板牆，都有塗鴉。那紅漆寫上的「血債血償」尤其觸目分明。他們都知道屋子的故事。二戰結束後，原來的業主沒有收回自住。這裡變成了倉庫，囤收港口上下貨，還有一些變壓器之類的機器。四年前，那貿易出入口的老闆，殺死老婆孩子，自己吃草藥自殺，工人也沒拿到遣散費。它從此變成廢墟。

剩下他們兩人時，她總是有點緊張，心裡好像有隻小鳥不停找話題，快點，快點，時間要結束了。只要一個就好，但那話題藏在哪裡呢？一個輕輕鬆鬆就能打開心房交流的話題。

貓頭鷹在榕樹上啼叫，她還在努力想，他卻很沉默，似乎想著什麼重大的事件。

哎呀。「怎麼啦？」拖鞋膠帶竟然斷了。「沒辦法就只好慢慢走了。」那男人說。

她以腳趾夾著拖鞋，一步夾一步拖地走。

現在這條巷子很長，只在進來的巷口處，有一盞街燈，蒼白的燈光只照亮底下一小圈。

「穿我的鞋子吧。」「那你穿什麼？赤腳嗎？」「對，赤腳。」

她覺得自己也可以赤腳的，穿那麼大的鞋子很難走路。她除下右腳上膠帶斷了的拖鞋，提在手上。路好暗。直盯著漆黑路面，什麼也看不見，就算有人陪你走，也無法消除每步像踩入虛無的感覺。也許地上有貓狗屎，有酒鬼摔破的玻璃樽、鏽鐵釘。除了睜大眼睛，看，你也沒有其他可在漆黑中幫助身體覺察危險的感官，直到眼睛適應黑暗之前。

有些年份特別緩慢，日復一日，在燒開水打破寂靜時就過去。沸騰了，白色蒸汽一波波滲淌壺蓋。沸水總以相同的方式鬆開深綠色小團的凍頂烏龍，茶葉再度舒展填滿茶壺，常喝不完就涼透。沸騰，又冷卻。洗茶壺，扭乾抹布，乾後覆濕。

她確實需要這樣度過每一天。

她曾經很多年很小心地坐在一個小角落，因為教務處辦公桌很窄小，免得一不小心碰跌自己和別人的東西。在這座小衛星市裡，她每天重覆同樣的路線，去同樣那幾家餐館，去一家開車十分鐘就到的大型超市，一次過買整個禮拜所需要的東西，十數年如一日。

突如其來的意外，像暗鈎。來了一個意外的訪客，她難平靜。她開車回去那條街，相隔數十年。她在一家從前沒有的汽油站後邊小巷內停車，下車，沿著一根根電線桿走。從一端走到另一端，半途就淚流滿面。陽光亮得彷彿能直透腳下幾萬公哩深處，陰影卻界線分明。好像會路遇過去的臉孔，那個心碎的女子，當日身體還完好，走路時總是看著櫥窗，渴望自己的另一個模樣。

悲傷是有酸蝕強烈的汁液，它燒灼，從胃裡開始，疼痛沒有舒緩，睡覺，醒來，睡覺，醒來，洗澡，更衣，一天天，身體裡有別的細胞在重生，在爭奪。

有些日子，總有貓跑來躺鞋架上睡覺。一次她停下來看貓，貓的耳朵上有個折痕，耳朵內毛鬚極濃，脖子柔軟。她還未有勇氣，把這樣的柔軟挪抱胸腹。牠突然醒了，她嚇了一跳，移開幾步，回頭再看，貓已經坐起來舔洗自己。小下巴，花紋臉，看著貓的動作，忽然憐惜，彷彿牠是十年前過世的母親，或者更久以前死去的孩子，輪迴變成的。

一、蝨子

桂英和阿斑

床褥長蝨子，我母親每隔幾天就拿燒水，把被單、床單、衣服都燙過，也只能平靜睡兩晚。幾天後，跳蚤又出來咬人，咬到清晨四點多，才喝飽血回巢。每晚蝨子咬大腿、咬腰，時間越久，越殺不死，非常可怕。

那陣子，我母親異常煩躁，罵我，也罵父親。他其實有抓蝨子，一隻隻抓，但臭蟲很會跳。每成功打死一隻，他就很高興。

為了找蟲卵蝨巢，得花許多力氣，徒勞無功。又白花錢買藥，欠藥店錢。我們不得不丟掉許多東西，那些有跳蚤的草蓆、床褥、枕頭，全不要。才搬來這棟半山芭煙鏟巷裡的沙丁魚樓，換過一批新的寢具。我十七，陳桂英，在吉隆坡文良港出生，到現在已經跟家人一起搬家過五次，到處都遇見像我們一樣的人。一家大小，拎著盆桶、衣服、枕頭，全家出動，搭車，包一輛車，找人借摩多，跑上跑下來來回回，都習慣了，聚散浮萍。

我母親又得拚命工作，日忙夜忙，得閒死不得閒病。收工回家還要洗衣，有時洗到凌晨一兩點，真的很想哭，每天頭一碰到床就立時睡死了。她常說，七個孩子，連一個不見都不會知道。

母親去打散工，我也跟著去，像小工人，忙著洗琉瑯[1]、摘黃梨。

黃梨場在吉隆坡郊外的大馬路邊，有輛車載我們去。很闊，無得遮蔭，頭頂太陽熱，從地面也有熱氣往上烘。

身體在高溫裡，汗滴睫眼，常看不清，刀一揮就割傷手，手套用不到三兩天就給割到破破爛爛，手腳傷痕累累。

洗琉瑯洗到屎忽向天[2]，錢還是左手來右手去。手停口就停，要自己做自己食。我如果不去做工，在家要負責炒菜，跟二妹桂鳳一起，炒豆芽豆角炒蝦米，兩錢素魚，拿555簿子[3]去雜貨店賒帳，買米買醬油，欠多了，很丟臉，不想去，就換三妹桂麗去，桂麗十二歲，她再不能，還有四弟國豪與五妹桂秀。

我十五歲就去餅乾廠工作，日薪才一溝八毛錢[4]。搬來沙丁魚樓後，某日我送洗燙好的白布去紅歡阿

---

[1] 洗琉瑯是指人在水中，淘洗出錫米的工作。雙手捧著一個「琉瑯」，琉瑯通常是木材製成的大盤，形狀像鍋。工人掏起河沙，放進這鍋盤狀的琉瑯裡，連沙帶水，在水裡輕兜旋轉。由於輕的雜質會浮在水上，水力就會把雜質甩掉，剩下較重的錫米沉澱盤內。

[2] 屎忽是屁股。人在水中洗琉瑯，得彎腰上半身俯近水面，臀部翹高。

[3] 一種巴掌大小的單線簿子，封面上印有555字樣，六〇、七〇年代間僅售五至十仙。商家推出時主要給顧客紀錄賒帳。

[4] 「溝」：廣東發音（kau1），有時也寫成「扣」，與閩南語「箍」（kho）發音相近，華文「塊」，馬來西亞貨幣「元」的單位，在七〇年代中期以後始規定為「零吉」（ringgit），二〇〇四年後又改為「令吉」。「毛」是分、仙（cent）。

姨的理髮店，那邊有個男人，問我，要不要去麻將館工作，薪水一天三塊錢，沖茶掃地，外加開桌抽佣。我就去了，為什麼不，不用扛汽水，還可以穿漂亮衣服。留在家，我一直只是當小保母，桂雲才剛學會走路，爬上爬下，怕她自己開門，摔樓梯，怕她被壞人抓。我很悶，想往外跑。

父親卻老跟人說我是去那邊做幫傭，他好像覺得這不是正經的工作。

但生活很難正經，尤其在這棟沙丁魚樓裡。三更半夜，跟母親一起洗衣、晾衣，有時可以清楚地聽到兩個玩到很遲才回家的雜工說話。他們常說嫖妓的事，說妓女怎樣毛黑黑，奶幾大。下樓沖涼時，還大聲唱歌，哎呀呀，寶貝心，我抹除妳衫，幫妳除邪魔。

無論住哪裡，我們都只有夜裡才得空洗衣。衣服盡量晾三樓的大陽台或二樓牆外竹竿，不夠位才曬後巷。不過，天亮後，後巷總有人經過，倒楣的話，會有菸鬼故意燒個洞。另一個麻煩是陽台堆了很多雜物，常常有老鼠。三更半夜、凌晨一兩點，我們常得一邊晾，一邊抓掃把和哩哩骨掃帚[5]趕老鼠。

暴動前一晚，青蛙很吵，深夜，從未聽過蛙鳴這樣響，蛙鳴蓋過了鼾聲，連樓上樓下的說話聲都聽不到了，像山雨欲來，好像整條煙鏟巷前前後後的草叢溝渠裡，都有青蛙在出門，我們整夜好像睡在蛙池荷葉上。

十三號，星期二，我照樣去上班。我弟弟陳國豪十歲，騎腳車去我們外婆家，途中曾停麻雀館，喊一聲，家姊家姊，我就出來，看他在店前路旁的泊車空位，滴溜溜迴轉圈。鐵馬很高，他很瘦小，如羽毛般輕盈。

什麼預感都沒有。

那天傍晚，發生暴動。我提早回家了，麻將館不知為什麼，才三點多就說關門收桌算錢，不做了，回家、回家。接著就戒嚴。

我們家，起初只有我，和妹妹桂鳳、桂麗、桂秀、桂蓮和桂雲六人。母親去工地還沒回。我們吃完了那天早餐買的椰漿飯雞蛋糕，之後，整天就沒別的吃。第三晚，父親像賊一樣，從後巷爬上二樓，烏索索，又很臭。我們看到他回來，總算有點開心，鬆一口氣。他說，一直躲溝渠，躲木板鋅板後面，躲工地，跟老鼠蟑螂一起，差點給咬爛腳趾，現在能回來算幸運。

後來他問，國豪呢？

我們答不出，他就臉色一變，慌了，糟了，糟了，第三第四晚，氣氛又很緊繃，聽到槍聲，我們不敢靠近窗口。跟我們同一層樓，有個做三行工[6]的阿哥，死了，屍體掉在樓下五腳基大門口，他老婆跟孩子，只來得及看一眼，都來不及搬進屋，軍人的槍柄就啪啦啪啦拍打過門，宣布戒嚴。第三天早上，外面聲音稍歇，她才偷偷下樓去，從門縫邊偷看，外面已經空空一片，什麼都沒有，屍體被收走了。一直

[5] 哩哩骨是椰葉骨做成的掃帚，這俗稱來自馬來語（lidi）。把椰葉收集了，削葉取骨，扎成一束，就可做為打掃工具。
[6] 建築裝修業的俗稱，包含木工、水泥工與油漆工。

在哭，壓低聲音，半夜裡，外面一旦安靜，就能聽到，絲線般幼細的啜泣聲，涼透心底。我們本來一直努力不去想，沒事的，沒事的。桂鳳一直這麼說。晚上，我夢見整家人都在逃，一路上有斷臂，有斷頭，突被一堵牆擋著，我爬呀爬，抓到手指出血，痛徹心扉。看見底下有個認識的人，剖腹跌腸血淋淋，我大哭，但幸好有看到觀音，不知怎地那堵牆又變成懸崖，我人在窄小山徑上，背靠陡峻險壁，前面則霧氣繚繞，深淵無底，觀音渾身白白，有蓮花一枝，說保佑妳，送了我一枚桃子，我想接手，就醒了，那桃子好像沉入我枕頭底。

醒來，口渴肚餓。沙丁魚樓租戶儘管平時吵架，這時候，倒還是能分糧食吃，向來在廟裡工作的兩個老姊妹，在樓下廚房煮大鍋粥，她們剛好前幾天從廟裡帶回來，收了一大袋人們拜神留下來的糯米糕、大大粒的紅色麵龜，配粥吃。妳們夠嗎？一直問。我們說夠，雖然還想要多一點，粥很稀，很難飽，餓得昏昏沉沉。桂雲那時嘴唇出疹，蜘蛛撒尿，脫皮很嚴重，看到血絲，感覺她肚腹大大，四肢瘦小，睜開眼時，也眼神黯淡，只能啜粥水。她躺在我們之間，我很憐惜她，覺得自己其實根本無法保護她。

蕉賴外婆家屋被燒了，沒有人逃出來。除了阿清姨和阿安三舅。三舅剛好在馬來甘榜修理電視機跟看天線。那家男主人，五點多六點時出外買餐回來，神色緊張，說有華人男孩子在路口被殺，很多三星起阿莫[7]，你別出去。幾分鐘後就戒嚴了。

阿安三舅在馬來人家裡藏了一星期。到第八天，收音機播報吉隆坡上午解嚴放寬兩個鐘[8]，他才出來，回到蕉賴。

沒有家了。塌落的鋅板下，阿姆[9]坐的躺椅側翻，人窩在木扶手邊邊，燒過的身體變得很黑很小，她在火中，也許是窒息昏迷中去了另一個世界。其他人聚在客廳裡、櫥櫃旁邊，有七個家人，除了排行第七的阿清姨跟第八的阿玲姨沒看到，都被砍過，燒過，即使手無寸鐵，很幼小。兩個外甥女，大寶九歲、小敏八歲，跟舅母，三個人緊緊抱著。大舅倒在前廳，最近大門，手跟腿，支離破碎，好像凶手最憎他，剁過燒過，焦肉翻起露出骨骸，骨頭還是白的，都靠他手指上的婚戒才認出他，拳頭緊握，移動時，手指剝落，指環竟哐啷掉出來。

三舅想找仵作佬來埋葬，都說不行，得報警，一報警，軍人就來收回了，不會給回家屬的。

又多幾天，三舅舅又去，他想找照片、看能不能找到重要文件、紀念物什麼的。滿地灰燼。他在屋外大溝渠，看到一隻不知誰掉的，十號半藍帶白色拖鞋。在我們租來的屋，坐在我們房間裡一張張疊起來的床褥邊，跟母親相對，說，為什麼，不過都聚在屋裡，從來都不曾做過什麼壞事。

有個女人，拜菩薩的，會給人燒灰水順便看掌相，她說那個走了的孩子，已經投胎了，妳不要擔心。倒是孩子的媽，妳這一生有三次災難，尤其要防五十一歲，還會有一次傷心的事，但過去之後就可以平

[7]三星，馬來語 samseng，流氓的意思。阿莫，馬來語 amok，意指瘋狂、殺人狂，失控日危險。
[8]兩個鐘指兩小時。
[9]廣東話，母親。

安如意，一直活到八十歲。

阿斑瘦小黝黑，天生捲髮，濃眉大眼，顴骨也大，不大像華人。鬍鬚滿臉，臉長得有點像猴子。

第一次看到他時，還是三月初，我正背著母親洗燙好的乾淨衣服，要去交還顧客。

途中經過一輛停在人行道上的囉哩[10]，忽有沙土掉落。我昂頭看見一個男孩子在囉哩上耙泥。耙泥這份工，是得把囉哩載的泥沙給拖平，稍後要蓋上防水帆布，囉哩才能開車上路。我就喊，喂，弄髒我衣要賠的。他停了，居高臨下望我，咧嘴一笑，滿嘴牙尖尖。

四月，我轉做麻將館後，幫顧客買菸買水，常去三岔路口大葉婆樹下的冰水檔，那裡有賣椰水甘蔗水ABC紅豆霜[11]。又遇見耙泥仔，一雙眼布滿紅絲。很多人，得等，我一直看他，他發現了，也回看我。

今天沒送衣？

不送了，你對眼怎那麼紅？

燒焊，給焊屎弄到眼。

沒有眼鏡嗎？

老闆沒給。

他瞳孔好黑好黑，睫毛又濃，天生的眼描線，像女人的桃花眼，只可惜滿眼紅絲。

我有，我說，麻將館以前的看場留下來的，你要不要？

我找上他工作的鐵廠，親自送去給他。

他同事很會說風涼話。比如燒焊時給什麼東西濺飛入眼，其實很嚴重，他們卻會說「焊屎吧了，有什麼大驚小怪」，「笨蛋連燒焊都會燒到眼」。

不過那些人眼睛都很難看，長得跟屁一樣。

後來，大葉婆樹下發生了捉姦事件。賣冰水的女人趁丈夫不在時跟德士佬[12]幽會，被一群男孩子騷擾。冰水檔關了。我們轉往正華茶室買奶茶買咖啡買菸買包，仍然會碰到對方。

偶然走在路上，發現他不知何時跟上來。街場路總是一下子就走完。他天生捲髮，看見他髮腳像魚尾貼在頸項後面，我說，你頭髮很長了，他就知道我注意他。

你是哪裡人？我問。他說，哪裡有工就哪裡人。有什麼特別，我們誰不是這樣。我住過怡保路、士拉央新村、增江新村、甲洞森林局前面的甘榜[13]，住過高腳屋、菜園屋、孟加拉屋，一直搬來搬去。屋子要拆，有蟲災，火災燒光一年不到蓋起新的我們又搬回來。你呢？

他說，他們家也是搬來搬去，抱幾件衣服幾個盤杯，在山芭地，繞著森林搬家，最後一次是在烏魯冷

---

[10] 載貨卡車。
[11] ABC 來自馬來文 ais batu campur，意思是加了碎冰沙的紅豆霜。
[12] 計程車司機。
[13] 馬來話，鄉村。

岳，幫私人農地工作，種木薯香蕉花生。父親是廣東人，出生紙母親種族那欄放 **lain-lain**，其實是原住民，父母以前在霹靂州認識的，但她確切來自哪裡卻不知。阿斑六歲時，媽媽就跟人跑掉了，之後，更加不知。母親講的話，阿斑只記得一些些，赫，是你，嗯，是我，波，是美麗。跟馬來文不大一樣。

一九六八年，雪蘭莪州務大臣拿督哈倫說森林邊的農地都是非法占用。六月，縣長下令用鏟土機推倒這些非法農場，沒了工作，他們父子倆就離開，來到吉隆坡。

來到吉隆坡，他老豆[14]就踩三輪車，住暗邦木屋區，雞寮屋。雞寮屋不養雞後，那業主把它改成鋅板屋出租，給人住。屋子矮，不通風，又熱，只有後半部才鋪西敏土[15]，屋前方是泥土間，踩到硬硬實實，但雨水一濕就變回軟綿黏黏。

那棟冰水小販的屋子，也搭在大葉婆樹下。前面近路邊的攤檔賣紅豆冰甘蔗水，桌上有一台刨冰機，隔多幾步在大葉婆樹後面，就是他們一家人住的亞答屋[16]，只有一邊是木板，三側都是薄藤牆，牆是那麼薄，好像一推就會倒。不知怎麼防雨，一洞一洞。枯葉落下來，覆蓋遍地，地上還可以看到黑泥土，有幾塊大磚大石板嵌在泥中，求其讓雙足可以在上面走來走去。早上他們會用長柄掃把掃走落葉，開始做生意。

捉姦的那群少年，當中最小的才十歲，最大的十七歲。他們窺伺她動靜很久了，那晚終於等到契家佬[17]德士停樹下，而她丈夫不在。他們就出發。一堆人都在找位置，眼睛湊近薄牆，邊偷看邊笑。

有看到什麼嗎？什麼也沒，烏烏暗暗，徒給蚊子咬。後來聽見屋裡傳出罵他們的聲音，等我出來挖你眼睛，他們就作鳥獸散，鑽過新村小路，一路喊，抓猴啊、抓猴啊，一直笑。

有些女人說，這班男仔很壞呀，做了過分的事還到處去講。其實很少人站在他們那一邊。有個送煤氣的男人說，當然要教訓一下，峇魯[18]知做人要有law，不然想做就做好似豬公豬乸。有個雜貨舖的女兒，十四五歲，一副很懂的樣子，不懂學誰，說，我們華人是不會這樣的，馬來女人死了老公還可以再嫁，華人哪裡會。

大葉婆樹下的刨冰機從此收起來。冰水小販離婚了，搬去淡江新村，繼續跟囉哩南上北下。他老婆跟契家佬一起，雙宿雙棲，住半山芭後面的木屋區，搬來搬去，全都住不遠，說不定還會在哪裡遇到的。女人本來在大華戲院外面，擺檔賣ABC紅豆霜波波喳喳，才做一禮拜多就戒嚴，不見蹤影。到七月，有人在歌梨戲院外面遇見她，還是賣ABC紅豆霜波波喳喳。兩個女兒跟她。

---

[14]廣東話，父親。
[15]水泥地的俗稱，來自英語（cement）。
[16]以亞答（attap）葉蓋成屋頂的房子，常見於東南亞。亞答樹屬水椰科。
[17]廣東話，契家佬指已婚女人的情夫。
[18]峇魯是馬來語（baru），意指「才」。

說和平如常，其實一廂情願。氣氛變了。有好幾周，沙丁魚樓的許多租客不跟馬來人買椰漿飯。到了七月，榴槤出來時，又說不知榴槤有沒有下毒。收音機的播報員與報章新聞，千篇一律。救濟多少錢、多少米、多少斤的乾糧麵粉。救濟品已經送達哪裡、誰捐款、哪個中心接收。

在咖啡店，在藥店，大家談的，就像蓋在底下的陰影撤翻上來。聽說，有十個泥水工人，有男有女，在八打靈酒廠附近工地，戒嚴第一晚，急著回家，剛好來了一輛巡邏軍車，紛紛排隊上車，想讓軍人護送，之後，人間蒸發，從此沒人再看到他們。

又聽說，秋傑大路上，有個女人，看到自己的家，像紙屋那樣燒，捨不得走開，一直哭一直看著，就被開槍打死了。

一個從班台英達來的華人警察，在暴動後第二天，去「六間店」屋的廢墟地，他看到沖涼房水池裡，四個老人小孩，抱在一起。眼睛在水下還是睜開的，想幫死者蓋眼睛，伸手進水裡，水都還是燙的。

七月裡，縱火案此起彼落。

大白天，早，晚，有時一日數起。燒空屋，燒住屋，燒工廠，燒街邊水果攤，咖啡檔。有時連雞寮也燒。燒停放路邊過夜的車，到天亮只剩下個空焦黑車殼。

犯人總是捉不到，到處都是木板屋，一個人靜靜地走過，把點燃的椰衣、浸火水的碎布，拋上屋頂，就會燒起來。怡保路，蕉賴路，瓜拉冷岳雙溪浪，整個巴生谷，到處都有火星飛上屋頂，燒巴剎[19]舖位燒理髮店，鬼火蔓延全國，這麼多單[20]，容易到真像是舉手之勞。

七七四十九天，葉金英夢到火。金黃色的火舌從門縫底下竄入屋，燒掉了衣櫥跟衣服，火燒到女兒們的臉、髮辮與裙子。燒著阿妹的小說，燒著哥哥的帆布椅，他就整個人跌進火焰裡。火吞噬飯桌。國豪好瘦，好蒼白，好像沒吃飯，他說媽媽媽媽不要擔心，我會回魂轉世。

去煮飯，煮到一半，一片燃火冥紙，在屋裡飄來飄去，怎麼都抓不著，竟掉到手臂上，心一顫手臂本能一揮，火焰就燒著窗簾。媽媽、姊姊、爸爸、妹妹和弟弟，全都在樓下，一眨眼就換成舊家，等開飯，外面劈里啪啦，有刀，戮進戮出，在燒屋砍人。桌上一盤血胎膜，爐上燒開水，剛接生。

聲聲沙啞，所有的人喉嚨都被割破了，說，妳回去呀，回去呀，別來這裡。

葉金英一睜眼，還是得爬起，點火，吹火，煮水，煮飯。這裡一家一個爐坑。各用各的。不開伙食的那些租戶，要付的租金就少。

每隔幾天聽到火燭消息。你有什麼可以依靠，如果火落屋頂。以前，葉金英一碰到枕頭就會睡死，現在，她睡不著。腦海忙碌碌轉，家裡有哪個起床下樓上廁所了，她更加睡不著，睜眼等，等到上廁所的回來，葉金英就起身，去查門鎖，看有沒有關緊，查了又查。

[19] 菜市場。
[20] 廣東話，「件」的意思。

看見丈夫猛抽菸。想罵他燒錢，卻不知為何恍惚起來，看著他走進走出，也不知為何反應慢半拍。好像心跟身斷了，好像靈魂被斬，魂魄不齊。看著他人影開門出去，話才終於浮出喉嚨，是要叫他出去外面抽。不知為何，他越抽越凶，抽得兩頰發黑，好像被燒的是他自己。到晚上，他伸手過來摸她奶，她就撥開他手。他轉身躺回去，整夜張大口睡覺，很重菸味。

葉阿清

不要睡，他抓我手，又輕拍我臉。妳起來。

我頭暈目眩地給他背，手臂被拉到前方環繞他脖子。我身上的衣服吸飽了汗，散發噁臭的味道。到了醫院，他背我爬樓梯。

不曉得吃錯什麼，我下屙上嘔，發高燒。阿烈送我去醫院，我給關在隔離病房幾天，一星期後退燒康復才出院。

那個時期，霍亂症是會死人的。誰跟霍亂症患者接觸，給政府點到名，都要去做檢查。我沒打過預防針，阿烈也沒有。確診了，整棟樓都得噴藥消毒。

姊姊說，阿烈人很好。

確實，如果跟阿烈一起，我可能可以忘記阿海跟友梅。

我去華人大會堂上夜學班，每周二周三上課。上完課後，跟友梅一起去工會。勞工黨抵制五月的全國選舉，工會裡有十來位年輕人，或伏或蹲在地板上揮墨寫布條，「假選擇，假民主」、「要真實的民主不要假象」。

我在那裡見到阿海，阿海也跑去油印室做傳單。

阿海大概只比我們大幾歲，手長腳長，笑起來很好看，沒有一點歪牙。我身高只夠他胸前，站在他旁邊，可以感覺到他呼吸起伏。

或許我其實是羨慕友梅跟阿海，我以為是他改變了友梅。有時我覺得，人在現場，好像突然變得像另一個人。工會裡有個領袖，叫蕭思蓮，她很會演講，跟我們年紀差不多，或許年長一點，個子小小，聲音卻很大，帶許多人工作，在新村裡，辦幼稚園，辦自學班，還會用打字機，她後來當林順成出殯葬儀的委員會主席。她本來也是割膠工人，說從早做到晚，薪水太少，非常苦。

「每天割膠、洗琉瑯，做足十小時才得收入二塊半，我們要把資本家奪去的江山給爭取回來！」她每次來，我們都會去聽。友梅尤其開心，我看得出來，那聲音使友梅身體裡頭，擴展了，好像空出了自我，成為了忘我的容器。

但有時，我又覺得，跟著阿海友梅他們一起抄傳單、轉動油印機時，我並不會變得更大，而是變得更小，像灰塵一樣，也忘我。

蹲著趴著的身體忘了痠痛。即使經過八九個小時工廠勞作，進到工會，不知怎的，寫寫畫畫，就會恢復活力，可以繼續在這裡，忙到將近十點才回家。

生活多了一種讓我期待的新規律。每周四周五我跟友梅過去工會幫忙，就算沒有事也會去一趟。之後，我們，即我、友梅與阿海，就會一起開始我們仨的夜行巡邏，以工會門口為起點，沿著富都路，五支燈、火治街、蘇丹街，一路相送到回家。

阿海忙著開會又做傳單。整個四月，他只有空跟她們結伴看露天電影一次。

阿清的車衣廠，這份工是計件算薪。為了車多點，每個人經常是一進廠就搶衣車，食物還在嘴裡咬嚼，手腳就已經在縫鈕機上開工了。

阿清車完了交出去的褲子，那天有好幾條，檢查後給踢回來，得執死雞[1]，得拆線車過。雖然沒有扣薪，可是所欠的就累積下來，最好在一周內做回補返數。

本來，做得那麼累，應該回家睡覺比較好，然而她不想。至少九點前，在父親睡著以前，她不想回。她不想待在家裡忍受父親罵她遲歸，死女包[2]參加什麼工會。她又睡不著，她寧可真的遲歸，跟友梅和阿海一起去看戲。

十公尺外的銀幕，那銀幕花得，整個鐘都在邊打蚊子邊看蚊子，有影[3]就是看下雨。

[1]車衣工專用語。衣褲車縫好後，必須檢查，如查到車線歪了、鈕釦扣不上等問題，得拆線再修補。
[2]廣東話，指糟糕的女兒、壞女孩。
[3]有影，福建話，意思為「真的、真實的」。

雖然如此，阿梅與阿海兩人，卻能夠心無旁騖，神態一致地，專注投入望著遠遠的銀幕。

她很納悶，這麼花的銀幕，那兩人在看什麼。

與花銀幕比起來，周圍的臉孔更吸引阿清。她起身走開去買涼粉。車攤招牌下方的小燈泡，照亮了攤檔旁少年與少女的臉龐，年輕，羞澀，快樂。阿清饒有趣味地看這些人的臉，慢慢地從一張臉，移到另一張臉，像欣賞同時登場的幾齣小劇場。最後又帶著一袋冰冰涼涼的涼粉，走回到阿海與阿梅身旁。

遠遠地，還沒走到，她忽然發現，當自己不在時，原來身旁這兩個朋友，並不只是在看電影，而是祕密地，沉浸在一種極為珍貴的，他人幾乎不能插足的和諧氛圍裡。

她又把視線調回十公尺外的銀幕那端，想專心看但不能。

好像有另一個自己還在腦海裡拆線，揮剪刀，好陣子才想，也許這片銀幕上，一直出現的叉叉、圓圈與蚊子舞，就因為她情緒的干擾。心妒嫉，不想看了，才去注意那些叉叉、圓圈、蚊子舞。原來情緒早已放送出去，原來情緒這麼有魔力，擾亂了遠處的放映機。中斷了！黑暗暗。沒有了。對不起，對不起。放映的人說，好像機壞了，要收了。夠力的真是，觀眾一邊起身提椅子一邊抱怨，看到爽爽就沒有，有頭沒尾。

他們三人默默地持手電筒，繼續走著長路回家。友梅在中間。阿海又比上次，視線停留看友梅更多了一些。

打從十歲開始，葉阿清就會和友梅一起洗澡。家裡人多，洗澡間卻只有一間，兩個女孩一起洗，省時間。

上學前早洗，清晨六點半，第一勺潑到身上會讓人冷得發抖尖叫。洗澡時，脫光衣服，似乎特別能說話。

有一天，她問友梅。妳喜歡阿海是不是？

才沒有，他一點都不吸引我，友梅說。阿清就笑了。可是，隔幾天，她又不安，覺得友梅或許隱瞞了真心話。

兩人搓肥皂，抹身體。有時她們也會互相幫對方擦背，手指輪流洗過對方的耳後。斧頭標肥皂只能搓出一點點泡沫。

妳喜歡他吧？阿清再問。

不是，友梅依舊否認。

早上得洗很快，因為有人上工前要洗澡。除非是下午三點，沒什麼人搶浴室，早班工友還沒回來，下午班的則大都出門了。她們那時若鑽進浴室，會忘形地洗上很久。互相給對方潑水，襲擊冷不勝防，但外面總有人在叫，磨咩豆腐仲唔快催出來。

很久很久以後，阿清還記得，五一三前一晚，青蛙叫很響。一直叫，好像屋外溝渠的青蛙都在開會。

天色還黑，她開門到屋後洗臉時，分外冷。那天的清晨五點似乎比平常的五點要更早，平時倒出熱滾水泡美祿吃隔夜麵包時，她至少會看到同屋租客工友也出來洗臉，會低低地跟她說聲早啊醒了。但這天沒有，廚房裡只有她一個。

吃完了，已經五點半。在路口等車，車來了，停停載載。在小燈泡的微弱暈黃光線下，葉阿清看見車廂周圍每個人的臉，模糊得好像濃霧侵入了車廂裡一般。

阿清沒想要友梅跟她一起去拿鞋子。她甚至想要隱瞞起來，自己竟然會這麼掛心一對鞋子。因為勞工黨的人大都豪邁，不會被這種芝麻綠豆影響。那是一雙白色的尖頭低跟鞋。一吋半跟，前些日子左邊鞋跟剝裂了，她就帶去給陳秀蓮路的鞋匠修補。人家說那鞋匠手工很好，可修得跟新的一樣。

下班前，她們車間的小組長還特地過來說，今天車廠的小 van [4] 會多走兩趟，送大家回，千萬快點回，不要逗留路上。將近五點，友梅來催，快點，一起坐車廠的 van 仔走。

阿清說她想過去陳秀蓮路拿東西。

「還拿什麼？改天才去！」

「我快快去拿一下，我去拿鞋，我還欠那師傅錢的。」

為什麼？那麼急嗎？友梅問她。

「很急。」

「什麼事那麼急？」

她心裡忽然懊惱。

「我要去做伴娘。後天，我表姊結婚。」

友梅打量她模樣，忽然伸臂抱她。她嚇了一跳。

「那我跟妳去。」

「嗯……」

她感覺到友梅肩膀與臉頰傳來的燙熱，一團暖暈，好舒服。母親、姊姊，都不曾這麼抱過她。

從半山芭去陳秀蓮路並不很遠。只是巴士難搭，巴士一來，人潮就一擁搶上，還有人吊車尾的。她們卻怎樣也擠不上。

「不如妳回去吧。」阿清說。

「妳不用趕我。」友梅說。

她們抄捷徑走過去。小羅弄[5]裡竟還有人擺攤，有賣襪子的，有賣水果的。有這麼一家矮棚，架上層

---

[4]小巴士。

[5]小巷，音譯詞彙，來自馬來語（lorong）。

疊擺放一桶桶菊花、百合花、胡姬花、康乃馨。她停下腳步看了一會，聽到友梅說，好香。那賣花女人就講，是呀是呀，今天才來的呀，三支百合花才兩塊錢，要趕收檔趕回家才便宜賣。

爆炸般的巨響從背後傳來，聽起來像是囉哩爆胎。之後就是好一陣耳鳴。

接著整條街上的人群就炸開了。

她跑得腿與踝都快斷了，摔跌進溝渠裡。轉眼就回到金山溝。

水位特別高，天空與水都深灰，她返回十四歲那年，搖一搖手中的塑膠盆，水就浸到大腿，再搖一搖手裡的盆，水就上升到腰了，好快。

水位繼續高漲，腳就踩空。金山溝變成了大海，打雷，浪很大，漂呀漂，感覺自己快沉了，上空，烏雲鋪捲，風利如刃。後來聽到有一把聲音說，妳看妳名字在這裡，她往下看，不知怎地，人變成浮在天上，居高臨下看見地上一塊石頭底下有她名字，難道是墓碑，一好奇，心一悲戚，啊是輪到我了，不，這不能夠，我只是想要休息一會，睡一覺，身體不知怎地，變得沉重落下來。只覺得地上的石頭好硬好冷，就醒了。在醫院床上。

二姊三哥都來看她，姊姊哭得眼睛發紅。姊姊說以為她也走了，因為聽見儀器長長直直嗚一聲，以為心臟停了。

死過了，怎麼不是，從地獄回來的。但即使如此，姊姊也沒像歌台做戲的人那樣緊抱她，沒有撫摸她頭髮和臉來安慰她。他們家是不會這樣的，沒有人會去擁抱誰，又不是小孩子了。一個人過了五歲就不會被大人抱了，等著要抱的小弟小妹陸續有來，每年一個，來過了，熱熱鬧鬧，又走了。隔壁鄰居，所有人，都是這樣，至少她沒見過，那種家人之間的擁抱，連阿爸阿媽之間也沒有。除了電視機裡，那些做戲的人，或者有錢有閒的人，才可能這麼做。他們家，是不會有這種閒情的。

那之後，心裡空空的。

好像有一部分的她還在金山溝水下。

姊姊說，以後我們家，只得我和妳和阿弟了。

四姊葉金蓮，五姊葉金珍，六哥葉財發，都沒有了。母親翁亞玉，五十六歲，也沒有了。父親葉有義，六十歲，很少待在家，向來都去找他拉三輪車朋友抽菸賭博，那天卻不出門，也沒有了。

友梅呢？不知道。

葉阿清哭不出。

很長時間，她不能說出一句話。起初以為，她也許哪裡還受到震盪之故。但除了耳朵、肩膀、大腿有些擦損的皮外傷，醫生說她身體無甚大礙。

出院以後，友梅的媽媽來問她，知不知道阿梅那天去哪？有工友說妳們一起走。她答不出，腸胃裡有著奇怪的抽搐感，酸酸苦苦的逆湧到喉頭。

跟友梅媽媽，要從哪裡說起。

她沒有跟任何人說，跟姊姊也不說。從此她成了不義的人。

友梅媽媽說，阿梅頭臉都是血汙，半邊臉磨完。友梅母親去警察局看照片夾，一看到那半邊臉就抓著那文件夾，不會動。是不是妳孩子?叫什麼名，警察問。

友梅媽媽，從椅子上暈滑倒地。

阿清沒有回答友梅媽媽的問題。友梅媽媽沒有聽到答案。後門潑入的日頭光很亮，阿清閉眼睛，喉嚨依舊熱痛，黑色煤屑好像吐不完。只聽到友梅媽媽講，就算化成灰，我都認得。

夜行十一英里

這是在一九六二至一九六九年間的事情。

那時，膠價很好，很多人去割膠。膠樹越老，割過越多，工人就要越爬越高，往枝幹高處割，一天割上兩三百棵，得一直不停上上下下樓梯，有時整個清晨摸黑爬上爬下一兩百次，搞得滿身大汗，又餓又累，輕飄飄像仙。燈戴在額頭上，燙得頭好痛。

如果聽話地把膠汁還給園，得錢很少，一天才得兩塊多。但偷出去賣，一斤可以賣四仙[1]，很多人就半夜去偷。

起初要部署，一人出一點錢，買通本加牙[2]，要他一眼開一眼閉。白天割膠時，每次割下的膠汁，倒

[1] 仙（sen），馬來西亞貨幣最小的單位，口語稱為「分」，一百仙（或一百「分」）等於一令吉（一元）。
[2] 本加牙，馬來文 Penjaga，意指守衛。

進一個圓桶裡，淋醋水，就凝結成膠粒了。蓋好，包起來，埋土裡。到夜裡，再來挖，坑洞要填回，拉草蓋好。

黑黷黷，從義山去甲洞膠林，五位膠工，有男有女。出發時，要節省體力，合資一輛私家車，載到各自負責割膠的那區，「八英里到了」、「九英里到了」，聽到司機這麼說，就在各自負責的那區跳落車。

每個人割膠的區，很大，彼此相隔，從一區到一區，也許都一英里、一英里，一點都不靠近，要走過去，腳力要很好。抵達了，獨自走進林裡，找，埋藏點。把白天埋在膠林泥土埋的凝結膠汁（就是膠粒），挖出來，放進麻布袋裡。

一個人可以挑百來斤。

挖出百來斤重的膠粒，就不能坐私家車了，免得給司機看出來，去報警。寧可挑著它，摸黑走十一英里路回家。

黑麻麻，走回到火車軌道天橋下，等著跟其他人會合。不可開燈，免得巡邏看見，漆黑一團，看不到臉，有暗號，一個人學鳥叫，咕咕咕咕，咕咕咕咕咕，就算巡邏聽到，也不會起疑，還以為真的是鳥。其他人，各自接頭尾，第一句老虎，第二句豹。會齊了，就要跳上火車軌道。中間有個土墩，要小心，別扭到腳。摸黑走火車路，要避開火車過的時段，有時，突然有巡邏警察過，得閃躲一旁。步行十一英里，在火車軌道上，一路要避警察，又要避開共產黨。

腳要踩在枕木上，不能開手電筒，只能就著月光走。別扭到腳，別跌倒，別勾到鐵枕，萬一扭到，腳踝受傷，就不能再背了，百多斤，就得分給友伴來擔，別人負擔就更重，走起來就更危險。凌晨一兩點，踩著火車軌道木枕，一路走十一英里路回到義山。有的人到了義山，就能直接到家，有的，像她，家在義山另一邊，還得跨過整座山，要從這一邊爬到另一邊。人家說，在義山裡很容易迷路，鬼會在你跑過時，絆人跌倒。她就一路走，一路唱：「吊頸鬼也好，餓鬼也好，水鬼也好，拜託你，腳不要伸出來，因為我也是窮鬼。」

她沒有被鬼絆倒過。只是在坐了十一年牢出來後，老了，經常腰骨痛，覺得，應該就是十幾二十時，被這百多斤重量弄傷了脊椎骨。

走甩袂（生行瓴就死財甫，卡巴拉就走甩袂）[1]

十二歲，她夠高了，五呎二吋，手長腳長，她就跟哥哥姊姊，媽媽，鄰居大人小孩，一起去偷洗錫米。去甲洞森林路士拉央，去文良港淡馬魯路，或去沙登和雙溪威的錫礦場，進金山溝，忽瑯塘，給本加牙錢。十幾個人，帶著琉瑯、鋤頭、鐵桶和麻袋在湖邊，洗洗挖挖。洗到屎忽向天，浸出沙蟲腳。洗錫米的琉瑯很貴，有木的有金的。初初，第一個木琉瑯，買來三四塊。五年後，在她進車衣廠之前，木琉瑯漲到最便宜都要十幾塊。沒錢買琉瑯，小孩就拿塑膠桶，在水裡，搖搖搖。從早上八點多一直搖到日頭頂。

水深至大腿，有時深至腰。這樣彎著腰，提著重重的琉瑯，搖著搖著二十斤重的平底木盆淘洗。買了十幾塊錢的木琉瑯，一定要堅持做下去才能回本。好運的話，錫米膽黑市一斤可以賣到六十元。這工作，是要讓人做到可以煉出鐵銅身的。體質熱就不怕。體質寒就怕。月經來時她就做不了，腹部疼。

有一年，端午節剛過。她跟母親，二姊四妹，同村的大人小孩，十個人，在湖邊，給抓個正著。其實本來有十多人，本加牙來了本加牙來了，大家慌張跑。有的人往山上跑，男人都跑很快。一個小弟弟只有八歲，沒穿鞋，跑到一半跌倒，他媽媽回頭扶他，一拖一拉，就被抓了。

後來出庭，他們當中有人，只穿一條褲子。有人袖子與衣角勾破，有人沒穿鞋。去法庭，路很遠，走到腳長雞眼。

阿姆說，她只是在旁邊看。大姑姊也說，她們只是看別人洗，自己沒下水。輪到印度嫲嫲人，那個本加牙，不知為何忽然心軟，跟法官說，他當時只看到有一大群人跑，但沒有看到這十個女人小孩洗錫米。

一天都光晒[2]，這就脫罪了。

到處都是錫礦挖空的地表，每天出門，放眼望去，湖水，土地，好矮，好低，天很大，無遮無掩。雷會打進水。有個男人，阿順的爸爸，阿嬌姊老公，做汽水廠，晚上八九點下班，踏腳車，大風雨，過礦湖邊，被雷打。留下孩子七個人。

洗錫米，也會被泥沙壓死。

水沖岸，泥越來越軟，突然崩沙，把人活埋。夜裡有鬼哭，狗也不敢吠。鬼若很悲，狗也無聲。

看命水，生死貧富，還能怎樣。

中國越南打仗，錫價上漲。我們鏟灰，吃鹹魚乾。每月一出糧，半數拿來還債。

去林芭捉魚，拾柴，跟馬來人吵架，一來一回。tak tau Melayu balik Tongsan.（汝不識馬來文，回唐山。）lu tau Cina kah ? wa balik Tongsan lu pun balik kampung.（汝懂華文嗎？我回唐山，汝也（得）回甘榜。）

---

[1] 這是洗琉瑯工人常說的廣東話俗語。帳目表面上是死的，然而帳簿書記在採購買辦菜肉等各種項目，總有辦法吃錢；後半句的卡巴拉，譯自馬來文 kepala，錫礦公司的督務職員，他們經常是「滾班」站崗的。

[2] 廣東話，形容煩惱都解決，令人鬆口氣。

宋紅歡與宋萬波

他去了理髮店，享受那雙手在他頭上按摩，那塊圍攏脖頸，直蓋到膝蓋的大白布，洗髮後，涼涼剪刀沿著耳朵。走出門，煥然一新。

大都會理髮店，那女人叫宋紅歡，跟他同姓。紅歡本名宋妹仔，十四歲就當學徒，手勢純熟。給他剪髮，邊剪邊問。你也在峇都律做工嗎？

是啊。他說跟承包商做，裝電線裝電話線，修換爛螺絲爛電線，爬高爬低，一腳踢。

聽她說閉眼就閉眼，個性真靦腆，怕剪落的髮掉進眼裡。

「我跟你洗頭，洗舊塵，接新年啊。」

宋說他以前只在騎樓下給人剪頭髮，剪一次一元。

你是哪裡人？

宋卡，暹地南部那邊。妳呢？妳又是哪裡人？

她說，算是本地人吧，文良港。名字有港，卻不是港。

我以前出生的地方，泰國南部的宋卡就是港。

新年怎麼不回家？

我沒有買到票，今年的票很難買，太遲買。

他笑聲很低，跟別人不一樣，不像那些大聲公，趁過年，就成群結夥到處開檯[1]，但他樣子也很體面，臉有點方，面目端正，皮膚曬得很黑，跟馬來人一樣。個子不是太高，說話不多，跟人吵架不能贏。他湊不進那圈子，就退出來，看來滿老實的。不過事實如何，也很難說，畢竟她還不認識他。

他說他父親以前也是幫人剪頭髮的，到處去剪。後來吸鴉片，做仙，如果不穿衣你會看到他胸整排骨可以打吉他。要是起得了身，他就會想去咖啡店後面賭博。

裡面有個有輪子的白板，可以拉來拉去，用來遮賭桌。賭起來三天不回家，後來他被踢出來，聽到有人說還想打他，就跑去躲在車站旁邊的工地裡。大人叫我去喊他，我去叫，爸爸，爸爸，他卻不認得我。第二天，就沒有了，下大雨，他溺死在工地，剛做好，那溝渠不能通水。

啊，她吃了一驚。他那時才十三歲，以後就自己吃頭路。

她本來不覺得自己跟他同姓，宋是養父的姓，但真正養大她的人是養母洪亞喜。養父有第二頭家，生

[1] 開賭。

了六七個孩子，就無暇顧及這頭家了。打從一開始就不太理她，連給她取名都懶，跟註冊官報名時就說她叫「妹仔」。出來工作後，她給自己取名紅歡。她跟店裡的人說，不要叫我密斯宋，叫我紅歡，我無姓。

養母這生並不好過。大概是在被英軍驅趕，隨著整村人顛沛流離的那些年裡，這對夫婦在無意中收下了她。可是養父畢竟不喜歡她，照料她的始終只有養母。她真不明白何以一定要讓她跟那人的姓？如果可以改姓，她一定要改成洪，跟養母。

她常不明白這世界，到底是什麼道理在給人排序？有的人註定被愛，有些人明明擁有許多東西，卻老提防像她們母女倆這樣什麼都沒有的人。

一顆橙切成六份，擺在桌上，別人很快就伸手拿走。其他兄弟姊妹爭著跟父親說看見什麼、聽見了什麼、吃了什麼種種，她也想找機會插嘴說，努力了幾年，想告訴父親自己也遇見什麼、學會什麼，一次次，養父臉冷得跟凍雞屁股一樣。其實也沒什麼，不是不能受，起初她不知自己是養女，知道後，懂了，就省回力氣。倘若以養父平時凡事以利益和成功定論的觀點來看，她不過是不重要的妻子養的無血緣孩子又是女的，故此，更是三倍地無相干。那以後就彼此彼此吧，她也可以切割關係，沒什麼大不了。

某天宋萬波來，跟她說了個笑話。

他講一個人，某個先生非常斯文，喜歡把東西弄得很整齊，還喜歡把一切都調整得規規矩矩。他瞧不得一點骯髒，規定傭人要每天把家裡抹到一塵不染。不過有那麼一天，他脫下鞋子，腳臭，嗅。一嗅上癮，以後他就開始嗅自己身上每個地方的氣味，嗅異味。

她聽了噗嗤笑出來，宋萬波似乎也很開心。大雨敲屋簷吵耳聾，他們得大聲說話。他好像不太想走。當然因為這是雨天，雨大得天橋上的招牌字都濛了，馬路上都是水，從天空濕到地上。

妳喜歡嗎？剪頭髮，洗頭，挖耳朵。他問。

不做這個還能做什麼，十幾歲學到現在，她說，我都不會做別的。

天色越來越暗，才三點鐘，阿嬌姊冒大雨，從銀行趕回來，都要淹水了，阿嬌姊大聲說，一邊收雨傘，肩膀衫袖濕透，沒客的了，開燈也是浪費錢。說著就把唯一一盞亮著的櫃檯燈都關掉，整間店灰暗下來。又說，阿生你今天不用做工呀，我們不做生意了，老闆娘說不要浪費水電，叫我們關店，萬一吧生河淹水了，我們搭不到車回家。

她看著他在大雨裡跑過馬路，像隻牛跑起來那樣過，竟沒用行人天橋。

孤男寡女妳不怕嗎？阿嬌姊問。

新村地很平，沒有需要爬坡的，只有去割膠時走山路才需要。一路上有電燈桿，一支支，很多年都是空的，沒有接上電線，好像只是給州政府插了佇立那裡，不知為何遺忘了，有那麼一個角落，被世界遺忘。她記得有一次割膠，快天亮時，割膠割到膠林邊緣，靠近馬來甘榜，突然聽見奇怪的動物叫聲，走近去，看到羊，是馬來人養的羊。羊的眼睛從木板柵欄板縫裡盯著她看。

看到那羊欄，就覺得自己已經出了平日的範圍，到了另一區叢芭，像是世界的另一邊。新村養雞養豬，就是沒有人養羊跟牛。

她就好奇地看著羊，羊的眼睛很大。她沒想到羊是食物，因為小時候養母帶她去算命，觀音說她不可吃牛羊。想到羊原來可以吃時，那隻羊突然朝她咩，很響，好像很憤怒，一直叫一直叫。

九歲那年，她們家搬回新村，一路睡睡醒醒，睡前還在一處，醒來後已經在另一處了。好像有夢跟現實融合在一起，決定妳人生要處在這還是那。

新村都有寺廟，觀音濟公大伯爺。我們燒香，到底是在求慈眉藹目的觀音讓那夢快點醒，還是求祂不要揭穿，讓我們繼續做著舒適好夢？

天公誕之後連續幾天雨。過橋時往河面望，河水像一條朱古力色大蛇在翻滾，聽聞有些地方已經淹水。

宋有六根手指，多出的一根從拇指底長出來，很短小，好像沒有什麼力。

一個在附近工作，常來店裡的女招待蓮花與她男人小劉，一個德士佬，逐漸混熟。四人一同聚在理髮鋪後院，吃榴槤。宋抓巴冷刀，那根多長出來的拇指，輕輕搭在刀柄上。持刀一劈到底，好像還滿輕鬆的。

我真是好欣賞你這把刀，蓮花問，哪裡找來？

偷來的，廠裡面的，宋說，只是順手拿來用。

刀用好幾張報紙包著，然後裝在一個紙袋裡。他就提著那紙袋，沿著人行道與騎樓下方走過來。雖然不是很遠，走路大概只十分鐘，但也可能會給警察叫住檢查，總之沒碰到算是好運。

三月裡，傍晚七點多，宋萬波獨自穿過巷子，被爛鏟莫名其妙毆打。警察來到，把所有人不由分說都捉上車，到了警局，他忍著痛直到寫完口供簽名，才送去醫院。

起初她不知這件事。知道時，他都快出院了。聽劉說，對方總共有三個人，他們跟他到巷子，就忽然凶神惡煞，拳打腳踢，他從後巷穿過茶室一直逃，逃向大馬路，向十字路口人多的地方跑去，不然玻璃樽什麼都用上，就沒命了。

宋那天沒有把刀帶在身上的，因為切過榴槤後，他就把刀留在理髮院，不知怎地忘了帶走。也許是刀引來的殺氣。這把刀不懂以前是誰用的呢？一直留在鐵廠裡。真有些詭異。也許是刀找人。有些物件就是會有那種能量，陰森殺氣。說真的，宋說，那天我怕的時候，怕死，還真的有個衝動，要拿刀斬人。可是一摸，原來沒有刀，就在心裡一冷，覺得無望時，忽然好像眼睛反而變清楚，突然看出旁邊有出路，就跑出去。

年初五，她跟蓮花出門，宋和劉也一起。孩子找不到鞋。鞋子哪裡去了？「剛才脫放第三格的，」孩子說，「不知給踢到哪去了。」新買的鞋子，有點心痛。「都叫你要放進房間。」「才一下子，」孩子抗議，「哪裡知道突然來那麼多人。」他們租房的樓下，二樓有個老人家，剛從醫院載回來，隔著木板牆，聽得見男人女人大聲問，阿爸你還想見誰？你要找誰？三哥三嫂在路上了。有人小聲說，他從昨天就看見叔公叔婆來叫他，時間到了。裡面沒有阿公？我都沒看過阿公，人死落地生根。殯儀館，哪裡才好又便宜。給阿爸穿什麼衣服呢？好鞋都沒一雙。聲音陸陸續續從板房傳出來，聽得見啜泣聲。她和九歲孩子繼續在階梯上，一層層找，看了又看。男孩的臉頰很紅，滿臉頭髮脖子都是汗。那是一雙棕褐色的塑膠皮鞋，裡面有小熊圖案，鞋側邊還得扣鞋帶。一排排階梯都是鞋，奇怪他的小鞋子就是不見了。宋本來遠遠地在路邊等，看看就走來，蹲下幫她找。

鞋是怎樣的？給穿走了，孩子快哭出來。有熊仔。是黑色縛帶那雙嗎？我自己找可以。她說，心裡煩躁。她想放棄了。孩子蹲在最低的梯級那格，往上望，往下望，極力遠望，四處都是別人的鞋。淚珠往下滑，落到草尖上一點晶亮。淚大顆大顆地冒出，草尖上那點晶瑩淚珠模糊了，濛了，他用手背抹淚，草尖上明明滅滅，原來是一隻螢火蟲。他看著那昆蟲，趴在草葉上，衰弱模樣，沒力了，翻個身，四腳朝天，無法抓著任何東西，但腹尾那點光還在閃，大白天的星星。孩子一直看著直到那光不再亮為止，螢火蟲死了就成為一隻普通的蟲，手指一碰，蟲掉到泥土裡，被草葉遮住。孩子滿臉的淚痕汗痕徹底乾了，現在他是一張貓公臉。找不到，死心了。

他只好穿舊拖鞋出門，不見了就是不見了。他失去了一雙鞋子，被穿走了。母親說不會買新的，你以為我很有錢。你媽騙你的，其中一個男人說。他們一夥人去大牌檔吃麵，茨廠街的雲吞麵與咖哩雞麵，士思街的叉燒麵跟冬菇雞翼麵，填飽肚子。不找可能又會出現，另一個女的說。

孩子給她讀了一則奇怪的故事，後來回想，就像預兆一樣。「發生了大件事……一個黑衣的人，巡過了整條街。」剛上二年級的小孩，讀出的聲音，像水一樣涼爬上脖子，好像有積雨從屋簷漏下來，一陣寒意。也許只是昨晚睡不好，早上又沒什麼客人。

她問他，你剛講什麼？孩子說，不是我講的，是這裡寫的，一個小故事，就說城鎮上發生了一件大事，大家都關上門，不敢出聲。只知道，來了個穿黑衣的人，巡過整條街，不久市場就變得蕭條，可是沒有人敢說，到底發生了什麼事。

那些天，理髮店沒什麼顧客。選舉剛過，反對黨大勝，街上遊行亢奮了整整三天，顧客就不進來了。五月十二號理髮店照常開工，但提早關門。五月十三號，阿嬌姊說要早關店，因為下午有另一班人示威，人家說會是巫統的人，有人說會燒屋，有人說這無影的，謠言。阿嬌姊說寧可信其有，午後四點，阿嬌姊跟她一起拉下鐵門。

從那天開始，一直到戒嚴結束，她都沒再見到宋萬波。再見到宋萬波，是九個月以後的事了。

他背後挨了鞭笞，痛得發抖。泰式酸辣麵之類都不能吃了。嗆咳得厲害。咳到嚴重時會漏尿。他不說，太丟人了。她裝著看不到床單上的尿跡，只說，是不是太勉強了。

有什麼需要幫忙的跟我說，痛的話跟我說。她說。不過他不會說。其實若換成是她，也可能不會說。

見到宋萬波那日，雲層很厚，是個陰天。她提著許多東西，走在騎樓下方，大老遠就看到他，他也走在騎樓下方，而且面朝她，可是，他卻沒有看見她，似乎在想什麼，頭髮沒有洗，好像幾天沒洗澡，嘴唇動一動的，像是在自言自語。

即使那麼遠，她也看得出來，他不一樣了。

他似乎想過馬路，可是剛好來了一輛大囉哩，他又退後一步，視線跟著那輛駛過去的囉哩，頭轉過來，表情忿然，她不忍心了，心想，他可能看到她了，只是假裝沒看見。她就舉起一隻手，朝他大力揮擺。

她奔過去，提著一大袋米粉、罐頭。靠近了，才看見他臉上那劃長長的疤痕。

你好了？回來開工了？

差不多，他說。

差不多什麼，她不明白。她不敢看那可怕的疤痕，就望進他眼睛。你要去哪裡？

他沒有回答她。他不知道要去哪裡。

他搓搓自己的眉眼之間，以一種怪異的方式搓自己的臉。他的手指，上次毆打過後扭傷發腫的食指與尾指，造成的扭曲看來像是永久的，再也不會恢復了。當他把緊握著的右手掌攤開來，她明白了，他以後再也不能好好裝電線、敲釘子或做細功夫了。

去我那裡坐一下吧，她說，陪我走一下。

他一拐一拐地走在她旁邊，雙肩一起一伏。她看著他投落地面斜斜的影子，也是這樣一起一伏的。她叫他來，只因為她想不到別的理由。很多我們以為可以安慰的話，不要想太多、留在家裡耐心等，全都是廢話。他當然會一直在心裡煩這煩那的，再回去建築地盤做水泥工也做不來了。得去找人，得再去拜託人。

他們慢慢走過雜貨鋪，一個員工扛著一籃蒜頭，從通向人行道的階梯砰砰踩上來，啪的一聲放落店門口。經過一間土產店，有個男人正昂頭上望，伸長手臂，把什麼一包包的東西掛吊上方的鉤子。在炒咖啡豆的店裡，一個年輕女人正持鑊攪一口黑黑大鍋，像下雨沙沙響。一間中藥店。一間堆滿砂煲罌罉[1]。轉彎處有個馬來修鞋匠，蹲坐小凳子，用支小槌子咯咯敲掉一雙皮鞋的後鞋跟。

她覺得他們兩人像剛復活回來還不適應身體的小木偶人，小心翼翼地踩下樓梯，越過小巷，又踩上另一邊的三級小樓梯，走上另一排店屋騎樓。終於走到理髮店前。

[1]廣東話，指鍋碗瓢盆。

推開那兩扇小門扉，今天店裡只有一個中年女顧客，阿嬌姊正給她剪頭髮。一邊剪，一邊轉頭望他，跟他打招呼，哎，阿宋，坐一下。店裡的年輕女學徒把報紙拿給他，不曉得他要不要抽菸，還是給他遞一支。他叼著了，手不順，還是能夾著菸。點著菸時，就把報紙擱放一旁。

她的孩子一直站在廚房門邊，孩子卻沒有靠近他。那具身體令孩子感到陌生，還有他臉上的疤痕。一會兒，孩子又稍稍移前一點，走到櫃檯旁，臉側靠櫃桌，以好奇、陌生、考慮著什麼的目光望著他。

才不過闊了八個月，他變得很瘦弱，臉的輪廓突顯，多了一條疤痕，可是整個人已經像給撤換掉了。身體坐得彎彎的，彷彿從前的他從胸部凹陷落去，換了另一個陌生人從內裡露臉出來。

來了一個顧客，她就去給對方理髮。才剪到一半，聽見有人推開門。再轉頭看，宋萬波已經不在店裡了。

一整天給人剪髮，不知為什麼一直弄跌東西，成天都得跟顧客道歉。不是弄跌人家放在櫃檯的鑰匙錢包，就是弄跌本來插在腰包上的梳子、指甲剪。握著剪刀，給顧客修瀏海，剪耳上鬢髮，忽然手就顫抖起來，手冷冷的。

這種害怕，這些年來不曾停止過。去年年底，英鎊貶值，連累舊錢幣也跟著貶值。她很遲才知道，立刻挖出鐵罐裡衣櫃的錢鈔錢幣，連同印有英女皇的錢幣，大概百來塊，立刻拿去雜貨店買牛油罐頭白米。那幾天，巴剎裡，有人搥心肝跺腳大哭，因為她知道得太遲。有個女人才四十幾歲，大家就講她是個「絕望的老姨」，丈夫早早死了，有六個孩子，存的儲蓄全都是英女皇舊幣。

三十歲就被喚阿嬸，五十歲就老姨。她覺得很不甘心，女人生命好像早早就給強硬地截斷，當成養孩子做保母做女傭。中秋節茨廠街又有火燭光顧。不知怎地，一連三年同處失火。木屋最易著火。跑出來的人只剩身上一套衣褲，什麼都沒拿，很多女人把錢存在罐子或撲滿裡，一無所有。

一直到七月，各種零星衝突，毆打，火燒屋，都沒有停過。峇都路、怡保路，好靠近的地方，一直都有人在放火燒屋，燒住屋，燒店鋪，燒倉庫，燒工廠。

她租住殖民舊屋樓上，幾乎每間房都很多人。她跟四個女人一起合租一間大房，再加上各自的孩子，總共有七個人同睡。每天上工，她都盡可能把孩子帶著，樓上樓下共有十七八個人，共用一個廚房、兩間浴室。孩子好易被人蝦[2]。把孩子帶在身邊，做上整天，回到家就累死了，洗澡後才跟孩子說說幾句，很快就睡著。

偶爾也有難睡的日子。天氣熱。夜裡屋內街上，什麼動靜都聽得分明。聽得外邊狗仔長吠，遠處也有另一聲狗吠呼應。不曉得真是有幽魂騷動，抑或流浪狗仔也寂寞淒涼。連街燈下有飛蛾昆蟲撲火聲音都聽得清楚。每次有人走動，屋子就像水上船一樣，浮吓[3]浮吓。

[2] 欺負。
[3] 廣東話口語。

戒嚴過後的一個月，警察到處掃蕩妓寮、按摩院、賭窟。整個吉隆坡的中南區，尤其是惹蘭拉查勞、怡保律、峇都律一直到何清園，天天都有警車咿嗚咿嗚進出。

五月底，蓮花上班的夜總會，才剛開工，很快又被檢查了，她說天天吃西北風，等執笠[4]。

金巴黎，警察好像只是作勢衝進去，不用拚搏也不用開火，順順利利押一堆人出來，關進警隊囚車。很多人遠遠的從對面騎樓下看熱鬧，大家說他們捉的都是小魚仔和未成年少女，重要的台柱與大佬早就避開了，全都是做個樣子交差罷了。

報上說有五千個黑社會被抓，這數字裡面，宋萬波被逼當了一個。鞭笞過後，他說每逢雨天他就關節痛。有時候嚴重起來，握不住碗杯，就從手中滑脫。

天還沒亮，她就下樓洗臉。孩子要去循人中學上課。車來了，學生排隊上車，異常乖靜。她去買早餐，走過成記酒樓對面，突然看見宋萬波在過行人天橋。她不禁大老遠叫了一聲，車水馬龍，他沒聽見。她跟著追上去，樓梯兩邊都有乞丐，不是痲瘋殘缺，就是年紀看來老大。也有女人帶著孩子行乞。近日，每座天橋都是這般景象。

看著宋萬波背影在樓梯上方，看似辛苦地上樓梯。她心裡忽地沒了勇氣，幾乎想轉身回家。可是宋萬波不知怎地，好像感覺背後有人一樣，一轉頭，就看到她。

他的眼神似乎很驚訝。他臉頰上那道從左眼角斜劃至鼻翼的長長疤痕，已經褪色了，不那麼觸目驚心。

她從下方看著他，奇異地覺得，那種過往看到他，莫明眷戀的感覺又回來了，便走上去，問他，你做什麼？近來好嗎？

我哪還能做什麼？我要來這裡打地鋪。

她有點不知怎麼回答。

開玩笑的，他說。

他們來到天橋中間了，很高，即使不挨近橋邊往下望，也能感到天橋高得讓人畏懼。鐵欄杆之間透風，兩旁的乞丐，就靠著那鐵條坐。那空隙還好，不至於讓一個小孩鑽過去，但一隻貓是可以的。她極力遠眺，別往下看，就能把這裡想像成平地。橋上的乞丐都不怎麼害怕，可能麻木了。當中有個印度人，恤衫捲起，露出大肚子，對天躺臥，呼呼大睡，似乎不在乎自己什麼也沒有。

她常看到這種景象，車站、騎樓下，無論看多少次，都覺得無法坦然，然而又不得不硬著心，彷彿無動於衷似地過去，因為實在幫不了。她覺得自己算是幸運的。到頭來，免於流落街頭的命運，總是幸運。

後來他們慢慢下了天橋，宋萬波才告訴她，他小時候也沒有地方住的，只是跟阿爸一起。

他到哪，我就跟到哪。

[4] 倒閉。

他們睡三輪車，巴士車，有時候去他阿爺睡的鴉片棚。馬路邊，天橋，打地鋪。

她不太想跟他分手回家。

孤獨，使她渴望走在人群裡，在車站、在騎樓，被許多人圍繞，有人在身邊來來往往，就不那麼寂寞。她說不上什麼東西讓人孤獨，大概是害怕，彷彿很多年前的陰影還追著來。人不知何時，就會再度陷入不幸裡頭。其實都沒什麼可以保護一個人，免於災難的。

講多錯多，講多多人家不喜歡的，母親常說。不只母親，大部分她認識的人，想要過著安定生活的人，都沉默苦幹，免得不想要的事情找上來。

以前，她也曾經跟母親走遠路，幾乎一路求乞。不是求乞，是逃難。避水災避窮困，露天睡臥街頭，睡巴士車廂。某夜驚醒，看到一個影子在她身前半蹲。

他湊得很近，在觀察她，一時之間，她驚呆了，想喊，卻沒有聲音，聲音不知怎地出不來。那人可能覺得她不會怎麼樣，伸手掀她衣，手探入內，像水蛭般噁心的手指，捏她乳頭，她才終於喊出聲，尖厲地叫，那人一下受驚，退後，啪嗒啪嗒，趿著拖鞋跑掉了。

整條街上，像他們那樣睏著窩在一起睡覺的水災難民很多，有幾個男人醒來，四處睜望，哪裡？壞人在哪裡？黑漆漆的夜裡一陣亂罵。

她沒有哭泣。無法置信剛才制止了可怕的羞辱。壞人逃走了，背影消失在漆黑的天橋上。只是這個人尚未被抓到，也許還會回來。

她總睡不著。睡意一來就驚醒。即使後來終於住進災民救濟中心還是如此。人們的眼神又令她懊惱。我沒事，我沒事！如果大叫可以驅走那詭異且汙蔑意味的視線，她就會繼續喊。但不能，越喊越像給人看戲的女主角。真討厭，真可怕，心口像有一把刀。但她又記得，先前大喊時，心臟跳得很激烈，連街燈都像放血變白，那刻有個新的你出生，也有一個舊的你死去。

她現在忽然想起這一切。

他們在行人道與騎樓之間進進出出，一起看見一隻母鴿子占據了對街一家矮店屋梁下的通風口，那裡有個用乾枝枯葉做成的鳥窩，好像在準備孵蛋的地盤，鴿子在小小的方寸之地，踱過來踱過去，只要看到有鳥飛來想落腳就驅趕。

滿載沙丁魚乘客的巴士，在馬路上歪歪的緩慢地駛過。這下午，街道並沒有很多人，感覺特別悠閒。屋簷下方囚在籠裡的鳥忽悠鳴叫。人潮是怎麼湧出塞滿路巷，又是麼藏起不見呢。每次示威，整個地方，茨廠街周圍的五支燈、火治街[5]、蘇丹街，給擠得水泄不通。簡直落不到街，在公寓的樓梯口就被堵住了，只能從樓上窗口往下看，敲鍋敲杯大聲喊。一旦這結束，我們好像又可以恢復過往如常的生活……

[5]金鋪街或五支燈是舊稱，現為西冷路（Jalan Silang），也有俗稱「死人路」，或英語克羅斯路（Cross Road）。火治街（Foch Avenue）是舊稱，現為陳禎祿路（Jalan Cheng Lock）。

如果有熟人看到她跟他這樣並肩走，也許也會說話的，但她不想理會了。討厭活一生，行動總是被人干涉。他們從火治街走向五支燈的巴士站。下午三點鐘，陽光灼曬路面，很靜。

他回答問題總是很短。你吃了嗎？吃了。幾時出來的？兩個月了。怎麼出來沒有跟我講？我自己可以搞掂[6]的了。你吃了什麼？飯。你怎麼有錢？

我跟阿順借的。阿順是他的前同事。

她曾聽小劉說過他的近況，首先是他接了份油漆工，去油漆蓋好的公寓走廊，可能是適合他的工作很少，高的他爬不上，天花板、站板高架，他也不能做。後來，又聽說他竟然去了夜總會，是蓮花介紹的。至少那裡工錢還比醫院的好，只是出入的人複雜。那地方哪裡適合他，收收大衣、顧顧帽子、鑰匙，短期可能還好。但欺負他的人也許還會回來，只判刑一年，可能還會更早釋放回來。她覺得這消息一點也不讓人釋懷。難道不是這樣的嗎？壞人總是會回來欺負他們所欺負過的人。

你是不是患上神經病？她問他。

妳才神經病，他說。

阿順沒有了。

這是車廠事頭婆[7]講的，她說修車佬在路邊修車，修到一半被人從後面斬，放火。

太陽照在萬波的頭髮上，油亮黏膩。眉毛還是很濃濃，一皺交叉。眉中心的皺紋看起來更深。路旁的榕樹縷縷，樹蔭幽深，他的眼睛裡有一團恐懼陰翳。

宋萬波說他現在有駕德士了，執照是別人的，能頂多久是多久。不然，還能怎樣。

在他停德士的地方，街道對面本來有一間光輝相館，現在已成廢墟，整排店都給大火夷成平地，後面的夜總會卻露了出來，花綠眼錄，無穿無爛，繼續佇立原地。

剪落的頭髮掉到地上。剪完了打掃後，就幫他洗頭。把塑膠編的摺疊躺椅打開來，讓他頭往後昂。用一條白毛巾圍裹他脖子。她左手持著勺子，倒水傾注洗他髮上的肥皂泡沫。他閉上眼睛，好像十分享受，又很緊張。

他額頭因為水濕而發亮，閉著眼睛時，好像裡頭有夢。

她聽見他的鼻息聲音很重，竟然睡著了。她把手伸出去，稍稍停在他的椅背後。她想知道他從前的事，他做了什麼？去了哪裡？遇到什麼事？他如果準備好了要說，她會聆聽。但如果他還不太想說，那麼，她想像著，其實也可以靜靜待著。

他睜開眼，太陽使樹蔭移動了一點點。街聲像海水流入。有一團溫暖的空氣，隨著拂動的斑駁葉影在

[6]解決。
[7]廣東話，老闆的妻子。

我們周圍跳舞。有時候，我覺得這時間就是這樣了。早晨黃昏，去了又再來。

他幫我搬椅子進屋時，我們似乎又可以過回同樣的生活，那在這一年裡被剝奪的生活。他幫我把門掩上，拿兩個杯，在水龍頭底下沖洗，他還記得哪個是我的杯。好像什麼壞事也沒發生，什麼也沒取消。如同這間屋子廚房裡的鍋蓋、桌椅板凳、晾曬的毛巾，灑進室內的午後光線，跟一年前他初次進來時，一模一樣。

以前他會跟我說，哪，妳姓氏很好，跟我一樣，我們都是宋跟宋，就是獅子跟獅子。真是傻話，我卻很開心。表面上我們的肉體是這樣平凡，這樣難看，但骨子裡，我們是兩隻獅子，非常威風，而且只有我們才看得出來。至少，我可以不用再像以前一樣耿耿於懷，這個姓。

我以前很不明白，為什麼我得在這姓宋人家裡，像個多餘的人湊在裡面討父親的愛。

也許遇到誰，落在誰家，遭遇就是要這般經過的。掉落哪裡是哪裡，腐皮爛骨，也能變成別的，像花換水。想到這樣，我也很快樂。

宋萬波的童年

他跟著父親的腳步，走過了好幾座城鎮。父親駝著很多東西，一把小凳子，以及裝著梳子、剪刀、剃髮刀的硬皮紙盒。每天早上醒來後，他們沿著街道、巴剎或者店鋪騎樓行走，一路問人要不要剪頭髮。他們把舊報紙中間剪開一個洞，可以讓頭穿過。要剪頭髮的人就給舊報紙罩下。頭髮剪完後，這孩子就負責撿拾落髮。他有時可以跟人借掃帚與畚箕，有時必須用硬紙皮和報紙，或者徒手撿掃這些頭髮。總之不能任憑頭髮留在那裡。

他以為生命理所當然就應是這樣的，父親到哪裡，他就到哪裡。每天他們擠在人潮中行走。力氣好像用來挨餓走路，有時候還得露宿。

他不知道母親在哪裡，父親只說她生下他不久，就走了。走了，是去哪裡了嗎？是逃走還是死了？問多了只會挨巴掌。

情況好的時候，他們可以租個床位，那床位跟抽屜一樣小，又矮，上下相疊的有兩三格，他們得跟十幾或二十幾人同睡一間大木屋，或店屋樓上的大房間。情況糟糕時，他們沒錢交租，就露宿。外面很多地方睡，更好，風涼水冷。三輪車、沒上鎖的巴士，偶爾也去睡鴉棚——當三輪車和空巴士都滿座時，鴉棚就是一號位，跟那個小孩叫祖父的老老男人一起睡。

城鎮裡總可以找到幾處這樣的鴉棚。大部分都靠著建築物的泥牆或大樹搭蓋，以防水布和鋅片為屋頂，底下床架以水果箱、木板、木材釘榫拼疊支撐，常是找到什麼就用什麼材料來搭蓋。

小孩幾乎是一躺下來就睡著了。在棚頂上方，大欖仁樹在夜風中沙沙作響，與棚下的鼾聲混織如潮。稍後父親會幫他父親剪頭髮。老頭子很瘦，由於常曬太陽，他皮膚還滿黝黑的。剪完後，照例是小孩蹲下來收拾老人的頭髮。

小孩無聊地，像玩耍一樣慢吞吞地弄。在這布滿石子泥砂的地面上，斑駁樹影中，刮掃收拾他祖父的頭髮，連帶枯葉，好像在收拾另一個世界仍未能回收的殘餘。

他只坐過一次火車。窗外飛逝的荒野似乎沒有盡頭。夢境對他說話。從泥土裡，從樹蔭斑駁的影子裡，展示給他看，這個他們一起走了很多路的世界，如何是一叢黑色的、灰白的、不知起頭與結尾的髮絲，而他們是寄居其中的蝨子。

二、青蛇

無夢

那之後，有好幾個月，阿清發現自己醒來後，對做過的夢一點印象也沒有。她向來多少總能記得一些。打從童年時期，她就開始跟大人說夢。睡醒後，伸手抹掉嘴角乾了的唾沫，從床上爬起來，走到屋子後方，在有一群女人開始洗洗刷刷的溝渠邊蹲下，那時廚房裡已開始煮食，一叢爐火嗶剝燃燒。總有人問她，今早做了什麼夢，有一個姑姑想聽小孩的夢來買萬字[1]。那經常是她吸引他人注意力的時刻，即使口齒不清地說著她那一丁點零落殘夢的記憶，他們大都會趣味盎然地聽，從她的語句裡尋找下賭注的暗示線索。比如，夢見一個裸體女人（裸女）。夢見火車趕不上（火車）。夢見一隻狗不知怎地丟掉了找不回來（尋找失物、不見，或者小狗）。她偶爾也會困惑，到底為何他們會認為她的夢境可以開出發財號碼？那些恐怖的妖怪，長有獠牙的吸血鬼，或不知羞恥脫光衣服露奶露屁股走來走去的女體（她覺得那裸露的女人經常就是自己），何以能變成會開的萬字？夢到死去的親人，他們的臉在夢裡異常蒼白，即使她還是個孩子，也能感覺得到這些人已經死去了，因為他們表情很少，說話時嘴唇也不會動，如果這些親人都是鬼魂了，那麼這些鬼魂竟然那麼靠近她的睡床，還一直看著她，不是有點恐怖嗎？（「他報什麼字啊？」）

說著這些殘缺不全的夢時，她從大人的表情領悟到什麼，不穿衣服的女人鹹濕嗎？一個阿姑問她。她抿嘴微笑，對，色色的。做什麼呢？姑姑就打開萬字簿，是不是這樣啊，親嘴呀，姣姣的。一邊手指圖。除了問她的夢，大人也會去拜神求籤，或去墳墓問慘死的人。如此看來，她的夢，和墳墓上的鬼指點，力量或許等同。

或許不只是她，每個人的夢，都有點驚人的力量，像是接通另一個世界的路，看清楚這個世界，即將來臨未知的，以及過去給遺忘的，祕密。

儘管萬般不解，她也漸漸希望自己是能帶來幸運奇蹟的那個人。但願她那些零落的、詭異的、混亂的夢，會比其他小孩的夢，更能接通好運氣。

然而，自從暴動以後，阿清在醫院裡醒來，她就一直無夢。無論在救濟中心，或後來搬去姊姊家裡，或更後來的女工宿舍，這乾枯的情況一直沒有改變。

不知為什麼，她想也許是因為太傷心。身體不能承擔憂鬱，腦袋不能記掛過去，也連帶就不能再接通夢的通道。自動落閘關掉了。

---

[1] 買萬字是指透過寫四個號碼來下注的賭博，人們通常在合法的彩票店櫃檯買，但也常跟地下賭莊買，開獎號碼依據彩票公司宣布。

因為傷心的事跟夢，光是記住，就會耗掉力氣。

她想，也許心已經患上了無夢病，為了要繼續在這，跟別人一起生活，得闔上黑暗，好在明亮的生活裡熬下去。

現在，輪到她成為夢的聽眾了。

比她小上六歲的外甥女對她說了一個關於蜘蛛的夢。

「蜘蛛在衣櫃與牆壁之間的陰影裡織網。我和妳一起往陰影裡看。牠每鉤一下，我們的眼睛就跟著眨一下；好像我們的眼睛也是蜘蛛織的。」

一隻白頭翁佇立在窗外橫過的電纜線上，啾咔啾咔地對整座天空呼叫。從房裡看得見牠。牠可能在對其他鳥宣告吧，嗨嗨，這裡是我的了。

起初她沒發現自己無夢，只在聽到外甥女談夢時，她才發現原來已經整整三個多月，醒來後不記得任何夢境了。

每天早晨醒來，拉開窗簾，開始新的一天。晚上睡覺，就拉上，結束一天，去入眠。

解嚴後，六月初，她離開收容所，搬去姊姊家。

姊姊一家八口只租一間房，晝夜吃飯坐臥都同一個大房。姊姊與姊夫睡近門那側，她則睡近窗處，在她與姊姊姊夫之間隔著七個睡得橫七豎八的外甥子女。

牆角上方懸一盞黃色燈泡。呼吸與鼾聲在四壁間起伏如潮。外甥女常在半夜裡把她當枕頭緊抱，熱呼呼的臉抵著她的，一條腿跨過來壓著她腹部。她有時忍耐著不動，靜躺著感受那壓著她的少女重量，直到身體再也受不了，才推開她。少女翻過身壓碎連串夢囈，背對小阿姨沉沉睡去。

她不討厭與外甥們擠燒的這間房。因為在她胸肋底下有隻幽靈螺貼著心口，日以繼夜不停地吮吸她，吮吸她，好空，好痛。她不再像以前，可以在孤獨中怡然自得。她開始害怕起孤獨的時刻。

小小的室內空氣異常暖熱，姊姊的孩子們發出的鼾聲，幾乎跟舊家裡兄弟姊妹的鼾聲幾無二致。

每天晚上，當所有人睡著後，她給自己練習道別。（再見。再見。再見。要默念三次。）

她也開始在腦海裡想像這樣的一座島。島上遍長白色蘆葦與紅色的彼岸花。死去的家人們，也許就都坐上了有蓮花的觀音船，去到這座彼岸島了吧。他們共同的記憶也將永遠封藏於島上，因此不會被奪走。只要她還有呼吸，呼吸聲就是她與這座島嶼之間的聯繫，吸氣時生，呼氣近死。雖然痛苦，但時間未到，她絕不會登上那島嶼。

她會繼續活著，活到可以再度大聲迎接記憶回來的那一天。

這樣，暫時，只要把記憶寄放在那島上。她就可以生活。

那裡有不逝的時間，只要我想，就像旋開醃漬物的罐蓋，寄放的記憶，就會重返。

這樣練習完以後，她就閉上眼睛。

有什麼正在掉落。有什麼正在分離而去。

死亡，死亡。

死去的不是我母親，不是我的姊妹兄弟，不是友梅，死亡就在我裡面，像顆種籽。有隻僵冷的死鳥張開鳥啄通向了小小的深深黑洞。

全家死這麼多人讓心很淒苦。我再也不會快樂了。

我不能再戀愛了，我不能再戀愛了，我不能再在那些可以追求愛情幸福的人群裡了。

到底是什麼鳥一直在窗外執著不懈地啼叫？

透明的晨乳注入房間，窗簾拉上又掀開，我的記憶就又死去一些。

舉目四望，蜘蛛的白色絲線任意地，給風吹到哪裡就是哪裡。

蜘蛛會修復世界上每樣破碎了的白色東西，牠能不能修復我胸肋底下的洞？既然骨頭都是白色的。

在阿清似乎無夢的日子，她外甥女卻在天亮醒後記得更多的夢。比如有這麼一天，外甥女跟她說的夢，內容如下：

我夢見自己在路上看到一隻鳥，牠跌在我腳前。我想讓牠躺好一些，小心翻動牠，怕太粗魯會加劇牠的骨折。我不知該把牠放在哪裡，樓梯上？石灰欄杆上？哪裡比較好呢？每處都好髒。後來我決定還是把牠放在地上，卻發現牠胸前的骨頭不見了。

我回到原來的地方找，只找到斷了的魚骨頭。

我把魚骨擺進牠胸腔裡。

這是一隻鳥，牠身體裡面有魚的骨頭，牠就活了回來，不痛了。

牠身上的疼痛，似乎流淌至別處去了。

洗滌

姊姊家住在煙仔巷店屋。樓上樓下給屋主用三夾板和水泥分成幾十間房。住了十一戶人家。

六月，炎熱的端午節。阿清蹲在浴室裡洗衣，一下子就聽到有人罵，到底是要洗幾個人的衣服幾粒鐘。在後巷，蹲在公家水喉下洗，剛蹲下把裙襬收摺胯下，露出渾圓大腿，很快就聽到輕薄話，有男人騎車過時喊：靚女來我屋幫我洗衫呀。

吉隆坡市區排屋擁擠不堪，衛生不好，屋裡浴室只有兩間，為了沖個涼成天吵喧巴閉[1]。姊姊說，不久前，離她們不算太遠的另一條馬來街，就有人為了爭洗澡間殺人。一個懷孕了好幾個月的馬來女人，只不過是因為洗衣很久，就沒了丈夫。殺她的人，是同屋住的皇家士兵。因為她洗衣很久，士兵叫不開門，就在外面罵大肚婆。丈夫聽到老婆被罵，也出來罵架。本來兩個男人只是繞著廚房桌子追來逃去，那個皇家士兵，不知怎地，竟把刀真砍下去，把男人砍死了。

城市裡，馬來人印度人華人住的屋子，說近不近，說遠不遠。跟姊姊租房同層的，隔壁房是一群女工，當中有個水泥工阿陀。二十幾歲，接近三十歲，大家說她是老小姐。阿陀在工地扛泥灰，一包四五公斤，托在腰間，四五層樓梯都爬得上，也不用休息。某日阿陀接到梳邦的工，連做幾天幾夜沒得洗澡。終於回家那日，就洗特別久。外邊有人敲門，她也充耳不聞。

門外的人就罵洗妳老母。

我老母那份還沒洗，妳慢慢等，阿陀說。

那扇薄薄的木門幾乎給撞破，六個女人持木凳水盆砰砰打。六國大封相之後，還得同住爬同座樓梯。這世上沒有什麼地方是平靜的所在，「暫時」寄居亦不懂會得持續多久。舊的生活，無論如何已經揮別了。

半山芭店屋二樓開了很多家車衣廠，可是踩縫紉車要用腳力，阿清不想去。她看見有家做塑膠容器的廣告，就進去問。

老闆說，一個月一百五十塊，店鋪樓上有女工宿舍得住。

她說好，立刻開工。其實這工作也得常常走走站站，雙腿會很累。

但她需要工作占據她的時間。她需要忙碌終日，認識不同的人，學新的手藝，跟過去做的事情越不一樣就越好。

[1] 廣東話，指非常喧囂。

剛洗好的衣服堆滿三張床，我們的房間總是這樣皺皺的，衣服像小山丘一樣堆到淡黃色碎花窗簾下襬。母親說，不如殺了我吧，死掉算了。

我記得他們怎麼來的，我的孩子。母親又說。

我就默默地摺衣服。把弟弟的小襯衫鈕釦給扣上，把衣袖摺疊在衣襟前方，把衣服對角摺疊好。

在睡滿了九個人的房間裡，弟弟經常半夜裡爬起來夢遊，走得跌跌撞撞。他的小腳高高低低地踩過床褥、地板、床褥、地板，時而踩著我們的腿。

據說夢遊的人不可強硬喚醒。別叫，他的靈魂會無法回到身體裡。有時他會微微啜泣，我們只得輕聲哄他，回去睡回去睡。重複又重複，這通常會持續上好一段時間。

好幾年後清明節時，應該要去雙溪毛絨那裡祭拜，我們忍不住會想，小喊包[2]會不會想要什麼東西。打從兩歲開始，就總有人會餵他吃榴槤，他吃得滿嘴與手指都是黏答答的淡黃色果肉。

婆婆和妹妹擁有過的東西，我們一件都沒能保留，不管是鞋子、衣服、身分證還是照片，全都燒光了。他們在底下也不會收到這些東西。因為那種在暴力中燒毀的東西，完全沒有辦法抵達黃泉去讓死者的靈魂收下。

[2] 廣東話，指愛哭的孩子。

孖尾

來了一個男人，邊看邊抽菸，我覺得他一直抬眼看我，似乎特別注意我。等到賭完一輪，我去算錢，他就說，妳變漂亮了。這話很奇怪，因為我不記得看過他。他可能認錯人。

在我看來他很老，老油條，三十歲扮二十歲。

要不要去看戲？我說不。一起去喝咖啡？我說不要，我又不愛咖啡。

妳以為我是壞人？他問。我喜歡妳，我不會害妳。

無端端為什麼會喜歡我？

喜歡不用理由的，他說，一會兒，身體往前傾。我應該立刻退開，但當時沒有，彷彿退出就是輸。我心臟怦怦跳，緊張起來。

等到他又噴出一口煙，我才往後退。就這麼一猶豫，他就誤會了。他一定以為我是可以得手的，儘管我覺得我不是。

陳叔說賭館需要好看的女孩子上班，他們說我的臉很甜。每早晨進到賭館，前晚的菸味還沒散，要到正午才好些。孖尾最初出現那天上午，賭館門可羅雀。只有一桌老人家，兩個阿嬸跟一個老男人，菸也抽得很厲害，臉黃鶴髮，不抽不賭不能過日子。

我去後邊沖茶。有個男人走到後面問找廁所，我抬頭看他，頸項戴條粗金鍊，眼睛骨碌碌，不曾見過。我沖好茶出來，那人也跟著出來，逕去大門口跟另一個男人會合，兩人同坐凳子抽菸，貌若等人。

不久來了一個似乎他們都認識的人，邊聊邊等，在櫃檯登記了，說三缺一，誰來都願意湊成桌。

到將近一點半時，我吃自己帶來的隔夜麵包。那時我有遠遠看了一下賭桌客人，那個先前去屋後方問廁所的，粗金鍊，眼睛骨碌碌，加入了那三個老人家，人齊開賭。奇怪怎不跟他自己認識的人。

我看著他，覺得異樣，他姿態特別怪，胳膊、左臂時不時往上提，又摸耳朵，摸袖口。是不是在打暗號？可跟誰呢？雖說這畢竟不關我事，虧錢的又不是我。但我有點擔心，經常有老人家被障眼法騙走一生辛苦儲蓄的血汗錢棺材本，賭館平時很少有老女人，老千通常很喜歡騙老女人。

平時陳叔跟阿皆講授經驗，我在旁邊偷聽。

陳叔從來不跟我談那麼多。他很願意跟阿皆講。阿皆，當然很靈活，阿皆在咖啡店裡捧咖啡，這裡那裡送咖啡，認識了許多人，從布莊店、電器店到巴剎賣魚的、炒米粉攤檔的老闆，上上下下都熟，賭客也熟，賭館的人就問他要不要來抽水[1]。

他跟我同年，都十七，不過他是男孩，所以陳叔讓他做到夜班，下午五點接手到凌晨，有時還通宵達旦，入夜賭客滿座又豪賭。他抽佣比我多很多。

我們在賭館工作，除了固定工資，還可以每桌每圈收佣金三巴仙。白天賭客不多，但好過沒有。這收入比車衣好，有些客贏錢後心情好，很願意給我拿尾數，五分兩毛的，一天下來，有時也能收到沙尾渣[2]一兩塊錢。一個月下來，佣金、跑腿甘先[3]，我會拿到百多塊。所以我又繼續做下去，即使只能做早上。每早進來掃地抹桌、泡茶水煮咖啡、洗杯洗盤、給每張桌子釘麻將紙，還要收拾一大堆色情雜誌。

他們說因為妳是女人，不到天黑就得回家，這裡男人世界，又不能留妳做久。

陳叔對阿皆跟對我是不同的。他搭阿皆膊頭，分他菸抽，有一次我聽到他們聊天，陳叔對阿皆講得好詳細，誰是老千、誰以前扯皮條，如何觀察出千。陳叔還把這區黑名單上的賭徒，一個個跟阿皆細說。比如來自何清園叫郭牛的，以前曾經拐帶未成年少女去到關丹按摩院，後來被抓落網在監牢吃咖哩飯七八年；此外還有一個樣子長得像李翰祥、左右手十指都有戴戒指的，曾經被人告過出千。要是有人一

---

[1] 抽水，是抽佣金的意思，這裡是指負責打理每桌賭桌，可抽佣金。

[2] 各種找錢項目零碎的尾數。

[3] 甘先是佣金的意思，來自英文（commission）的口語。

直贏錢，就要注意了，看那桌的骰子和碗是不是給偷龍轉鳳，必要時介入清場，叫看場的阿三阿龍去查桌子上下。

我發現老闆跟阿皆說得比較詳細，簡直像是在傳功夫；什麼賭客的袖子可能藏磁粉、要怎麼用磁片藏握掌心，要怎麼若無其事地檢查免得還不確定就開罪人，而對我，他總只說一句，「知道了我會解決妳不用擔心」，「對，有可能，看到可疑妳就報告，阿三阿龍會去應付，妳不用管」云云之類。

我不知原來陳叔心裡會這麼偏。他頭腦跟眼睛一樣，發雞盲[4]，他其中一邊眼珠看不到，是人造的。真奇怪我做了這麼久，陳叔從不主動跟我講這些。難道他以為白天賭館不會出問題嗎？老千白天就不來嗎？我覺得陳叔真是矛盾，又常話我做工要醒醒定定，不要只顧掃地。

自從我進了賭館，把書本放一邊不再看之後，我漸漸投入到這份工作去，想試著把自己變成另外一個人。一個能夠確實地，實際地估衡利益好好活在這個世界上的人。

發現那男人可疑的搔姿後，我就走過去，假裝拉拉隔壁桌的抽屜和椅子，一邊望。

他點支菸叼著，邊洗牌邊斜睨我。他尾指與無名指指甲留得老長，刮他那剃後腮青的臉頰下巴，嗞嗞聲，像刮橡皮般不會痛似的。

他忽然問，小姐，妳對眼真桃花。有沒有拍拖呀？

同桌那個穿旗袍領、畫眼線很黑像李麗華的阿嬸就叫我，小姐，給我們的茶壺換熱水，順便幫我買包菸回來。

我便起身拿走旁邊小架上的茶壺。是的，要我走開還不容易，點我做事，我就會當跑腿。這麼短短十五分鐘，賭桌局勢竟已然不同。那點我去買東西的阿婿，先前一直賠的，這一鋪竟然大勝，神情還很淡定從容，像平常事一般。

那先前戲弄我的男人，現在則像洩了氣的皮球。奇怪，那麼多雙眼睛看著，卻沒有人明白她是怎麼贏的。

沒有可疑的痕跡，我當然不會管，收佣金，走出去，給自己買好吃的三點下午出爐的包點。

我聽見陳叔對阿貴和阿皆說，要小心，最近內政部抓人很厲害，五一二過後，他們一直在抓私會黨。五一三當局報死亡人數兩三百人，後來出動的警察五千人，到處亂抓人。搞到這陣子，幫派內鬥也很猛烈，天天聽聞有人斗[5]械，許多人都不知道誰會出賣朋友。結果，兩個月後，本來私會黨人數都沒那麼多，經過警察與政治新聞部的一連串行動，很多人都要找槍來自我保護，黑市交易的槍械火器變得比以前興旺。

走在路上我有時會遇見孖尾。他從囉哩駕駛座上喊我，喂，靚妹。我就轉頭看他。

---

[4]口語，盲目的意思。

[5]斗：口頭語，鬥爭。

「上來。」他說。

我轉過頭去，繼續往前走。

「上來啦，妳要去哪裡我載妳。」

我沒有理會他。

他想要跟我說話：「妳真的要做這個工？我介紹別的工給妳。比這個更好。」

「不用，我滿意這裡。」

「一個女孩子家，做麼喜歡賭館？妳也真奇怪。」

我帶了妹妹去空地上，抱一個拖兩個，去那裡看人打籃球。其實也不是為了看人打球，主要是找空曠的地方待著，玩耍、跑動。不過那邊通常被男孩子占據。我常常看著他們怎樣得意，又怎樣彼此欺負，看不起的人，他們就笑對方是娘娘腔，叫對方婆彈（pondan），這個詞彙經常嘹亮地在空地上迴響。另一個人追打過去，最後所有的人扭打在一起。

在那邊

我長期營養不良，來月經時，一邊工作，總感到腹部抽搐一陣陣，手腳發冷。沒到中午，帶來的麵包就吃完了，可是肚子還很餓，就只是喝熱水。

那個寄宿樓上的林伯正好下樓來，坐在後方的帆布椅，叫我，阿妹，幫我買兩粒包，我還沒請過妳。這邊我幫妳看一下。

我就出去了。回來時，看他人在睡覺。

我洗了手，坐在煮熱水的爐子旁吃叉燒包，一邊等水滾。林伯還在帆布椅上睡，一動不動的。

我就去看他。他嘴巴微微張開，像鳥喙一樣張開，下巴是後縮的，彷彿被脖子往下拉，而臉上的肉是緊緊的。

我心裡一陣麻，走出去，走到櫃檯前，看見那個看場的阿貴哥，就跟阿貴說，林伯死了。

林伯的葬禮草草結束了。送去吉隆坡廣東義山的火葬場火化。

這件事衝擊了我，讓我有份彷彿從紙醉金迷的煙霧世界裡，剝離，甦醒過來的感覺。

賭館裡依舊砰砰聲，說的依舊只有幾點、幾點，從來不談吃，好像肚子不會餓。有時我懷疑，是不是因為常跟他們待在同一屋簷下，我也漸漸地，對飢餓麻痺了，感染了不會餓的病，常忘記吃東西，即使肚子很空。

一天我不小心打破了一個茶壺，陶瓷片與茶葉在賭桌旁邊撒了一地。我就拿掃把過來掃地。

妳做麼會這樣笨手笨腳的？老闆罵我。

我沒回嘴。精神不好了幾天。那天起來，確實很疲倦。有時我工作時，竟然忍不住睡著了。聽到砰一聲，一聲叫喊，妹頭，我就立刻驚醒。

我在天橋下面遇見她，那個很瘦的阿嬸。大家都說她奇怪，說她嘴含金，像啞巴那樣不說話，聽說她想跟她丈夫離婚。我跟她並不很熟，不過她忽然對我打招呼，喊了我名字。

她站在大馬路邊，一棵榕樹下，臉看起來很白，頭髮剪得很短。我就走過去，妳認得我嗎？她問。

我就說，當然認得。

她每天都在幫她大伯顧豬肉檔，以前是我的鄰居。

她問我，妳可不可以陪我去我姊姊家？我等下想去一個地方，要去我姊姊家換件衣服。

我說好。我們過橋，越過巴生河。橋底下河水傳來濃厚的腥味。

「以後我不會再去吧刹顧豬肉檔了。」

「為什麼？」

她沒回答我。交通燈轉綠後，我們繼續沿著大馬路邊走，經過歌梨城戲院、幾間大酒店，一直來到巷子裡的新店屋樓，我以前不曾來過。它看起來是新蓋的，底下兩層都是店鋪，再往上就是住屋。我們爬樓梯上去，到四樓就出來。我眼前是一條筆直的走廊，走廊上有一些地抹、掃把之類。旁邊扶手水泥牆外，有人拉鐵線曬衣。

我們走過去，她沒敲任何一扇門。

我問她，她要找的姊妹到底住哪一間？

「應該是住在上一樓，不如妳先回去吧。」

「我尿急了，等下想跟妳姊妹借廁所用。」我說。

她就轉身，不再趕我。我們來到五樓，這就是最高的樓層了。五樓的走廊看起來也跟四樓的一樣。

她躍上水泥扶手牆，坐在那寬不足半尺的牆頭上。

我慌起來。我想抓她的手和肩膀，她臉色慘青，我腳一軟，撲跪下來，只能抓緊她的雙腿。

「幹什麼？」

「嬸嬸妳不要想不開。」

「我都沒穿鞋，妳去幫我拿回鞋子。」

她的鞋子掉在走廊上，是她跳坐欄杆扶手時踢落的。

我就轉身，去把鞋子撿起來。

等我一回身，欄杆水泥牆扶手上已經空了。眼前只有多雲的天空與樹梢。

天空白白的，水泥牆也灰白色的，中間只有一條線。我探頭從天空與牆之間的界線，往下望。

我見到那女人躺泥地上。起初她眼睛閉著，像睡覺一樣。一會兒，她睜開眼睛，看見我。也許不是我，也許只是看著她剛跳出的那層樓，而我只是剛好站在那邊。

我父陳亞位

以前，當我們還住峇都律木屋區時，經常從一家到另一家，賭撲克牌，二十一點，十點，三公[1]。我們賺來的錢，就在吆喝聲中，從一個人手中流到另一人手中，在木屋之間流轉來去。輸錢讓人心痛，不玩又悶。我們什麼都能賭。拋骰子。賭賭冰水小販與她的丈夫能持續多久；等到他們分手後，又賭冰水小販與她契家佬可以耐多久。

冰水小販跟她契家佬註冊去了，在天后宮華人大會堂，以後我們就不再押賭他們了。

五月暴動一事卻沒人開賭，當初有賭誰上來，反對黨會不會勝，還有席位，沒想到選前就有林順成在甲洞被警察開槍打死，之後，就爆出來，原來子彈孔在林順成頭殼後面，終於真相大白。幾天後就示威、投票、遊行、示威，暴動，戒嚴。林順成出殯的籌委會主席蕭思蓮被抓，不經審判就給關起來。

[1]每個玩家分三張牌，比牌型大小，計算賠率的撲克牌賭博。

賭局散了。警察開始捉「共產黨恐怖分子」，「滋事分子」跟「壞人」，連派傳單的人也捉，接著就是私會黨和可疑的工人。

五月過去了，暴動卻沒有因為上面講「平靜了」就平靜了。

變平的只有木屋區，秋傑區南邊的鵝麥巷木屋區，峇都律歌梨城戲院後面的木屋區，一年內都沒有了。六九年十一月，中華巷與蘇丹街後巷賣吃的小販攤被拆，一天之內就拆完。聽說接下來就會輪到何清園、甘榜地里與甲洞木屋區，有的一兩百間，有的幾百間木屋，全都要被拆除夷平。

這期間我父親曾在一家家具倉庫做看守。倉庫近馬路，牆壁是木板與鋅牆拼貼湊成的。

父親說他本來躺帆布椅睡覺。半夜驚醒，聽到雜聲，扭亮手電筒在家具之間探照尋找，卻什麼也沒看到，起身出去小便，就這麼短時間，裡頭家具就著火了。倉庫裡不只木材多，還有一捆捆鋪地板用的塑膠墊。一發不可收拾，冒大煙。

很多人從木屋區跑出來，開公家水喉提桶裝水，拉水管救火。消防車來到後射出大水柱，射不到，因為救火喉那時很少，得接大馬路，拉到來很短。倉庫狂燒，沒燒光的傢俬也被水毀了，不能賣了。

老闆說要告他，說他看守不力害倉庫大損失，後來有人講這倉庫危害員工安全問題，老闆就不告了，把五十元鈔票丟地上叫我父親撿，早知你這樣沒用，當初就不請。又去跟別人說，他夠倒楣，請到一個沒用的員工。

五月暴動才不過兩個月，我們家變化大得彷彿已經逝去十年八年。

父親本來是製鞋匠。早在兩三年前，他還有點收入。那時還沒那麼多製鞋工廠。

他名字叫陳亞位，廣東興寧人，一九三四才來到吉隆坡，來到時才六七歲，住了幾十年，沒有上過學校，不會講也不會聽馬來話。他每天都跟廣東會館的人在一起，那些人每天抽菸，打牌，講鹹濕笑話，在車站、巴剎聚賭。他學他們怎麼講話，可是他不會講鹹濕笑話，他也不喜歡賭博，他只會做鞋子。

他不理地球轉。

他有一把非常銳利的製鞋刀，無論多厚的皮，都可以美美俐落地切割。前幾年開始，他接的工越來越少，有時一整個星期沒做到一雙鞋，閒得發慌。他最後一次做鞋，是在一年多以前。到後來，他就變得無事可做，可還是經常回到往常做鞋的高腳屋地下室，磨他的刀。

房東的小孩有一次跟我說，妳爸一直磨刀，像殺人狂魔。

做完最後一雙鞋子他等很久，整整一年沒有新的生意，上門去跟原來的老闆吵架也沒用。他就轉去幫他最討厭的造鞋廠工作。在他們的縫製部，鞋子都是機器造的，一天可以造出許多鞋。做一整天日薪兩塊八。

他老是想不做了，不幹了。

如今不知那把刀去了哪裡。

回想起來，他那把刀，既然這麼鋒利，如果轉行去殺牛殺豬，說不定也很好。

他菸抽很凶，但很少待在屋裡抽。他出外面，下樓，在巷子裡站著或蹲在溝邊抽菸，他回家只為了上廁所大便、沖涼跟睡覺。

半夜裡，他會突然大叫一聲，那喊聲也散發著濃濃的菸味。然後，又繼續睡到像死了一樣。

我們房間算是大房。擺得一張吃飯兼做功課用的木頭桌子，靠牆壁放了個衣櫃、幾個紙箱裝著雜七雜八的東西。我們有些人睡床褥有些人睡草蓆，醒了以後，床褥與草蓆就全部疊起來，空出地方來吃飯、坐、接待客人、摺衣服和拔江魚仔。所謂拔江魚仔，就是把江魚仔分開，拔掉裡頭一些烏黑骯髒的東西，我們稱為拔魚糞，煎吃起來較可口，但我經常同時也把魚骨魚頭扔掉，要做一整天才能做完兩大包，有五歲小孩那麼高的麻袋，給回雜貨店，賺兩塊錢。

有時候父親心情好，他會告訴其他人，他有幾個幾個孩子，孩子多少歲了，再等多幾年，他做父親的責任，也就了了，總算能夠把孩子養大。那時候的他，又親切又愉快，變得跟以前一樣，彷彿他心裡頭的天氣那日清風明朗，就有點像以前的個性。

母親不再去割黃梨和洗琉瑯了。她轉去餐廳寫菜單，只要一見她梳頭髮，他就問，「去哪裡？又要出去姣。」

如果他們吵太久，隔壁或樓下就會有人抗議，「窮光蛋老不死整夜吵。」

母親開始養雞，她跟住蕉賴新村的朋友一起在靠山芭那裡，圍起一塊地，做起養雞賣雞的生意。如果母親回來說什麼高興的事，說今天賺了多少錢，或買了釀豆腐回來給全家人吃，他就說，「一點點小錢就虛榮。」或者，背對著她，低聲地說，「妳的錢咩，還不是勾男人的錢。」

他說的，是跟她一起養雞的人。他們一起在巴剎開檔，其他人都是大妻、兄弟姊妹合夥，只有他們不是。我去幫過她，我沒待很久，能幫的都是小事，比如把雞塊裝進塑膠袋交給顧客收錢找錢。一切都要實際點，我不會去想那些給自己難過的事，我不可能看好我父母的婚姻了。

阿良手臂很壯。個子不高，肩膀很寬有點厚肉，據說是以前在碼頭扛貨扛出來的。頭髮又多又厚，很少洗頭，母親笑他都不用去買頭髮油，自己分泌。

有一天父親忽然過來，就在雞檔那裡，跟母親吵架。問她為什麼賣掉他的摩多車，其實摩多車賣掉已經很久了，因為父親根本不出門，是他自己說不要騎了。「妳有陰謀的，妳害我不能出門，然後現在就用我摩多的錢來養佬。」我是姓賴的是不是，母親大喊大叫，你沒鬼用你。

「你們還搶我的孩子！」父親大叫，後來就推倒雞籠子，搶刀，殺死了幾隻雞。雞毛亂飛。剩下的就巴剎滿地跑。

我半夜醒來，濛濛中，看見母親坐床頭。她手拿菜刀，舉著。

父親昂起頭看著她，沒說話，只是呼吸很大聲。

不知道媽是想殺死他，還是自殺。我身體好像麻痺了，不會動。腦殼很硬很硬。

母親後來提著刀開門走出去。我聽見她下樓到廚房。

不久傳來沖水聲，水聲潑了兩下，她在樓下哭。

母親離開家裡好幾天，沒有回來。

她不在以後，父親爬起來，像竹竿復活一樣。第二天他就出門去，到晚上才回來，他還爬上凳子，舉起雙手，踮起腳，把什麼東西往通風口高處掛。不知道是什麼朋友介紹他的一個茅山符包。他說可以化掉那種一直糾纏他的怨氣，以及一些詛咒。

這之後母親也不賣雞了。她說自己不想殺雞。

她繼續去餐廳寫菜單，卻越來越瘦。她有一次說想換別的工作，不要殺生，好讓家人來世好一點。不過要到八〇年代，她才開始和阿姨一起吃素。

阿良叔叔偶爾會去餐廳找她，下午三點，他點一杯酒，在店裡坐著，吃花生，點豆豉排骨下酒。

我永遠不會知道原因。以前，他雖然不怎麼熱衷跟人參，但還是會在心情好時，跟我們姊妹說話。暴動那天，他一整天不在家，聽桂鳳說他像往常一樣帶著鞋刀、修鞋工具箱出門去。在他回來之後，我記得起初家裡還有製鞋刀在。但不知自何時開始，那整個工具箱就不見了。

也許他只是因為沒希望了，所以把鞋刀賣掉了，應該可以賣到好價錢，但他怎捨得？難道是碰上警察被沒收了嗎？我們聽說有些地方，有軍人進屋搜查，找到「武器」就沒收。

我帶回來的大伯爺符呢？父親問。

沒人看到，我說，桂鳳桂麗也這麼應和。

可能是掉在樓下了，剛才爸爸不是在樓下找火柴嗎？桂鳳說。

於是父親就跑下樓。

隔著薄薄的樓板，我能聽見他一邊找一邊大聲地抱怨，唉唉，唉呀，搞咩啊，搞邊忽啊[2]。發神經……

「阿伯你念什麼經？」就有人開門跑出來問他。

到天亮，我去溝渠邊開水喉洗臉刷牙，看見父親整個人躺倒巷子裡。我還以為他暈倒或死了。我走近喊他，卻看見他臉上冒煙，原來他在抽菸。

[2] 廣東話粗口，可直譯為「搞什麼，搞哪一邊啊」。「邊忽」是哪一塊、哪一邊、哪個部分的意思。

沖涼房裡的蛇

浴室裡來了一條蛇。她衝出浴室直奔上樓。水池邊，靠近水喉頭處，那青蛇閃著碧綠幽光，盤蜷，豎起，昂頭吐嘶。

樓下租客阿烈從灶口旁邊抽出一把火炭鉗，進浴室，伸到絲絲吐嘶的蛇頭前，那蛇給激怒，爬上，還待在蜿蜒曲進，猛然就給火鉗夾住。

他抬著那把火鉗，「閃開！閃開！」一路飛衝出門口。

廚房裡嗡嗡吵了好陣子。

她肩膀還裸著，只裹著圍巾。幸好此時房間裡沒人。

聽到樓下那人在喊，閃開、閃開。她屏息傾聽，頭髮濕，滴著水。毛巾用舊了，很薄，不太能吸水。

不久結果從樓下傳來：「蛇丟出去了。」

在這屋子裡，每樣東西都是要與姊姊一家人共用的，沒有一個地方與東西是自己專屬的。一進門就是床。所有人的床都這樣鋪開來，躺哪裡睡哪裡。只有被單是分開用的，每個人有自己的被，每張被單有自己的氣味。枕頭也是。就連毛巾，包括這條現在裹身的毛巾，褪色了、脫線了，平日總是懸在鐵線上，是和姊姊、外甥女們一起共用的。

她小心地坐著，碰一碰床沿輕輕坐下，毛巾是會吸水的，也許，不至於把床褥弄濕吧。腳在木板上，已經沒有什麼水跡。小心地坐著，豎耳聽，沒有聲響了。

這天回來，她好冷，肚子抽搐著疼痛，去煮熱水。一定是大姨媽就要來了。

她下廚房煮水，煮點熱水，拿起火鉗撥灶裡的灰，手禁不住發抖。阿烈看到她臉青唇白，就說，有雞湯，阿烈在蘇丹街酒樓廚房做學徒兼打雜，時不時會帶吃剩的回來。

雞湯從塑膠袋倒進鍋，在爐灶上，炭紅了，加上切小的柴薪起火。湯滾熱了。

她只是在旁邊看著他弄，自己什麼也沒動手。這感覺真奇怪，很舒服，第一次覺得自己被人照顧。

阿烈五官端正，說話好少，但人好細心。爐子的火焰倒映在他眼眸裡，那眼珠是琥珀色的。

酒樓很多女招待，他一定看慣了。旗袍開衩到腿上，腿很滑，就連膝蓋也很美，頭髮梳髻。又不用每天彎腰在水裡。

她有陣子常在公共水龍頭前面遇到阿烈，他一屁股蹲下來，幾乎挨著阿清的胳膊蹲下來。

起初她怕他，濃眉大眼，個子又大。

大雨天，阿烈有時從酒樓帶回剩餚菜尾，偶爾也有鳳爪香菇。那時就會問她，這碗是很香的，妳要不要？我分給妳。

一天他幫她找鑰匙，從廚房到處找，找到馬路邊。

七月大雨傾盆的某日，她從理髮店下班。那天幫一個顧客挖耳朵，他罵她笨手笨腳，弄得他難受，還說不如用剪刀把我刺死算了。她騎腳車等紅青火[1]，想到那顧客的臉，突然自己笑起來，就唱歌，陳寶珠，個個稱我女殺手，一路上越唱越大聲，在汽車喇叭轟轟聲中，繼續唱，踩著滑過百樂門跟超級市場。

巷子裡，晾衣服的鐵絲網上，大半都空了。

如果有人看到，一定就會說她瘋了。是，她瘋了，騎著腳車，任大雨淋得潮濕透，後來拖鞋一滑，她差點翻車。

打老遠，她看到一個人，那人從路上，伸出手，攔住她，阿清，阿清。她停下來，是阿烈。

「妳為什麼不穿雨衣？」他指指車籃子前面的黑色雨衣。

雨水從髮尖、鼻尖，滿臉是水。褲子、腿上一片泥汙。衣服是濕濕的貼在身上。

她望著他，他望著她，她可以說句，關你屁事。

不過她沒有這麼講，這一天她非常沮喪疲倦。

---

[1] 交通燈，各籍貫方言均有的口語。

賒帳簿

我們每逢大選都要囤糧，米、食油、罐頭、麵。我們害怕告訴別人婆婆、外公、舅舅、阿姨是怎麼死的。弟弟下落不明，不知道應該當他還在，還是他不在了。我們怕給人注意我們的創傷。我們不敢哭。我們怕老師提起。我們恨老師不敢在班上提起。

媽媽說這輩子永遠還不了了，欠死人的，比555簿子上記的賒帳更多。

她欠外婆一大紮粽子、雞蛋糕跟一雙新木屐。外婆外公應該要吃到她弄的豬腳醋或六味藥材雞湯。

她欠舅公三十五元，下一世還。

有一天，有人帶米、麵和一些救濟品來慰問我們家。來的人，是一個地方華人執政黨M黨的幹部，他來看她，耐心聽她抱怨。走以前，仍然不忘告訴她，別跟記者、別跟什麼人說你們家的事情。

政府給的補償：

一包米。一匹布。二十五令吉馬幣。有的人前前後後總計領取三千令吉馬幣。

暴動幾個月以後（不能講結束），開始有抽籤，抽到就有機會拿到為彌補受難者家屬興建的廉價屋單位。

至今，仍然無法說，它「已經結束」或「已經事過境遷」。

心跳

有個鬼魂一直跟著我，叫我觸摸一個人。我碰到他背後、握到他手掌，忽然意識到自己在靠近某顆跳動的心臟。我不是聽到，而是感覺到，他的心跳，和我自己的。天氣很熱。

我買了一包冰豆奶。咬著水草，就站著，等。

蚊子變少了。野草已經給清理了，沿著馬路邊露出一大片黑色的砂質泥土，我沒想過這片地的泥沙原來是這麼黑又這麼粗礫的。不久，他們就會在這裡鋪水泥，砌磚做人行道。這裡將會蓋新的超級市場。到時候，冰水檔捉姦事件，就會被人忘了。

他來了。沒梳好的頭髮鬆蓬，衣服手指黑黑的，眼睛布滿紅絲。

很煩，他說，老闆不信我，我也不信他，我們互不相信。

上次在籃球場有兩兄弟給抓上車痛打，那就是開始。這事我聽說過。接著，工友阿男在九玄宮廟附近，被幾個陌生人用玻璃樽打了，差點死掉。這是第二件。這之後就開始有「那邊」講「這邊」，說不夠團結，有人搞鬼，出賣，害無辜的人坐牢。

「太可怕了。」我說。太悶了，為什麼要這樣。

大葉婆樹的影子在我腳底下晃著。太陽在樹葉上方爆開了。即使在樹蔭底下，我們兩人的脖子、臉上都是汗，赤道陽光正把我們融化，我們的身體簡直像從海裡爬出來似的，稍微動一動，汗水就從髮心、臉、脖子滲出來，這就是我們對海的虧欠；但由於我們也虧欠了陸地，所以我們流的汗得先滴入泥土裡。

我把豆漿遞給他，「喝一點。」他就喝了，一邊看著我，一邊微斜著嘴角，叛逆的樣子，微笑著。

讓我酥酥的感覺只有一剎那，話題又轉移回去。

聽說報復來了，「那邊」的人生氣了。他們將會採取行動。他心裡有點忐忑不定。

對這樣的事情，鐵廠裡的人際關係，我已經聽出耳油，我嘗試幫他分析，但到一半就失線索。當然，我只需要聆聽。我知道鐵廠老闆本來就不喜歡他，如果他們要找代罪羔羊，懷疑就會丟黑原本就看不順眼的人。

「不開心的話，就不做吧，走人吧。」我說。

「那我不是吃西北風。」他說。「去到哪裡都有山頭鬥來鬥去。」

哪裡都會有，除了天堂。每天去鐵弄[1]上工，都要擔心。他說，什麼都不穩定，沒有安全感。每天都

[1]鐵工廠的口語說法。

要對老闆表示「忠心」，待著，表示自己在場。他開始想念森林，想要回去的心情就像做夢一樣。從前在森林，生活很單純，不用怎麼煩心，會煩，但不是人，是老天爺，大象野豬猴子，偷榴槤果子的賊，都輪不到你煩太多，天氣總會下雨，會有旱季跟雨季，總不像這裡，充滿了險惡與占領。

我母親從工地回來第二天，三舅就來了。他走了以後，她想繼續洗衣，洗到一半，對著一大盆洗不完的衣服哭，水嘩嘩地流著，她用力揉洗，濾過肥皂，刷刷刷，好傷心啊，好傷心啊。

經過公家水喉的每個路人都在看，她不是唯一一個。整個六月，陸續有人發現自己無家可歸。

我知道她最愛小喊包，我想她完全忘了我們，或者她覺得我們是耗光她力氣的討債鬼。我從來不曾看過母親那麼激烈地哭，像女孩一樣不顧一切大哭。我想撫摸她背後，抱她，也安慰我自己，即使到現在也是。

「怎麼啦，好像生氣了，妳這兩天完全不說話。」

「我為什麼生氣。」

「妳不要不講話走掉，我會害怕。」

「我沒事。」我說。

他就抱著我。擁抱的時候，我確實覺得幸福，彷彿空的東西被填滿。

「妳好白，曬不黑。」他說。

「你該回去做工了。」

「晚上我來找妳。」他說。

他父親去療養院了，幾月都不會回來。

原來雞寮屋這麼小，門鎖上。門外砰砰聲，叫大、叫小。隔著那扇薄門，擠在他那張小床上，慾望像細小的幽靈壁虎藏在喉頭裡，的的的，的的的。舌頭在口腔裡在牙齒下糾纏著。緊緊勾著，要這樣才能安心，一個身體貼著另一個身體，這胳膊，這腰這胸，一定要這樣，拚命地吻著吸著吻著吸著，啄乳頭親眼睛，我們喬身體，很痛，所以要慢慢地，慢慢地，夠濕了，啪啪啪，好痛，這肉身。

妳有沒有受傷，會不會後悔，他總是問我。他看戲，看太多了。都不是雷雨交加。我都不曾哭過。

他睡著了，呼出鼾聲。他手抱我腰，我們腿夾腿夾到快麻痺。我們身體都瘦，骨頭壓著骨頭。我還想聽，那隱密那熱烈，但那顆心臟已經回復規律，平緩，他的跟我的。汗水黏膩地闔眼躺了一陣，睡不著，我感覺著自己的大腿根之間好像還在給電流搐顫，一下一下地。

門外洗牌聲從頭到尾沒停過，在那塊夯實的泥地上，我沒看過有人賭到這樣不言不語的。阿斑說，他們不會說什麼的，他們心裡只有骰子幾點幾點，每次骰子一轉，心就跟著轉，一離桌，心頭什麼都記不了，遊魂那樣。

如果能換地方，當然好，可是沒有錢，旅社更危險，有人捉姦怎麼辦。如果門突然打開，一目了然，一旦這樣想，一想下去，我就忍不住，轉過身，跟阿斑臉對臉，胸貼胸，緊緊地，他的嘴封住我的嘴，吸住呻吟聲。十月，十一月，小心不要碰到他父親的床。

碼頭

「碼頭」就是找吃的地方，是溝、河或礦湖裡洗錫米的地方。天還未亮，我們十多人，包括我父親、我母親、姑姑、阿姨、舅舅，再加上鄰居安悌和他們的小孩，來到碼頭，邊等邊吃。我們的早餐是隔夜飯或前晚買的糯米糕。我們邊吃邊等那個印度守衛給訊號，他會給我們知道是不是時候可以下水。要是吃完了，天都亮了，訊號還沒來，我們就會開始賭博。賭黐十，黐紅點，等到孟加里人的訊號來了，我們就立刻下水，開工。

就拚命洗到下午三四點。

從我們住的新村到礦湖，我們包了一輛沒牌的沙布車[1]。兩塊半令吉，擠上十個人。只有我父親騎腳車過去，女人和小孩統統擠車上。我坐在小姑姑的腿上，小妹又坐在我的腿上，我們腿疊腿，人疊人，一個位子疊三個人，在車廂裡，晃呀晃，每當車子輾過石頭或窟窿時，我們就大聲喊騎馬啦、騎馬啦，葛咯葛咯。在彈簧椅與車廂頂之間，互相撞呀撞呀。騎馬啦，騎馬啦。葛咯葛咯。

我的小姑姑在我背後說，哎喲妳好重，壓死我了。

在汗酸味、衣服濕氣以及尖叫聲中，我們笑著，我們的背頂著別人的胸，肩膀撞肩膀。

我如今想起她時，都是我們擠燒時候的親密感。她瘦瘦的腿，撐著十歲的我，和另一個也許是七歲大的小男孩。

小姑很喜歡唱歌，會唱黃曉君，或其他流行歌曲。

她很會安慰人，如果我說別人笑我了，笑我髒醜，跟她訴苦，她就說，不，不是的，妳最美麗。

她名字叫陳阿芬，五月九日林順忠出殯時，跟去看熱鬧，幾天沒有回家。

到六月初，戒嚴過去了，大家可以出來了。阿清姨以前工會的朋友，突然來找，說，妳有個親戚關在監獄裡。罪名是參與顛覆活動，沒得上訴，因為是內安法，直接關監牢。

小姑四年後才出來。

她變胖了，頭髮鬆蓬，胳膊粗粗的。很會種菜，分辨什麼種子能長好，什麼不能。還學會做酒，用酒餅做。不過最神奇的，是她看得懂虛空中手指畫出的字，可以精準地一字字念完整「封」信。她說，這叫太空傳字，在監獄裡學會的。

[1] 沒有商業載客合法執照，私下載客的車子。沙布，來自馬來語「掃」（sapu），意思是什麼都載。

帶剪刀過來。一包魷魚絲也可以，或你外婆削好的哩哩骨[1]，要新的，不要用過的。

一包魷魚絲要一角錢。桂秀選擇帶哩哩骨。她從外婆剛紮好，收在廚房門後未曾使用過的水掃裡，抽出了又白又長好幾支哩哩骨，目的是為了做風箏。由於風箏要做好幾個，這把水掃哩哩骨，就越來越瘦。她也試過把外婆洗淨與晾乾了的一盆雞毛，抽出幾根，放進口袋裡，想帶給荷花甕三間屋的那群女孩。但她們不喜歡雞毛，因為，「雞毛裡面有蟲有雞糞」。

起初桂秀很樂意幫她們擦地跟洗碗，在荷花甕三間屋，那家人廚房很亮，陽光從頂上天窗篩落，照亮洗碗槽牆上鑲黏的鏤花白色磁磚。自來水不用去公家水喉裝，而是直接就從洗碗槽上方的水喉頭流出來，連用的碗碟也是瓷的，要小心地抹淨疊放上碗碟架，不像桂秀家裡用的，底下邊邊都是鏽斑剝落的鐵杯鐵盤。

荷花甕三間屋那家人住得不遠，只隔一條馬路與三叉路口，走過去不用十分鐘，馬路只過一次，馬路很窄小，沒有很多車。荷花甕三間屋，位置在家人允許她出門後可以走動的範圍內，超過那範圍，回家就會被打。荷花甕三間屋，總共占了三間店屋，裡面有打蠟色深的厚木椅，厚木桌。他們的父親有一張很多抽屜的辦公桌，桌後還有可以滑動的高背椅。桌上還有個電話可接分機到廚房。門口半捲的竹簾下，擺著一個大甕有細小金魚游動，荷花荷葉盛開。

桂秀跟桂蓮吵架，被母親罵了，溜跑出外，滿心委屈，不知該跑哪。

她經過出入口貿易公司的倉庫前，看到那群女孩在倉庫前的西敏土空地上玩跳飛機。傍晚五點多，周日，店鋪鐵門拉上了，前面這塊西敏土就空出來。屋簷下有一窩燕子，母燕子在巷子上空飛來飛去抓蟲餵進雛燕的嘴裡。荷花甕三間屋的女兒們在玩單腳跳飛機。她蹲在旁邊看。她想加入，她們就叫她帶一些東西過來。

「太自私以後會下地獄。」

後面的倉庫，她們告訴她，以前就是地獄，以前日本兵在裡面殺人，有血孩子找替身。

桂秀偷了廚房裡母親做椰漿飯的花生豆跟香蕉葉，藏口袋裡。她得機伶地，趁母親忙得不可開交時偷溜。大人的腦袋裡有X光，一眼就會看穿她。

[1]見前，削椰葉取得的細長葉骨，來自馬來文 lidi，有彈性，可彎成弧。

有那麼一回，母親逮到她，問她為何要把賒帳買回來的東西送給那家有錢人。她答不出。母親又說，妳給他們，他們有給妳嗎？

但她依舊去他們家玩乾擦地，用一塊舊衣服，人跪地上，推抹完整塊廚房的地板。有一天，那家人的女傭對她說，妳好像是不用錢的苦力。

回到家她看到自己家的地板，那間租來的二樓大房，被單、髒衣服、床褥、尿桶。她怕聽到姊姊或母親跟她說，家裡的地那麼髒妳又不幫忙擦。

荷花甕三間屋有五個女兒和兩個兒子。那五個女孩一天到晚生氣，因為她們的父母不給她們使用粉餅，口紅，就連蕾絲蝴蝶結也沒有，要是弄不見了或她們之間搶來搶去吵著要買過新的，很可能就會被鞭打，被她們的父親或母親從天井追打到前廳，直想躲到油漆嶄新的門後躲避。

午後跳飛機時間，這幾個姊妹一起用粉筆畫跳飛機的格子圖時，沙丁魚樓的小女孩來了，蹲下看她們玩跳房子。那女孩沒穿鞋，kaki ayam[2]。她們呢，是絕對不會赤腳走在泥地上的，因為泥土裡有寄生蟲。不過久了以後，她們覺得她很有趣。她會願意做許多，她們叫她做的事。

自從給那個年長的女傭點醒之後，桂秀就不想再幫她們擦地了。不過她還是每天都走進陰涼的荷花甕三間屋，雖然不知所圖為何。這屋很大，她總可以在裡面坐一陣子。既然在街上走來走去，也沒什麼地方好待；更遠的地方她又走不了，車站前面據說是有女孩被拐帶的倒楣地方，有時是印度女孩有時是華人女孩；某條街裡曾有壞人把外州拐來的十四五歲女孩囚禁屋裡接客。大人不准她走超過三條街。

桂秀漸漸覺得荷花甕三間屋也不是那麼快樂了，她開始不想玩那些遊戲，乾擦地、洗盤碗、洗廁所、掃蜘蛛網、抹燈罩。拒絕之後，她感到自己更不受歡迎了，也沒有什麼東西可以拿來交換。不過，她還是捨不得離開，因為那裡有黑色鋼琴，好羨慕。尤其彈鋼琴的弟弟，他從不指揮她做事。看著他的手指按在琴鍵上，看見他的瘦腿坐在鋼琴前面特殊的椅子上，桂秀就覺得，這男孩子還不錯。

有一天，他在母親陪同下，走進沙丁魚樓。

荷花甕三間屋的母親給沙丁魚樓的母親看她兒子的手臂，她拉起兒子的袖子，看妳的囡仔抓的！這樣小就這樣暴力！指甲這樣長，還不剪，小小不教以後會更壞。

「為什麼妳抓他？」葉金英問她女兒。

女兒不回答。

「叫她回她不回，一直在我家東摸西摸，又不是她的東西。」彈鋼琴的男孩說，「還罵人雜種。」

道歉，葉金英說。我不要，桂秀說。母親就抓尺打女兒裙下的小腿，打出了一條條紅痕。

在那對母子離開後，金英拿出苦伯風油與黃藥水，給女兒搽藥，一邊說，明知這些人都是雜種，妳做

[2]馬來語，意指裸足。

什麼還要參他們？人家為什麼不欺負別人來欺負妳？不能遠遠看到就走開嗎？

女兒心裡很痛，夜裡，在床上，擠進姊妹之間，入睡前，她跟自己說再也不要依戀母親，不再索求她的愛了，也不要索求父親，因為他們兩人都不會保護我。從這天開始，我將會很冷，更冷，再也不用去索求任何人的愛了……

然而，這想法並不讓她快樂。

她曾經忘我地跟其他孩子一起玩耍。當她被其他孩子排斥時，心頭就扎入了刺。若然那時母親心疼孩子走過來，孩子就會像尋找一雙手來幫她拔掉那疼痛的刺那樣，哭著挨向母親抱著她的雙腿獲得安慰。

桂秀曾經在班上聽老師說故事，就說從前森林裡有個女人，她要給自己的孩子出一口氣，她的孩子被其他壞孩子欺負，她就拿起搗辣椒舂臼敲在地上，變成了鳥，追著那些壞孩子，要啄他們。壞孩子慌亂地逃，壞孩子的腳踩得很用力，跺得天和地都分開了。壞孩子到如今還在晝夜不停地逃跑著。

桂秀悲傷地想。為什麼沒有呢？我好想要有一個會用力摔搗辣椒舂臼的母親啊。

桂秀不再過去荷花甕三間屋了。

她不再經過那家出入口貿易公司前面了。她轉走另一條路，十一歲了，她可以走得比較遠了，甚至可以走出木屋區，走過有養豬浮萍的池塘，沿著一條大溝渠繼續往前走，經過數家印度人的茅屋，終於來到一座廢礦湖。

草聲簌簌，她顫抖了一下，想起兩三年前，這裡死過一個十二歲女孩。一隻骯髒灰色的鴨子游過蘆葦。

她走進水裡，就游到最危險的地方去吧。朝向那深處游去吧，到遠遠的，最深處沒有水草的地方。

水很冷，才離岸邊一下子，水就到腰，水就到胸，到肩膀。現在她站著，還可以腳碰地，但再往前一點，就會完全漂浮在水中了，離湖中心最深的地方卻還很遠。

往回看，水好大，感覺滿漲。岸邊的屋與樹的剪影，看起來就像一條忽粗忽細，在天地之間，一道斑駁剝離的鏡裂邊線。

她站著在水裡小便。心中冰般的寒意如今與湖水雷同。然後，她鼓起勇氣，游回岸邊。用力揮臂划水，雖然她也可以用走的，大風從陸地颳來，她得逆著風，廢礦湖裡有一股力量自岸邊抵擋她，別回來。她繼續划。直到爬上岸，扭乾衣服，穿回拖鞋。

風很冷。濕衣貼身，任其顯出突起的兩點。

她昂首走回去，還是沒看到人，這條路很孤獨，但一路上濕衣會慢慢曬乾的。

靠近大街時，第一個路口，銜接的是那個據說拐人的車站後巷。兩邊有幾家客棧。女孩一扇扇向巷後門走過去，腦海裡時不時閃現危險警告，壞人拐走女孩，還有潑鏹水[3]，強姦，失蹤。死亡。女孩突然停步。一個男人，赤著胳膊，背後有青龍紋身，叼著菸，頭髮捲捲，站在騎樓下，看她一眼。

[3] 指具有強酸性質的液體。

肩膀很寬，從下巴到脖子的線條很俐落，皮膚卻很白，跟日曆上的老外一樣。

頓然像看到懸崖在前面。

在她身後，人潮，嗡嗡喧鬧。

告別

晚上他沒有來找我。整整一周我沒有見到他。我走去他做工的鐵廠，又走進木屋區找他。雞寮屋裡，有一群中年男女在打牌，抽菸，滿地鞋子。我探頭望進去。「找誰呀。」他父親應我一聲。

「阿斑。」

幾天不見他了呢，他父親說。

他提早走，沒有理由不跟我告別。也許他發生事情了，我不由得眼皮跳。

到處都有人死亡。死亡來得那麼容易。九皇爺廟附近的礦湖，有個陌生女人死了，屍體腐爛漂浮水上。她不是新村的人。她來自吉隆坡孟沙區。不知為何跑到這裡，在離家那麼遠的地方死去。

在舊礦湖的溝渠裡，以前還死過一對夫妻。兩人一起被長長的雜草蓋著了。腐爛了，發出臭味，才給人發現。

所有死去的人，警察要知道他們是誰，就翻口袋。翻皮包，翻身分證。找收據看紙條。

三周以後我才收到電話，在麻將館，陳叔叫我來聽。

哈囉。

阿英，我在新加坡了。他說。

警察開始來對付私會黨，查半山芭、何清園跟暗邦新村，把中和堂、三六〇的人都抓去問了，逮捕了上千個華人。

五月底全面通車後，在蕉賴路，在峇都路，馬來流氓經常聚在路邊，看到如果有華人騎車、開車經過，就丟石頭。走在人少的小巷裡，如果看到落單的華人小孩，就集體圍毆。

衝突要來就來，謠言又很多。每天感覺都很不穩定，很不安心。打架，有時是馬來人跟華人跟印度人，有時跟種族無關，總之，是男人之間的事。

老闆的母親撒手西歸，葬禮在沙叻秀新村，留三晚，收工後，鐵弄工人們一同去上香。亞豆載著阿斑，兩人同乘去葬禮。

快要經過路口一盞街燈前，阿斑看見路邊有四五人，起初他不以為意，但駛近時卻清清楚楚看見其中一個，手持木棍高高舉起。心裡一寒，亞豆，他喊，亞豆把摩多西卡車頭一擺，抄小路，那三人直追過來，追了一陣，持的棍子幾度敲到摩多座墊車尾。

又隔兩日，他跟阿俊一起，在蕉賴巴剎外面的小販檔吃經濟炒麵，突然又見到有人，拎著鐵盔，從馬路對面，洶洶朝他們的方向大步走過來。阿俊立刻拉他拔腿就跑，錢也沒付。

他們想不明白，為什麼接二連三。一直思索到底哪裡得罪人，後來猜想，可能是暴動之前的舊帳，某次修理馬來人的挖土機，他煞車擊壞掉了，在建築工地斜坡上，往後滑落，撞在石墩上，幸好沒有溜到大馬路。整輛車後方防撞桿凹扁。做好後，對方說不夠錢，說老闆計得太貴，車是別人的，又沒有保險。雙方一直吵一直吵，後來他只還了三分之一，其他的賒帳欠著。

政府逮捕了上千個華人，卻沒對馬來人暴徒做出任何的懲治逮捕。流氓繼續挑釁，經常有許多人繼續在各處被毆打。到六月底，就有了新的口號，「我們已經做掉了豬，現在要做羊。」另一句暗地裡流行的話是：「先喝奶茶，跟著就飲咩呸烏[1]。」

六月廿八號，在洗都巴剎，馬來暴徒與印度人鬥毆，死了十五個印度人，洗都區當晚很遲才宣布戒嚴。沒有平息，到七月七號，秋傑路，一個閩南籍的年輕男子被七個「不明人士」毆打，群毆混亂，死了一個警察，第二天，當局就捉了五十七人。結果秋傑路也那天宣布戒嚴，禁止騎摩多西卡過秋傑區。事情依舊沒有平息，因為每次鬥毆人多的那方都是「不明人士」，也不知有沒有真正懲治「不明人士」。

---

[1]不加牛奶的黑咖啡，來自馬來語（Kopi-o）。

暴力暗流繼續激烈。到八月，吧生中路，一個華人被殺，八月十四號，報章第一次清楚列出暴徒名字，十個嫌犯都是馬來人，幼至十五歲，最大三十八歲，還開庭提控，很多人去看。

這之後。我們繼續努力維持平靜的生活。我和桂英繼續去冰室，去三叉路口等對方，去新世界玩。她不提她弟弟，她不說，我也不會問。

八月底，國慶日。收音機一大早就唱拉薩沙揚耶。

十一月十三號那天發生了大爆炸。鐵場老闆的囉哩，無端端被炸了。那天傍晚，阿斑在後門搬東西，遇見一個陌生男人，跟他打招呼，哈囉。

這個人提著一個稍長的行李，跟他問路，你知不知道南洛輪胎在哪裡？

這人膚黑，濃眉，那口音有點異樣，聽著心生親近。

他當即跟對方說，我帶你去，你稍微等我一下。那陌生人站在後巷路上，東張西望，問他，那邊是不是有人放煙花？

循著那男人指的方向，阿斑看到了煙花，像星星，一閃一閃，在老闆貨車底下的排氣管口處。

阿斑覺得很奇怪，還想不到那是什麼，那男人就逕自走過去了。

阿斑進屋繼續收拾，關電關門，突然聽見爆炸聲。

老闆的貨車爆炸了，巷子裡冒火熊熊。很臭，臭氣油味的濃煙瀰漫後巷，一近後門就嗆咳到流淚，淚眼迷糊間只見那個提行李的男人被炸傷，倒在路上。

阿斑連忙喊叫還在店裡玩牌的幾個人。阿豆說，陌生人，我們又不認識，等警察來，不好亂動。等到警察來，送入院，第二天早上，警察進鐵弄裡來調查，要阿斑阿豆回警察局錄口供，因為那個人死了。

這件事之後，阿斑就覺得很難入睡，經常耳鳴。

當他爬上高架去鎖螺絲時，時常覺得高架在搖晃。浮浮的，就往下望，想看誰在下面搗亂。好幾晚，入睡前，耳邊隱約響起那聲哈囉。

雖是萍水相逢，卻夢到那人還活著，在後門處跟他打招呼。起初他們邊聊邊走，繼續完成那天沒完的，幫忙那人找去處。不過，半途中，那個外地人突然發現自己掉了行李，說得趕快回去拿。他們就回頭走，遍處找，找不到。眼看時間快到了，那人很焦急，說如果找不到，就來不及回去了。

回去？他忍不住好奇地問對方。

接著就被踢出夢境。

回不去了。

他經常有好奇怪的感覺，這位置、這份工，全都是暫時的，很快就會收回。

即使回到跟父親同住的家，那房間，堆滿熟悉的雜物，茶杯、被單、餅乾罐，睡過的草蓆枕頭，父子吃飯用的桌子，也老睡不安寧。

父親睡旁邊，聽見他夢囈咿唔，大概也在夢中逃。

但是你走不甩。

他覺得這些事情不會結束。五一三並沒有結束，誰會相信。警察繼續抓抓抓，黑市手槍比以前更多，好像現在許多人都有。人與事，會一再重複，即使不盡相似。

去不去？新加坡船塢找機工學徒，以後可以跑船。以前一個走了的工友阿成從新加坡回來，突然出現在我家。

這樣算不算賣豬仔？我問。

阿成說，看你怎樣想。先當學徒三年，上了船要簽合約綁身，做甲板做機房做餐廳，要能捱。仲介人收介紹費三百元。

介紹費這麼貴，當然是，怎麼不是賣豬仔，只是時代不同，不再像沙丁魚那樣偷運擠箱子。關卡有警衛狗，要查行李。人生總要出去闖，難道一世人困這裡。

近日有號召政府安排工廠給原住民工作，做接線生做技工做書記。他們說你不算是原住民，你混血跟了華裔父親。母親一欄種族 lain-lain（其他），結果就是不能證明什麼。我做了燒焊一年多，這就是我出生十八年至今在履歷表積得的本事了。但難道我永遠就只能燒焊嗎？當然不。我可以從機房上船，從船上機房出去，轉到甲板，到餐廳，到廚房。等到日後再上岸，也許人生就不同了。船上海員有菲律賓人、有沙巴人、卡達山人、印尼人、紅毛人、香港人，總不會是純華人或純馬來人世界。

北風來襲，半島又再大風大雨。吧生路幾處淹水。雨濕透鞋褲到內褲，走之前我要看一下桂英。巷子又暗又濕。我大聲喚她，我的聲音以前不曾這麼宏亮，自己也嚇了一跳。

她下來了，站在後門門檻內看我，接著轉進屋拿傘遞給我。其實我都渾身濕透了，還是打開傘，少淋點雨。我看她，才一個月多不見，似乎年長了些。瘦長身軀，長髮素臉。

做麼突然去到那麼遠？

我不想被警察抓，也不想被打死。

有工作做嗎？

那邊工廠說很快要人，去做修電工。

你喜歡做電工嗎？

「我都沒有出去過。」我連海也沒看過。

她不再問了，臉沉浸在陰影裡，雨變大了，她退入門檻內，我依舊站在原處，撐那把大油紙傘。她有點遙遠。我望著她，我想她望回我。我想抱她一下。或許，遲一些，她可以下新加坡，但現在我萬事不穩，沒辦法給什麼保障。

留在這裡，每天蹲著燒焊，我只是我所不能成為的人。如果他人就是鏡子，我從無數鏡子裡看見的自己，不過是個多餘人。從現在開始，我接受命運：離開，像顆塵埃，自由，隨機運而行，反正哪裡都不穩，走遠點，卻可能有機會。

她向我招手，叫我靠近，我就靠近，她就伸手碰我的臉，眼睛很涼。像看穿我的畏懼直到我背後。「你就去啊。」

一時衝動，我忍不住說，「遲些妳過來找我。」沒有比桂英對我更好的人了，我沒有遇過更喜歡的人了。海員很漂泊，我有點徬徨。「寫信給我。」她說。

聽他說走剎那，我竟有個衝動，想從這離別發生的地方逃走。離開那因為有人走了以後的空洞，離開我依賴某人的情感事實。

這裡沒有一點告別的氣氛。周圍氣氛還是一樣。下午三點的包還是照樣準時出，麻將館照樣行屍走肉地砰砰砰。

不要占據什麼東西，這世間最不能占有的就是人了。

經過一段日子，有一天這就會過去，我會恢復，我還會再愛的、會痊癒的，會有另一個人，與過去那人有同樣的神情、外貌、聲音、腔調。那時，重聚就會轉移了，會轉移成那膚色，那口音，我就會再度被觸動，如今因為失望而封凍的，到時就會溶解。會有一個愛我的人換另一副身體，回來探望我，再與我相處一段時間。

雨來了，滂沱，我回不了，有時，家人會拿傘來接我，但也不一定能來。我就看著辦。

馬路上一窪窪濁水。走過酒樓後，有段路，街燈給一株大榕樹遮住，燈，一閃一爍。不是像螢火蟲快速地閃爍，而是慢慢亮一陣，久久暗一陣。我心裡浮起奇怪的想法，如果我走到街燈下，那燈依舊亮著，那麼我就是安全的，這就是說，我將會被庇護。但我還沒走到榕樹前面，街燈就暗了。很暗，我有種毛骨悚然的感覺，人家說榕樹招陰，榕樹上經常有貓頭鷹在啼叫，一聲聲，把夜空叫得洞洞的。

一輛摩多車經過，從後面，大亮燈，我心一慌，差點踩進髒水窪裡。幸好沒有。幸好有這麼一盞摩多車頭燈照，否則我會踩髒水。走過去了，街燈始終不亮。許的願不靈。

三、蝴蝶

槍仔洞

在我之前的賭館工人，也姓林，叫林亞九。不知五十定六十，滿嘴蛀牙，沒娶老婆，常說不要蹉跎人家女孩子。七八歲就孤兒，踩人力車，做過鞋廠膠廠做打雜，跟過戲班倒糞，沒讀過書，五六年前就跟陳叔工作，住賭館樓上。我以前在雜貨店見過他，他每天都要去買一包菸，眼睛成天癢，常常用力眨眼，講不出話就用力緊閉眼睛鎖眉。我沒來以前，這份工是他做，打掃洗茶壺抽水。但他爛賭，每個禮拜買萬字花掉很多錢，存不到錢，地板總是很骯髒，經常計錯數，糊裡糊塗。他跟林伯睡樓上同個床位。來賭博的老客人，有些記得亞九，在前廳櫃檯外邊喝著茶聊天時，說起他，瘦秋秋，烏索索，像馬來人。像馬來人也會被砍死。不是，是兵打死的，他肩膀有槍仔洞。

你哪隻眼睛看到？你去問陳叔，先前一起看場的，叫班尼李，他知道最多。大老晒[1]當天跑掉了。那天中午，大老晒去大臣家，就是那個拿督哈倫的家，跟幾個拿督一起在那邊吃午餐。老細沒吃完就退場，因為看到不對路；突然來一輛囉哩滿屋馬來仔，頭綁紅布條黑布條，殺氣騰騰，吃著吃著就有人說要給華人知道不能夠看輕馬來人。老細說家裡有事先走。回到家就叫整家人上車，出城去外州避難，自己開，沒跟工人和司機講，也沒跟鄰居講，只是打電話跟班尼李說早點關門，一點也不講他看到什麼。

在金馬律（Chamber Road）[2]那邊的板屋，有個工友，女兒已經上中學，十幾歲，平時很早醒。在暴動第二天早上，九點多十點還沒起床，起初以為她在睡覺，後來過去看，死了，給子彈穿過頭顱。

有個在廣東會館，對我父親很好的一個人，問他要不要去做賣票、劃票，每天對號碼，說不用跟人打交道也沒關係，他就去做了。那賣票櫃檯開到很夜，經常做到十點多十一點，他有時不回家睡，原來車站上面，有巴士公司宿舍。

似乎除了弟弟，我們其他人，都很難令他高興。做家務，做麻將館，一天到晚忙忙忙，回家抹地濺出髒水一點點也會被罵。我慢慢地也對他有點不耐煩起來。

他一直沒好過，每天窩在後巷，蹲著或窩在板凳上抽菸，看著泥地人來人往，說話越來越少，越來越

[1] 老闆的意思，也叫「老細」。
[2] 舊稱為 chamber，現稱 Jalan Dang Wangio。

少。弟弟失蹤，一年過去了，沒什麼希望。母親又跟阿良在一起，去巴剎賣雞蛋。
去巴士櫃檯賣票兩星期後，父親就收拾了一袋衣服，搬進店屋樓上的宿舍住。

在場

人們討厭妳嗎？因為妳的種族、膚色與身體，就認定妳是壞人嗎？對妳的痛苦，人們也不憐憫嗎？

五月九號那天，她帶兩個孩子去看林順成出殯。小孩子不知怎麼走，走到鞋子掉了。看熱鬧的人比送殯隊伍更多，走五公里人潮都不消退，水泄不通。扛棺的人在馬路中間，井字形的木材搭過肩膊，氣氛肅穆。布條上面寫，生得光榮，死得偉大。

她沒學別人綁黑帶，但身著深藍衫近墨也行了。她天天都穿深藍深綠深灰，她家婆和母親講她穿得像辦喪事，不過她是不會改的，她都沒想要穿大紅大紫。

十號、十二號兩天投票，很多店沒開。等到十三號早上，有些店就開了，午飯後，她帶兩個孩子出去買新鞋，因為她可沒臂力抱小女兒了。她們在鞋店待了差不多一小時，才選中一雙露趾縛帶紅鞋，還特地買稍大半號的，因為孩子長得快，為了耐穿。

接著他們繼續在陳秀蓮路玩，看衣服，吃煎蕊[1]、吃布都馬央[2]，還在一家戲劇社前看木偶戲。

騎樓下有人走快，有人慢。突然人流凌亂起來。店鋪砰砰關門，氣氛慌張。來到路口，巴士站，一大堆人擠，她拉著一大一小，擠不上，巴士跑掉了。越來越多人跑，人潮四面八方，像水傾倒卻沒一個明顯方向，巷子有人湧進有人湧出。

她拖一個帶一個，逐間拍，開門、開門啊，都沒人願意開門，繼續跑。女兒林惠意好重，放下來，跑一陣，好慢，又抱起，再跑。

慌慌張張爬上一座樓梯，在路口一家大銀行牆外，恰好有座露天螺旋梯，沒命地往上跑、往上跑，不知怎地腳一滑。

黑暗好長，無邊。她感覺自己像飄進了隧道，好黑，尾端出口有一點白光。

幾次護士叫醒她，吃藥水跟一些藥片。又睡得迷迷糊糊。

她夢見一個白白的人，從馬路邊，伸出手指，指一處叢芭濃鬱的斜坡。她總是在問，我的兩個孩子，小女五歲大，大兒七歲。妳有看到嗎？

沒有，護士說。護士給她測體溫，又給她吃藥片。原來她入院後睡了整七天，她吐出一口痰，是黑色的。後來一個年輕男醫生來看她，拿聽診器檢驗她，說再留院觀察。

等到她不再吐出黑色唾液之後，就可以出院了，帶著那包以報紙和塑膠袋裹著的，大半號的小鞋子。往一家家救濟中心找，孤兒院，精武體育館。那時已是第十天，戒嚴鬆了些，從天亮後到下午兩點，有短暫數小時的解嚴時段。她趁著這短短開放的數小時找，但到處都找不到，這裡沒有，那裡也沒有。

很多女人與小孩坐在一張張草蓆或紙皮上。男人很少。小孩子還在玩拍手跟石頭剪刀布，看大人煮大鑊飯。

她在精武體育館裡蜷縮著度過一晚。迷糊中好像還抓著孩子的手；翻個身，卻又沒了，手指空空的。孩子叫，媽媽、媽媽。她心跳很快。

又夢到那老人，渾身白羽毛，抓著一把勺子澆花，指指叢芭濃鬱的斜坡。那勺子在夜空下看起來就像北斗七星。

她醒來，天已大亮。精武體育館裡，昨天身旁跟自己一樣，還孤零零的老太太，今早已經給家人找到了，相擁而泣。有個人告訴她，去看看雙溪毛絨（Sungai Buloh）亂葬崗吧，聽說很多死去的華人埋那邊。她就離開體育館，沿著馬路邊走，穿過天橋底下，過交通圈，到火車總站。

火車站售票處、走廊、大廳很多人，她買了車票，進月台等。仔細察看周圍孩子們的臉。只要看到年紀相仿的男孩女孩，她就目珠晶晶地看著。

看著看著，她有一種跟自己的人生剝離開來的感覺，好像火車廂脫鉤了那樣，有一截人生沒有跟上來。好像不曾生過孩子，孩子不曾存在。心裡的思念，被斬斷了，暴力地。坐在座位上，風景在車窗外飛逝，

[1] 又稱珍多冰，是東南亞地區的獨特冰品。
[2] 一種印度小吃。

好像第一次獨自搭車，很自由。但隔一會，她又覺憤怒，孩子竟然不在身邊，怎麼可以，那兩個孩子，應該會多麼喜歡啊，坐火車。灌進來的風好大，吹亂頭髮，她使勁用力把車窗玻璃往上拉。

板著撲克臉般的剪票員，問她，票。

她找半天，口袋，錢包，裝麵包的塑膠袋，翻來覆去，都沒有。奇怪。那剪票員就說，沒有票，想坐霸王車嗎？

她瞠目結舌，正難堪，一隻白蝴蝶飛來，飛到她跟剪票員之間，像張小紙片落下來，落到她衣襬上。她手剛撿起，剪票員就把它搶過去，這不就是嗎？眼睛跟頭腦都不懂長在哪裡……剪票員如此不耐煩地說，一邊往票根上打了洞，才還給她。

她彷彿看見孩子的靈魂被噬穿了一個洞。

火車顫晃著轟隆奔馳，總是有人上車，有人下車，一路喊著借過、借過。火車停停走走的。她闔上眼睛，很疲倦，身體餓得無力，手不知不覺鬆開了。

聽見旁邊的乘客說要下車了，她才睜開眼睛。一站起來，手中的票根冉冉飄落到車廂地板上，隨著乘客的腳步移動，帶動了微小氣流，票根像有了生命一般，蕩過來飄過去。這樣的奇蹟，卻只有她一個人注意到，車票變成了蝴蝶。

到站了，下車了，她走出火車站，來到馬路邊。路邊有個女人，提著一個籃子，裝著許多茉莉花串圈。那女人額頭上有點凹凸不平，是個沒有眉毛的痲瘋病人。

蝴蝶像正午的細小明火，在那女人身邊飛了一陣。

她就跟著對方，走了很長的路，一直去到有濃密叢芭覆蓋的斜坡路口前。在這裡沒有人管制戒嚴，很安靜，只有她們。

那女人一路上曾經回頭看她幾次，起初似乎有點戒心，直到叢芭荒地路口前，再也忍不住，開口問，「妳是誰？跟我幹麼？」

她就說，「我是來找我孩子，我有一男一女，大的七歲，小的五歲，妳看過他們嗎？」

「妳兩個孩子也病嗎？」

不，不是，沒有，她回應。

「那我沒看過他們。這裡是希望之谷，是我們住的地方，」前面的女人說，「除非妳的兩個孩子有被診斷了給送來這裡，否則我怎麼可能看到他們。」

她聽了，一時不會回答。

那女人說，「害怕就別來。」說完轉身繼續走。

沒有理由，怎麼會是這樣，那母親想。但她還是跟著對方走，走得汗流浹背，才大聲說，不是，我孩子不見了。我不死心，不能甘心啊。

很多父母都是這樣，前面那個女人說，聲音在小徑上飄落。他們如果知道孩子患上痲瘋病，就寧可當著孩子死了，或不見了，叫孩子別回，就算治好了也一樣。

孩子的母親沒有回答。

妳為什麼哭呢？那個痲瘋病女人停下來，又問。

她想把孩子怎麼不見的經過說出來，孩子不見了，狂徒追人，殺人，排華，找不到，說得破碎。她始終不明，到底為何，為何。那女人沒安慰她，也不打斷她。說不下去了，只聽到淚流吸鼻聲。她倆繼續一前一後地往上斜坡的方向走，離開馬路越遠，草樹越發濃鬱，地上野草蔥蘢，有時腳尖會敲到大石頭，這時那女人才說一句，小心。

她覺得自己好像走進了一座翡翠水龍宮。大樹一縷縷掛毯，菟蘿鬚枝糾纏。雖然沒下雨，但空氣都是水，濃密的樹葉吸飽了水分。她覺得自己的臉上都是水，怎麼都抹不完，頭髮也是濕的。連手中的小鞋子，都能滴出水來。

她看到路邊有一座座墳墓。

「你怕嗎？都是在這裡住了整世人的病友。」

氣氛是陰森森的，可是憂鬱勝於畏懼，恐怖如今算什麼。她甚至覺得平靜，心想，說不定我早已經死了。一半是幽靈了，怕什麼呢？

她們繼續走，來到一片菜園，她看出那些都是綠油油的芥菜、菜心花、小白菜，鬼不會吃這些。

前面的痲瘋病女人說，我告訴妳一個祕密，不能說出去。

大概一個禮拜多以前，她在菜園工作時，忽然看到大囉哩經過，以前很少有，囉哩不知載什麼，一路散發惡臭味，開到後山去。

即使囉哩走老遠，臭味還留菜園裡，一陣陣，害她的菜園狗一直吠。她使勁拉住牠，綁牠，才能偷偷靠近，遠遠偷看，看到很多人挖大坑。

「那幾時候，大概是幾號？」

「十四號，或十五號吧。」那瘋瘋病女人說。

她們往後山走，白狗在前邊帶，巴特佛萊、巴特佛萊，回來。

狗卻不聽牠主人話。牠跑到一大片除掉了雜草，露出好大幅黃泥土空地上，又嗅又叫，興奮地挖。

母親也飛奔過去，空氣裡還有很重的臭味。她徒手挖泥，好像聽見，媽媽、媽媽。拚命挖，拚命挖。

她聽見那個帶她來的瘋瘋女人說，妳等等，我回去拿鋤頭。

不可以，不能用鋤頭挖，會挖到身體的。她大聲說，可是瘋瘋女人走遠了沒有聽見。

阿意與阿振的聲音越來越清楚。那母親發瘋般地挖著，由於好幾天沒胃口吃東西，現在身體很脆弱。她恨不得自己可以挖快一點、更深一點、更有力一點……旁邊的狗在吠，甚至朝天嚎叫了幾下，就像狗原始的本能被喚醒了一樣。

母親心裡縮了一下。天呀，讓我成為狼吧！成為狼，變成狼，跟狼一樣快、一樣猛……

她的雙手就毛茸茸的，長出了爪尖，變得粗壯。

深深地、深深地繼續往下挖。她的嗅覺與聽覺都變得很靈敏，她清楚地嗅到了兩個孩子的氣味，朝向那位置，挖了整整五公尺深，在這過程中她全盤化成了狼的身體，深陷在挖出的坑洞裡。

直到她終於摸到很暖的身體。一堆疊著的黑黑屍體，有的包白布，有的沒有。她終於找到他們，兩個孩子，裹在白布裡，扯開那白布，他倆閉著眼睛，她舔他們的臉，呼喊他們，嗅他們，用前肢翻撥他們，用鼻尖感覺他們的鼻息，有了，有呼吸了，心臟也恢復了跳動。

那兩個孩子甦醒過來，並且立刻從狼眼裡認出他們的母親。

有那麼一瞬間，母親身體裡有一種可怕的欲望。這很危險，絕不能望孩子，一望就有古怪的感覺從下顎滲出來。必須要快，她轉身，不看他們，讓他們攀著她脖子與肩膀，奮力地從坑洞一躍而出。

跳到地面上以後，狼母親又變回人。

她沒忘記給小女兒穿上那雙大半號的鞋子，就這麼一兩周，鞋子竟變得合腳了。

現在小女孩自己可以走在路上。

母親就兩手各拉一個，快樂地帶這兩個孩子回家去。

利爪

起初是哀悼，然後是憤怒。對自己，也對那些致傷自己的人，深深憤怒。

憤怒：

有時她想要伸出利爪尖，讓別人也嘗嘗這種痛。她覺得那些都是不會反省的人。從賭博館，從樓梯口，從中藥店，從洗衣鋪，從洗澡間，布滿那種眼睛。好像她是豬狗、或者蒼蠅，不值得善待與尊重。

人們只要看到一個女人，未婚大肚，就說，她沒用了，才十七歲，不能守貞的人，有什麼用。

你才沒有用，她心裡想，你才註定沒有用。

即使她很會做算術，會讀許多字，會看小說，人們還是把她否定得一乾二淨。只要看到一個女人大肚，他們的頭腦只有一種想法，教小孩別像她。

她這一生是完了。

她知道他們只是在選擇弱者，他們嫌棄她長出來的情感。她很清楚這種嫌棄感如何驅使他人結合起來成為共謀者。就連那些會上街吶喊不公平的人，也不願意了解她。

她很孤獨，又很憤怒。她看穿他們，所有這些話，都只是在掩飾他們自己的情感，因為他們不願睜眼去看清楚他們的恐懼，因為他們只是把害怕會不小心沾到的東西，丟到她身上。

最大的恐懼是被遺棄，遺棄之後就是踐踏。

我做了一個夢，夢見自己彷彿被老頭子們判罪，註定要去死。

我竟然也認同這罪狀，同意去死。

但隔了一些時間之後，我從樓上往下望，看著這些老頭子在灰色的水泥地上，鋸著木板做棺材，籌備我的葬禮過程，天灰沉沉的，飛來探望我的鴿子也是灰色的，我突然不願再繼續下去。

我說，我並不想死，我不想死了，我是應該活下來的。

有好幾個月，她完全不想出門。從麻將館辭職之後，最後的三個月，她留在家。但每逢曬衣收衣，總要經過走廊，上下樓梯，會遇見同屋其他人。

有好幾次，她上下樓梯時，總要望望後面，但始終還是緊緊抓著扶手，小心地，一步一步踩下去。

那段日子，她想像自己身在容器裡，即使這段時間沉滯不前，不管怎樣都會過去的。她傲然昂頭，走過旁人，不笑，不討好別人，不說話。她在心裡給自己做一個容器，這隱形的看不到卻能感覺得到的容器，必會載著她，渡過時間的河流。三月過去了，四月也過去了，終於來到五月。

記得洗澡，記得睡覺吃飯，自己的身體就是自己的容器。

她甚至不用對任何人證明自己。

不要再想愛或不被愛。那些惡徒，就跟那些討人厭的政客一樣，全都是心懷恐懼的人。每個人都在混亂中嵌據著毫無自信的位子，只學會了扯住別人，既不了解自己，也不想讓別人表達。

好好活著。某一天，她聽出了這聲音，從天空到水瓶、到錢包，到米缸，都迴響這句話。為了找錢買東西吃，她翻完了家裡吊著的每件衣褲的口袋。

很餓。

很想吃東西，她想著雞蛋，水煮蛋，白飯，馬鈴薯，奶油鹹餅。

腹部疼痛起來。在飢餓之中她竟然陣痛。也許快死了。暈得七零八落，三妹桂麗的臉猛然出現眼前，湊得很近，接著聽到桂麗喊，等等，我出去找人來。

死亡隨時都會來，猝然就來，毫無道理。

不過我會有什麼遺憾嗎？人家說我沒有用，心裡一顆大洞颼颼地冷：我再也沒有機會證明自己了嗎？

死就是孤獨。靈魂漂浮，看，這身體原來這麼瘦，扭曲著躺在草蓆上，四肢骨骨像饑荒瘦小的非洲人。

起初，你使我疼痛，後來，我發現封凍的傷疤，原來也會痛楚燃灼而融化。

因為我把恐懼埋得太深了，直到我對它陌生，直到它又翻轉回來，我察覺最大的恐懼就在我裡面。這死亡。這出生。

我一個人躺著無法撐起身體時，我發現自己失去了全部的控制力，哪怕是連要翻身的力量都沒有時，我憤恨這身體無用的脆弱，很孤獨，我第一次懂得了孤獨。

出生

十號半的白拖鞋在溝渠裡，阿安說。

也許就是小喊包的。葉金英一直這樣想。不知怎地，逃出火災場，沒燒壞。

他才十歲，身高已有五呎六吋，體重五十八公斤，有點瘦；但他很會跳，跳遠、跳高，輕盈，像羽毛一樣。

前一天他說要吃麵粉糕所以葉金英特別早起，落樓到廚房濾麵粉，要很早，廚房才不會擠滿一堆人，握著鋁濾兜拍打，麵粉冉冉灑落白紙上。五點鐘，很靜，她才睡幾粒鐘，青蛙在屋後鳴叫，響了整夜，好像整條溝渠與草叢中遍地都是青蛙。

她很少聽到青蛙叫得那麼響，除非雨天，但那時又沒下雨，也許只是氣壓低。

下午葉金英在八打靈工地上攪動灰水泥，曾經抬頭看到天上一團團烏雲湧聚，但始終也沒落雨。不久排華與暴動的消息傳來，軍車巡邏，禁止所有人出門離開。

她跟其他工友困在工地裡，從早到晚，拚命工作，扛泥灰，攪泥水，一點壞念頭都沒有，可能只是不敢去想。

到處都有小喊包留下的痕跡。木板與窗檽上有他用刀片與筆尖劃留下的紋線與字母名字H。他養的打架魚還活著，在玻璃罐子水草裡游來游去。

白色的鞋子，弟弟沒有帶回來，帶回來做什麼，看了傷心。哭來做什麼，不要哭了。他後悔說出外甥的白鞋，不小心說出口。他不讓自己哭，不知道自己說什麼。葉桂英後來就不想，但心底一清二楚，心哪裡會忘記，那雙掉在溝渠裡的白拖鞋。

兩三個禮拜過去了，她繼續洗衣，燙衣，夾火炭，紅紅的火炭，一塊塊，從爐灶燒了，放進熨斗裡。忍耐著，從早到晚，做做做不停，直到胳膊上方，大腿上方，有種跟身體脫落的痲木感。九月底，突然抽筋，痙攣發作，整個人直挺挺暈倒地上。

終於不得不停下來，桂鳳桂英幫她塗苦伯風油，送她進院，等她醒來，看見桂英待在床前，臉孔憔悴，眼紅腫，葉金英又罵，哭什麼哭？我又不是死了。怎麼沒去做工？想坐起來時，桂英幫她扶枕頭，才突然發現，桂英小腹突出來。

她好久沒仔細看女兒。衰女，是誰的？想打，卻沒了打人力氣，低頭一看桂英雙腿好腫，桂英還在床邊，扶著她。葉金英手一伸出去突然失衡，猛然緊抱女兒。桂英受不了她這擁抱，都快窒息了。

葉金英心裡很痛，感覺好像被一個巨人欺負，說妳都顧不來生出來不如送人去吧，還後生啊，不到二十歲啊，以後人生多麼難。

好幾天，出院後，葉桂英還確實認真地想著。弟弟幫她問到了有一對檳城的夫婦，膝下無嗣，願意收養，男的曾經去過新加坡工作有點儲蓄，家裡算小康，能給三四千元。

桂英記得女兒的頭殼特別柔軟，沾了水的黑髮柔細。水裡撈起的毛巾，像葉般小心拂過掌心托著的花蕾。她會害怕嗎？如此這般懸浮水面。這七磅重的身體一團粉似的。她的生存，必然取決於照顧她的人，好不好，愛不愛。

原來每個孩子，若不曾給人溫柔地照顧，勢必難以活下來。

她的臍帶脫落得好快，才不過一周多一點，就掉了。

盆裡的水好燙，燙得她皮膚發紅。可母親說，她不會怕燙的。母親照顧過七個孩子，她說，如果我講我懂，沒人敢講我不懂，她就是有這知識。

手顫抖，多奇怪，突然憐惜酸澀傾注。她會記得我嗎？不，不會的，除非她漏喝了孟婆湯。

第一天桂英閉眼睡著，不看孩子。第二天，她忍不住看，孩子睜一小縫，腫腫眼睛像水蓊皮，裡面一線流光，嘴角冒一星唾沫，在玩口水。第三天抱她，奶汁湧出。

桂英知道會被她掏空的。

母親說，帶著以後多難嫁。

我不要賣，桂英說。沒有父親就沒有父親。

蘿出生紙上父親那欄是空著的。以後人生路可能比別人彎曲。那是以後的事。但她不會一個人。要教她，就算一個人也可以靠自己。

後巷有一株菩提樹。葉金英收回尿布毛巾時，一低頭就看到菩提落葉。尾端尖尖，葉脈都好清楚，好嫩綠，葉莖也鮮嫩，像給剪刀裁掉那麼俐落地掉在路旁。看到，她就知，菩薩要她不用操心了，都安排好了。

葉金英回來家裡，腰痠背痛。好累，她想忘記這件事。她也希望所有的人都忘掉這件事。說不定是小喊包回來。可是這樣想，就好像確定他已經死了。

女兒月子還要坐三周。她得殺掉一隻雞。拔毛，把洗淨的雞，在鍋裡蒸，得倒懸，底下放只碗，盛裝滴出的雞汁。這雞汁很補，將能給她補身。

葉金英走路去阿良的雞場，看到他給雪櫃除霜。冰很厚，門都關不上，她用菜刀削挖起剩下的，剝落好一大塊，冰冰白白，背後還有格子圖，放在塑膠盆裡，任由它在太陽下融化。

美姬

一九七三年國慶日過後，桂英開始做兩份工。帝樂那份工，本來只打算短期做，白天電器店，晚上跑酒廳，忙到凌晨兩三點才睡，第二天八點就得醒，精力被搾乾得浮出黑眼圈，頭一直暈一直脹。不過勉力撐過幾個月後，她又覺得還可以繼續幾個月，幾個月後又再幾個月。

在帝樂有個做了一年多的女招待美姬，第一天來就認識。桂英換上緊身裙，背後拉鍊很難拉，突然有個瘦女人過來，幫她把拉鍊扣上了。

也許因為她落單，又或者桂英看起來跟別人不同，美姬對桂英極好。

「女人最好自食其力，而且一定要有儲蓄，沒錢還講什麼良家婦女。我們不是為別人活的。」

第一天下班後，凌晨四點，兩人一起走過砂石子停車場，去小販檔吃豆腐花糖水。

美姬家裡也有七姊妹，天天都要聽家裡大人說女兒是潑出去的水，小時候，有一次，跟姊妹爭論吵架，母親本來在廚房切菜，不知說錯什麼，她突然抓著菜刀從砧板前面轉身，突然就過來，想要斬我。

「可是如果有錢帶回來，她就愛我。」

不知為何，美姬很喜歡找桂英說話。

她告訴桂英，自己只念到小學三年級。家裡有個妹妹小時候送人，因為窮，養不起。其他兄弟都有白血病。一個叔叔也有白血病，男丁大都活不到十六歲，賣鹹鴨蛋，好似全家遭到詛咒。不是詛咒，是科學來的，醫生講，基因遺傳，命中註定了是這樣有什麼辦法。所以我看開了，世事無常。我怕什麼呢？註定不打算結婚，想做什麼就做什麼，我要賺錢，要買大屋給我和阿媽住，有生之年還要找回我妹來相認。

美姬很快就燒完一支菸，菸蒂在桌上小小地堆起來。

美姬說記得小時候，每天搖妹妹睡覺，到滿月，有一天，一對陌生夫婦進來，把妹妹帶走。我哭，但沒有用。她說。妳有過這樣的經驗嗎？親生骨肉分離？

桂英說沒有。

很多女人是為了家庭負擔和養孩子，不得已才來做這行的。美姬說，畢竟這多少對女人也是名聲不太好的工，一不小心又會識到壞人。她在桌上敲了敲菸嘴才點火，吸著菸，說著話，桌底下腿有時會抖一陣。

有一晚美姬請假沒來。更衣室裡，有個叫阿妙的女人邊拉絲襪邊告訴桂英，不要跟美姬太靠近，因為她（伸出手指在太陽穴旁邊轉圈），講的話不能相信。

阿妙講美姬心理不平衡，說甲、乙、丙、丁，給她電話號碼跟點名叫過她的那些人，「『本來全都愛我，其他人搶我的客。』妳有聽過這種事情嗎？講出來都笑死人！」

過幾天，美姬聽說了，來問桂英。

「是不是有人來跟妳搬弄是非？講我壞話？」美姬問，「妳看不出來嗎？她們故意做我的啊。」

等到阿妙來上班，美姬就跟阿妙吵。我沒講過的話，妳要講就講妳自己。妳敢講妳沒說過？有本事告啊，叫警察來查。爭執從更衣室蔓延到酒廳陪客桌上。男客人很開心，每晚十一點，酒酣耳熱之際就開始撩撥。

「就是那個、叫什麼，自作多情的。」

午夜零時零分過後，每開一瓶的傭金提高了，可以抽兩巴仙[1]。「好啗，開一瓶，我就跟你說。」埋怨與嘲笑連珠炮發，還有對質，你真的跟她這樣講？跟那個「我是你的別的女人都賤骨頭」這樣講，講我們全部搶食乞丐？沒有呀，別傻啦，我哪裡會特別跟她講，她又不是很美。桂英看到有一抹樂趣又輕蔑的表情，在男人臉上一晃而過，有點陰險。

自從看過那縷閃現的表情，桂英就不再相信他們是慷慨、英雄、不拘小節或豪邁的。她也不再相信這些字眼，世上不存在這種東西。

---

[1]巴仙，百分比，譯自英文 percent。

頸項上還戴著四面佛牌，慶祝新人加入，慶祝百萬入帳，七嘴八舌，摔酒瓶丟盤碟拿刀子。酒一瓶瓶開，一個晚上帝樂流入的錢有十萬。但是酒越喝越空虛，帝樂的設備是不夠的，總是少了什麼。

講甜言蜜語。只要獲得女人愛上的真心，不久以後就能恢復自信。她們的愛，真像食物一樣啊。比較起來，上床反而沒什麼。

也許故事就是這樣來的，大家多害怕不能全身而退，命運一直輪轉著。衰到誰，誰心裡，悲傷無路可以轉彎。

桂英和美姬，相聚的時間並沒有很長。半年後，她只去那裡做三晚。凌晨兩三點鐘，跟美姬一起，在停車場後巷吃宵夜糖水，冰涼的雪耳蓮子，白果薏米。在一支支插旗桿般豎立黃泥地上的日光燈之間，感覺好像是在馬戲團拔營走後的空地上，聽美姬談妹妹，罵帝樂，講想買的包包、大屋，還有飄忽不定的心願。桂英也學會了，點火以前，先敲敲菸嘴。

浮木

他總是夜間行車，那時候還沒有高速公路。近午夜時分才從吉隆坡開車，到打巴森林時，天也差不多亮了。菸槍。嘴唇很黑，牙齒指甲都燻黃，並不是桂英認為自己會喜歡的人。

初識那晚，他們玩猜拳和摸寶，她從對方褲袋裡摸出一顆圓圓的東西，原來是指南針。

「這個如果壞掉是不是會迷路？」

「不能亂講，要 touch wood 的。」

「樹都砍光了，哪裡還會迷路？」

「會啦，牙擦擦[1]講錯話，那種東西就會捉弄人……不由你不信，很邪，兜來兜去轉多次，都出不到去。」

[1] 廣東話，倔強嘴硬，鐵齒之意。

「怎麼解，就要脫光光，全部人一起脫，內褲也脫，就可以出來了。」

滿座大笑，寶貝，他在暗示妳，她湊合著咧一咧嘴，他也笑，卻不接話，只是默默抽菸。透過裊裊煙霧打量他，他似乎不太快樂，卻還留下來一起混。

美姬走了，走的那天破口大罵，罵帝樂世界所有人都五八四[2]、冚家鏟[3]。扯破臉那天她不在場。那之後，在帝樂工作就很孤獨。

阿昌戰前出生，也不過三十七八歲，髮際線有點退後，稍暗沉的膚色與眼角長落至頰的笑紋，使他臉顯老。

他進來帝樂夜總會那日，是跟著他幾個酒廠老細[4]進來的，默不作聲唯唯諾諾，像跟班。

那天有人醉酒持筷敲碟，碗碟摔擲，她差點撞向牆上一個擺金盃裝飾櫃的尖角。幸好後面有人拉她，牢牢抓著她胳膊。他伸出的手臂幫她擋了那尖角。下班後她出來時，打老遠，看到他在馬路邊，站得像柱煙囪，手長腳長。他望她，走近了，她也望著他，忽然有點難過悽酸。

在這地方，誰找誰是不用猶豫的，有人會在中途等。

起初每次下班她都不看人。一出帝樂門口，就立刻搭德士回家。或許是寂寞太久了，因為已經撐了兩年。她竟走前，聽他問：要不要一起吃宵夜？停車場後面有一檔蚌咖哩麵，凌晨三點還客滿。他們一起走過那片停車場，黃泥地面凹凸不平。

他給她弄一小碟辣椒和蔥蒜，遞給她筷子湯匙紙巾，服侍周到，也許他只是純粹想有點小事忙，這不代表什麼。

你結婚了嗎？她問。

他說孩子三個，十五、十三、八歲。老婆到底怎樣，就不說。

桂英心裡悶得涼颼颼的。出來做工，好像逃避家。逃避亞蘿，逃避妹妹幫她顧孩子，怕她們出聲，無地自容，是不是做了錯誤的決定。如果死亡忽然降臨，她不會抗拒。如果死神闔上她生命以前還問她，你這一生自己滿意嗎？她一定會說，那些來不及做的，都是根本沒有的，也就沒有什麼好遺憾悔恨的了。

幾天後，沒想到這個叫昌的男人竟然跑去她工作的電器店找她。

「我想要買一粒收音機，有什麼好介紹？」

起初她有點驚慌，大白天，他被太陽曬得紅彤彤的臉頰上，像有什麼天真的東西溢出來。

她忽然意識到對方可能想見她，等不及天黑就來了。

---

[2] 福建話，好色。
[3] 廣東話，全家死光。
[4] 廣東話，老闆。

不要傻，不適合的，逢場作戲而已。一邊在心裡警惕自己，一邊若無其事地給對方介紹收音機。遞給他耳機時，她幫他調整了掛耳的塑料帶位置，幫他按上，那兩片黑色泡棉覆蓋的耳朵前方，剃短的鬢角，竟還有一點青茬。

她看著他走向停在路邊的一輛日本汽車。

幾周後，他們去巴生港口吃海鮮，就坐這輛車。

坐進車裡，關上門，感覺就像進入一個藏身穴。這是會飛速移動的穴，有庇護。顯然，在這世界上，即使同樣得自生自滅，他混得比她好。他已經有進口車了，有屋子，不懂還撈什麼偏門，她是什麼都沒有的。

也許是因為在帝樂做久了，她感染上裡頭的疾病了。

一定要有個對象，可以寄託熱情，人才能在那個地方捱下去，才肯起身，願意再過一天，願意去上班。也或許是，那人手臂曾為她一擋，雖然不過是牆上突出的裝飾櫃尖角，但一切，就剛好是那天，那一刻，心很弱，日子像走鋼線。

他有時看起來很斯文，根本不像是做粗工的人。某次他告訴她，他以前也喜歡看小說的，當他還年幼時，幫他母親賣冰水，那時就常看冰心、梁羽生，不過那些書早就給垃圾佬了。她就想，他畢竟還是跟別人不一樣的，他是比較可能的，可以跟她交流。

她去他朋友家過夜，不能去他家，有老婆，他跟朋友拿鑰匙，在八打靈，以前英國人留下來的酒廠附近，一間公寓，有熱水壺，有沙發有床，床是圓圓的，好像是水床。不知怎地，站在那裡，看著下面停車場，有人騎著摩多嘟嘟噴煙過，還看得到一個拿督公小廟，明明很尋常，桂英還是會想，幸好二樓不算太高，如果發生什麼，要從陽台跳下去，還可以繼續跑。

兩人擁著纏綿睡到天亮，他招德士給她趕回去電器店上班，他會陪她等車，他會摸摸她頭髮，就是這手勢，以前桂英本來很討厭，很不屑的。饒是我，她想，都這麼多年一個人了，不知不覺也會變得這樣。

那年年底十二月，連綿大雨，霹靂河水高漲。阿昌先是消失了兩三個禮拜，再出現時，他在電器店外面等，臉色焦枯，接她去水床屋。一進屋，就剝衣，拚命吸拚命咬，抱得緊緊，無法呼吸，又再勾纏，滾來滾去。奇怪被壓得很痛很痛，從來不曾如此。

他整晚噩夢，講夢話。

霹靂河洪水洶湧，從宜力伐木芭場逃命回來，住院兩天。在家裡待了好一整個禮拜，頭腦裡一直搖晃，好像洪水仍然像蛇一樣在腦海裡鑽，世界末日，大地不穩，飯桌、馬路、車子，沒有一樣平穩。他說，山大王載滿樹桐，叫工友趕快開走，這邊才看著山大王過橋，沒過完就在橋上翻了，樹桐連人，掉進河，也不能救，沒了。

天要滅人，烏雲封天，暴雨洪水帶石頭泥沙。木橋、芭場、木屋宿舍，一眨眼就全毀了。樹桐跟著洪水從山頂沖下，被撞到就會死。水位很快就半人高，滔滔急湍，濁水上都是漩渦，怕有大蛇鱷魚老虎，通通往上爬，抱著樹，兩天兩夜像幾百年那麼長，撐到身體都麻木了，眼睜睜看著有個工友掉落，手在水面上伸幾下。等舢舨救兵。

水退後，河口垃圾淤積幾公里，木材竹子。

他夢囈久久。騎她時抓得她手臂一陣痛，好像她是浮木。

拚命做拚命咬，然後吃炒麵吃腸粉吃燒肉雞飯，吃完了又睡。

她看著他睡覺，皮膚上都是擦傷，環顧四周，白窗紗、白梳妝台，家具好新，好安全，一直都是別人的房間，寧靜而空洞。

這樣睡了兩天，他不行了，軟趴趴的，最後她用手幫他搖出來。他招德士送她回，他要回去老婆那裡。好像她是災難時先找來的護士，他沒事了，就回家。

只是抓浮木，暫時不沉，又去不了哪裡。當然要回家。

總想著要走出眼下，走吧，走吧，逃去哪裡，都像在大水上乘浮槎，都不安。

每天早上剛進電器店開工，就巴望著下班。下班後回家吃飯看著蘿走來走去，跟她一邊玩一邊餵。帶她出門，超市，餐廳，情緒一壞就鬼哭叫。暴躁起來，她也忍不住大喝，再吵妳就出去，不要跟我。即使孩子只打一次，就夠厭惡自己的了。

家裡如今只有四個姊妹一起住，還是一樣的舊木屋、舊水池。桂鳳搬出去了，她去了吧生魚務公司上班，每天秤重開單。桂英電器店下班後，回家洗洗刷刷，就得趕來帝樂。這種趕來趕去的生活，到底要拖到什麼時候？不可思議，三年下來竟也習慣了，做牛做馬，每到月尾，拿了薪水，又會想，還可以再多待一陣吧。

可能阿昌也一樣，載著樹桐，不快樂就轉去載酒。再不快樂轉去酒廳，看誰會喜歡他，在這個人和那個人之間，一直打轉。

雨季過去以後，二月，開車上雲頂。我們好像騰雲駕霧。眼看著天空的雲沉降到山腰，駛近了，就變成白霧，從左邊陡坡淹漫至右邊懸崖，彷彿只是穿過白棉花。

在雲頂，把行李搬進酒店後，我們就出去玩。

帶蘿一起去玩過山車、摩天輪。進賭場，從角子機玩到跑馬機。叫蘿指，要買哪個，大還是小，玩俄羅斯輪盤，換來三十元籌碼，一下子就花光了。花錢速度如此之快，你簡直不知贏輸到底為何物。我已經久未進賭場。踩厚毯，到處都有機器叮咚閃燈。這裡還是一座冷風颼颼的山峰，遠離地面，卻又不太遠，驅車一兩小時就到了。

我跟阿昌說先回房睡，他好像沒聽見。我走過冷而黑的空曠人行道，風很冷，我知道人行道圍欄兩邊，其中一面就是懸崖，那邊很黑很深。走那裡時我牙齒冷得顫抖，抱緊蘿，急跑過去。回酒店，上樓，在紅綠相間的地毯那端，竟見到阿斑在門口等我。

他不知怎地來了，我很錯愕，一時不知該說什麼。他還很年輕，我卻老了。他彷彿了解一切似的，什麼也不問，只是親切地對我微笑，彷彿還對我有點抱歉。

這樣站著互相對望，我發現內心也微妙地變了，我本來很恨他，忽然這感覺變成了悲傷，或許因為他看起來很冷的緣故。他身上披著一件大圍巾禦寒，弱不禁風，我竟對他有了憐憫的感覺。

阿斑倒下來。

在他身軀倒下，落到地毯上那一刻，只聽輕微啪的一聲，化塵飛散，我蹲下來，阿斑、阿斑，聲音喊不出，人怎不見了。恐懼，驚慌，滿地摸找，世界怎麼把他取消了。

大圍巾裡只剩下一個軀體小小的孩子，一直變小，一直變小，從五六歲一眨眼就變成嬰兒，在大圍巾裡無助地哭，哇哇大哭，我就抱起這孩子。

夢中突然驚醒，也不知幾點，聽見有人開門進來，翻身看到阿昌走進洗手間。

聽見廁所裡傳來拉水沖馬桶的聲音。接著，聽見他開門，關上浴室的燈，從另一側上床，鑽進被窩裡，不久就聽見鼾聲。

雲頂山峰比我想像中冷，我的防風衣有些薄，尤其當我們走過遊樂場的拐彎通道處，大風冷得我雙腿發抖牙齒打架，身邊的其他遊客也有人叫好冷啊飛奔而過。阿昌脫下外套給我，我總覺得他心不在焉，不曉得什麼緣故。

我們去坐摩天輪，至少車廂是封鎖密閉著的，裡頭暖和多了。車廂上到最高點，看見群山與白霧，四周圍森森然，山勢嶙峋，白霧像貓一樣，盤據底下，給細細的上山馬路環帶穿過。

我問他，「你怕嗎？」

「我怕的。」

「那又上來？」

「我也想坐一次，都沒坐過。」

我們從車廂裡往下看，我看到其他車廂的乘客，也都臉貼著玻璃好奇地朝外看。我忽然心裡有個感覺，我們這樣懸吊在摩天輪上，不也像賭桌輪盤籌碼麼？不過，我們是活生生的人，誰會在我們身上下注？我就是我，他就是他。

也許所有車廂都給人這種感覺，就像我每次搭火車時也總這麼覺得，可以暫時從煩躁的世界脫離出來。然而摩天輪總會著陸，我們總會回到現實中去。

由於沒有別的地方可去，天黑以前我們又回到賭場裡。

我其實不想在賭場裡待太久，我可沒那麼多錢。阿昌卻叫不動了，人貼賭桌邊，像長了根。

我自己去吃晚餐，之後回房看電視。

第二天開始，我覺得那裡沒什麼好玩了，我催阿昌快點下山。

車子再度沿著彎彎的山路走，路況比上時更危險。我一直盯著警告土崩落石的路牌。

近距離地看著飛刷退後消失的大樹陡坡，懸崖峭壁像擦得花花的壞戲隨時會撞過來。灰綠的樹，墨綠的樹，蒼蒼的樹，白霧來了，我們仍然在霧中穿越。我忍耐著暈眩的感覺。路一圈圈地兜轉，之字形地落山轉角，路好長，一路踩著煞車擎按喇叭。車好像快飛起浮呀浮呀地沿陡坡滑落進雲海。雲霧又大，路牌又模糊，都不知是不是能夠安全回到人間。

賭鬼也能夠有女朋友，負債累累的失業漢也能有二奶。突然發現，他不只我一個，一直心不在焉，不是因為賭博。他那方式，善待一個人，跟某些人講，他自己的事，不只是對我而已。還有別人，不是我獨享的特權。看看是不是阿妙，是不是少玲，珍妮弗，燕燕，婷婷，晶晶，瑪麗，美蓮。那麼多人。帝樂有三十幾個，兼職的跟全職的，吧女、酒女、侍女。全部都搶我的，全部都生性掠奪。我變得跟那種傳言中的萬劫不復一樣，一個笨蛋，取代傳說中的美姬角色。你今天一個，走那麼遠，去沙登，做什麼？跟誰一起吃。我在南湖車站看到一個像他的人，那個身影，瘦瘦的，長手長腳，手肘骨節很大，在爬樓梯，不就是。他卻跟我說今天去森林載樹桐。旁敲側擊。你就是想跟誰去，我說。

他說，妳問什麼問，又不是我老婆，我老婆都沒問。

妳很情緒化。我不能負擔妳。妳很多疑。哭倒地，在二樓電器店倉庫裡頭，連一隻鳥都飛不進，通風口都封起來了，老闆怕小鳥進來撒糞尿，會腐蝕電器，弄髒盒子。外面冷氣機嗡嗡響，看見電器店裡的收音機，忍不住就冒淚，得把眼淚眨回眼珠裡。不要哭，妳沒有可能請假不上班。給老闆娘看到，會說妳有問題。世界上，什麼人都覺得，他們有資格說別人，某某某心情不好，某某某情緒失控，某某某崩潰，某某某不正常。

反來覆去，反來覆去。他有時，看她冷靜了，就來點桂英。她打電話給他時，他又不肯理會。她現在是一個帝樂普通的外圍圈外侍女。

本來以為喜歡他，以為同病相憐，以為彼此不同，故才有心靈默契的專屬，不會有別人像你我這樣了。在這個垃圾堆嘉年華世界裡，只有我們懂得彼此的寂寞。

憤怒再度淹沒，她走在路上，感覺到一切對她是那麼不公平。妒嫉使她潰散。本來就已經很疲倦，現在更疲倦，時間久了，桂英越來越討厭這種感覺。她對於那些會導致妒嫉的情境，漸漸生出一種反感，一種抵抗與厭惡感。這可不是什麼有趣的遊戲。

在最難過的時候，房裡跟她一起睡的女兒蘿，彷彿吸收了母親的情緒，而變得懨懨，不會笑，總是哭。少一點注意她，她都哭。脾氣發作時，啊——啊——啊好像一只蜂鳴器哨子，整輛巴士的乘客都看過來，久久地看著做媽的又看女兒。不得不按鈴下車。

有那麼一天，蘿發高燒，眼神黯淡無光。抱去醫院，臉很青很青，還要等叫號碼，一直看著診療室的海報，好害怕，她很怕，蘿會就這樣死去。

突然間，發覺心裡已經一整天完全沒想到阿昌，新的憂慮取而代之，原來這顆心也可以不用想他。一直聽號碼，在整個等候室和走廊，從這端走到另一端，不停問護士，現在到底幾號，還要很久嗎，蘿那麼燙，臉又那麼青，有沒有呼吸？怕她咳痰塞肺裡。

阿昌帶來的痛苦，完全從內心退去了。蘿臉青青，渾身滾燙如熱水壺，她為什麼不哭，桂英的淚水滾燙臉頰，鼻涕抹手指掌心。我真的愛昌這個人嗎，還是，那個一出生就渴愛卻無愛無蔭的鏡裡空像，沙漠地，尋庇蔭，一直都是小女傭，跟著去斬黃梨、洗琉瑯，大家愛的是那個弟弟，唯一的弟弟。一個妹妹接著一個妹妹出生，總之不會愛你。世界愛的是男人，像阿良那樣，或像帝樂的那些金礦，要好好伺候他們，免得他們不來。你要乖，要聽話，我就來，予你。他們看你們像切生豬肉，看哪個夠嫩夠白。你又遲遲不走，守著那桌，心好涸，想甲乙丙丁豬頭炳也會愛你，不知不覺緣木求魚。卻不是，想停就能停掉，我的身體，它就是會想要，你不能對身體說，妳不准取。強硬禁止，終有一日它還是要索求。事情就是要這麼經過的。

她哭得非常放縱，悲傷像海一樣流到背後去，沒有人會奇怪的，她是母親，而這裡是診所。全部人都在看。護士在門邊喚她，來吧，快點吧，進去吧。

在路上突然遇到父親，阿英，他先喊我。我去梳邦再也面試一份工，搭火車去，出火車站時，走在人行道上，忽然被爸爸從後面叫住。

爸爸身上的襯衫還是從前那件衣，大約五六年前，我還有晾過的，沒想到這麼久的衣還在，藍白條紋。他頭髮剃得很短，像兵頭，看起來很整齊，只有鬍渣還留著，人還是一樣瘦。我本來以為他還在巴士公司劃票、賣票，住巴士公司的宿舍，他卻說早已經不在半山芭了。我瞠目結舌，沒想到他搬家也不跟我們說。他轉換崗位了，不喜歡困在小玻璃窗後面賣票，買票的人一時想這樣那樣，變來變去，煩，他跟不上，就罵人，顧客裡還有很多馬來人、印度人，他又不是很會馬來話，很難做事。

那阿爸現在做什麼？

「做吧生的海音廟。」掃地，洗水溝，澆花，給觀音顧油燈。

「你喜歡嗎？」我問他。

好過賣車票，初一十五很多齋菜都吃不完。他說。清清淨淨。

你要不要回來？

他好像有猶豫，想了一下。搖頭。

妳媽都跟人做一堆去了。

你等下要去哪裡？等等我，等我見完工，我們去梳邦的小販中心吃，那邊的潮州粥很好吃。他卻聽錯了，立刻搖手，說，他不用，我剛才只是叫妳，都不必怎麼用錢。妳還要養自己的女兒。妳去面試。我不熟悉梳邦再也，我不逗留了，這裡很髒很臭，亂死人，我要坐火車回吧生了。

我跟他走回去櫃檯買車票，職員找回的零錢散鈔，再加上兩張紅紙給他去買菸。

看著他走了，我繼續走路去面試。確實，這裡很吵，火車站對面整排工地，煙與塵，一片片漆藍的鋅板圍起來，沒有一棵樹，太陽烤馬路，好像沙漠。地面上也時而紅泥一片，砂礫一片，木板與嶄新的紅磚人行道東接西接。往上看，一張張綠色藍色的防塵網，一棟棟灰色水泥大樓，十幾二十層樓。很醜，四四方方。上面有直升機般的起重機，旋來轉去。

我得走過紅綠燈，越過一大片工地跟另一大片工地之間，去那家喜宴公司，距離面試還有半小時多。爸爸好弱，好瘦，跟國豪一樣了。眼前行人道砌磚模糊起來，我邊走邊哭，哭到抽搐。也許是弟弟找他，因為下禮拜清明節，家裡要祭拜婆婆、外公和阿姨舅舅他們。

風

我們像壁虎，有時得斷尾求生。

有一天，在半山芭巴士車站，我買了車票，找月台，看到那梯口旁邊的木長凳還有位子，就坐下來，一口口喝礦泉水。那時候，月台梯口還沒圍玻璃隔板，等車都要吸底下飄上來的車煙。

旁邊有個女人，戴黑眼鏡，好像在閉目養神，忽然把眼鏡拿下來，微笑看我，妳不是桂英嗎？

原來是美姬，我竟認不出她來。

她說，坦白講我在殯儀館工作，妳會不會大吉利是[1]？我說我不會。那妳在做什麼？我聽說妳辭職了。

我說我在做結婚喜宴，抓麥克風，介紹新人、喊飲勝[2]。

[1] 廣東話，本為吉祥用語，但在口語中已經廣泛轉化為避忌或抵擋不好兆頭的用語。

[2] 廣東語，婚宴敬酒時的助興高喊聲。

她就哈哈大笑。我們交換名片。幾周以後，她打電話叫我出來喝茶。

我們一起去茨廠街吃煮炒。老字號的鳳爪乾撈麵還在賣，原本的老闆已經退休了，換成他孩子接手，味道不一樣，不過我們也不介意。金河廣場取代了中華遊樂場，星光大道的購物廣場，又蓋過了茨廠街。思士街現在也改了名叫漢叻基[3]，但我們還是照樣念著舊名，雞場街，海山街。我們點了很多好吃的，吃不吃得下，都是看跟誰吃的。豉汁排骨，芽菜甘冬薯，豬腸粉。我們聊做菜，聊哪裡好玩，聊死人生意跟結婚生意，就是不談過去。

吃到一半時，來了一個奇怪的男人。臉很瘦，穿得很整齊，禿頭了，看起來跟我差不多大，那忐忑不安的感覺神情彷彿比我還年輕些許，拿著一張有塑膠膜套著的A4大小的卡片，給我們看，上面寫著一大串，伸張正義，律師、憲法等字眼。

不是要跟妳們討錢，只是要妳們聽我講故事。他說。可以的話，妳們就請我喝杯水。

美姬加點了一杯紅茶。

那男人說話的速度好快，說了整整一個多小時，過程中一直抱著他的包包與大卡片。他說，他們家有兩兄弟，本來應該相依為命，但從小，哥哥就很討厭他，「毫無道理地討厭我。」自從他們母親去世以後，他們就很少聚在一起。母親走後兩年，父親也走了，為了處理父親的後事，夜裡，哥哥打電話給他，召他回家。他一路風馳電掣，回到加影老家，開門入屋，發現哥哥都處理好了，父親的屍體未入殮，在客廳，床木架板，上面鋪一張草蓆。父親的屍體硬挺挺地躺在那裡。當晚他守夜，守到一半打呵欠，迷迷糊糊，兄長走來，放一張卡帶，本來應該是宣講錄音，只是那隨身機，走不順，在I'm guilty那個地方卡住，一直轉一直轉，I'm guilty I'm guilty I'm guilty ，重複又重複。他就按掉，哥哥又按播放，說，這樣你才不會睡覺。

「後來父母遺留給我們兩兄弟的車廠失火了，不是我縱火的，但我兄長卻在外頭造謠，說縱火者是我；幾年下來，我自己也變得很害怕，出門時老害怕被跟蹤，有一回，我哥哥來我家找我，一整個下午都要我聽那張『我是罪人、我是罪人』的卡帶。他走了以後，我發現車子的煞車器壞了，壞得很嚴重，一開車不久，就起火了，要是真的開車駕出去，我也許就莫名其妙地發生車禍死了。我哥哥從小就很有影響力，他從童子軍到聖約翰救傷隊，都一直是組長隊長，我比不上他。他講話，大家都會相信。幸好，法庭也不受理，因為沒有證據，無論是我的，還是他的。可是，所有的人，我知道的人，都站在他那一邊。」

他說話很快，又很詳細，我們幾乎無法插嘴。他說，由於這件事根本無法上庭，律師說很難，叫我放棄，所以，他決定以自己的方式反抗，到處去說。

我們聽他說完，也不知道要說什麼。因為我們不認識他講的人，他哥哥，他父母，和他們的修車廠。

後來我們說很夜了要回家了，他才離開。我們竟然從九點聽他講到十一點多，快午夜了。

---

[3] 位於吉隆坡市中心，現稱 Jalan Hang Lekin。

我陪著美姬繼續走一段路。

我問她，妳找到妳妹妹了嗎？

她說找到了，寫過信給她。

我想起紅歡阿姨，她現在的男人，以前五一三過後給抓去木蔻山改造，坐了幾年的冤枉獄，後來重逢了，到現在還兩人一起租住半山芭舊店屋樓上。

「這麼好，他們開心嗎？」

「當然開心啊，雖然屋子爛到好像要倒要倒，卻也窮開心。」

紅歡的男人，坐牢幾年，好像天天都被打，到現在身體還是不大好。

政府很壞啊，我不相信政府。美姬說。人想要顯示權力，就會找弱者來欺負。

聽到她這麼說，我也很沉默，我也有無法說出來的過去，不懂為什麼，雖然美姬告訴我那麼多事，我卻不會什麼都跟她說，也許因為，一說出來，人家就知道，這裡有個弱者，一個跟別人不一樣的人，受難者。即使已經這麼多年。

我們停在理髮院外面，抽菸。在不遠處馬路中間，一個塑膠袋在路上飛了一陣子，快降落地時，又吹來一陣風，結果又繼續飄動，鑽過了馬路中間的分界欄杆。在橘色的街燈下，那個淡綠色的袋子，有時飛得很高，眼看就要碰到天上的電纜線，又會降落，飛過來、飛過去，高高低低的，可是總不會被車子撞過，好像有靈魂，有自己的意識，但又會不斷被風、被氣流刮動。或許，是順風而行，但又為什麼，還一直留在馬路中間，不離開呢？

七〇年代後，隨著木屋區夷平，夜校也漸停辦了，不到八〇年代，就徹底沒有了。端午、中秋劇演，也沒有了。

只有進入學校裡的學生，才像寶貝，學會怎麼打鼓、吹奏樂器、跳舞、排劇。

桂英桂鳳桂麗三個人一起合付首期，買下一個有八百多平方呎的三房兩廳公寓，隔壁就有一間中學，屋頂上常有鴿子群集踱步。

從學校圍牆裡每天都會傳來嗩吶、喇叭、三角鈴叮叮聲。

光景最好的時候，一九八六年，宇宙萬有引力，牽她去到彭亨路的一間錄音屋。

原來吉隆坡有這樣一群人。男人可以配女聲，頭髮花白也可念出童音，少女少男也可以互換性別。在這裡，妳無法憎人兩面，都沒有任何人單純。

只有演劇時，桂英才覺得，沒有任何一個時候我們無法做自己。有意識地揣摩，演出一個角色就是做自己。閉上眼，深呼吸，再開口。我們就是。

事情沒有很順利。她才參加兩季，到第二季，八月初，幾個配音員排了第四場後，一起吃晚餐，然後直落卡拉ＯＫ，當晚桂英卻沒察覺到絲毫異樣。

不演了，不演了。阿涼說。

回想起來，是有這樣一句，但當時都喝了酒。

桂英有點醉了，心情有點消沉，不太起勁。看見那四個人踢踏踢踏地跳，來呀來呀，他們笑容可掬地一直叫她，加進我們啊。

桂英只是一直坐著，大喊乾杯。

來呀來呀，他們邊喊邊跳，在他們背後，燈泡閃閃，金碧輝煌的。桂英覺得真稀奇，因為，一向來配音都是隱身的，何嘗這麼耀眼過。

飲——勝！飲——飲飲飲飲飲——勝！桂英喊，還是爬不起來，攤在沙發上，一直傻笑。

笑笑笑，妳在笑什麼呢？那四個人問，好像是一起問，也不知是誰先問，繼續踢踏踢踏地跳舞。

桂英就回答：笑妳很老，笑妳孤獨。笑妳笨，笑妳父母，笑妳窮，笑妳傻。

最後一次，她不知道那是最後一次。

旱季來了。

像往常一樣，她搭車到彭亨路，走過去錄音室，爬上樓梯，汗出如漿。走廊外，貼著剔透藍天，木棉樹有花無葉，開得一朵朵赤紅，綴在一片綠葉也無的樹枝上。

等了很久，都只有自己一個人，其他人竟然沒來。

等到接洽人來，開門，開燈，進入辦公室。

接洽人問，他們的角色妳頂下來，可以不可以？

桂英瞠目結舌。

他們都不演了，其實也可以說是演完了，坦白講，撥款沒了，不會繼續了。接洽人說。妳要不要？剩下的錢算妳的。

劇本也相應地裁短了。妳就一個人演完全部角色，獨角戲。

聲音不像怎麼辦？她問。

對方說，一個禮拜一個禮拜播，聽眾不記得的。妳練習一下不就得了。

不要問原因。

先前，每個人身上都有獨特的味道，挨近時，像快撞進一顆有刺激氣體包圍的星球。

中途休息，桂英進廁所小便，嗅到自己的汗酸味、內褲、尿味，好濃鬱。旱季，好熱，每個人都好大陣味。終於做完了，離開錄音室，搭車到中央車站，下來走到茨廠街後巷的大排檔，點飯點菜，一個人吃，邊吃邊淌汗。

她竟不知他們住那裡，他們從來沒有交換過私人地址和電話，好像已經準備好萍水相逢，節目做完就江湖告別。

好久以前曾經在茨廠街大排檔這裡，遇見阿涼，獨酌，滿桌子啤酒罐，滿頭膩髮，她經常不洗髮，戴鴨舌帽遮蓋頭皮屑，一身菸草味。

她常說要介紹桂英，去演以前她演過的，多語劇。廣東話、華語、英語、馬來語，四喜臨門（Empat

Sekawan）。其實那劇，早在兩年前執笠。因為是種族團結樣板戲，敵不過港劇。撥款都給馬來劇場了，為了扶持馬來語節目。

根本也無路再回去。

阿涼很年輕時，就已經在吉隆坡參加白音社，後來，去台灣，但沒唸完，差點被當成共匪間諜，坐牢一禮拜，飽受白色恐怖恐嚇，好在他們突然發現她不是。放出來，她其實沒有什麼決心，跑回來，又待不住，跟人出去日本跳飛機。走了八九年，轉出去轉回來，相隔十年，回到吉隆坡，竟都已沒了認識的人，只好從零開始。

阿涼常常說，山中方七日，世上已千年。

有那麼一天，我在金馬崙帶團，在旅店前面幫旅客登記入住時，突然手機收到一個自稱是美姬妹妹的訊息，說我姊姊美姬去世了。姊姊前幾天一直提到妳，說妳是她好朋友。我立刻上網看，果然在她臉書看到，出殯公告，就是明天。

我已經幾個月沒看到美姬，自從我轉工，東奔西跑，就很少聯絡她了。我以為她在殯儀館還做到不錯。收到這消息時已經是傍晚，天暗了，很難下山。我在被窩裡淚流整晚。我打電話給老闆，可不可以找人上來頂替我。他起初勸我，妳來不及過去的，人都死了，我就發火，老闆說，只得妳一人在山上，無論如何不能丟掉整團客人，這樣沒有責任感。

為什麼我這一生人，好像都是在為客人服務。哭到天亮，九點鐘，頂替我的人才到。

我趕去總車站，遮一輛德士下山。下山要兜兜轉轉，到吉隆坡的山路時間很長，然而，這發生得那麼突然，能有什麼計畫，我想是沒辦法在火化之前趕到的，一切太遲了。

到了市區，一開始還去錯地方，去了很久以前送林伯走的那個吉隆坡私人火化場，到那裡時，已經十點鐘，鐵門關了，沒有開，一個看守的印度人走過來，問我，做什麼呢？這裡已經關了。我說我有親人在這裡火化啊，明明是今天。對方說，那妳是華人為什麼不去看廣東義山？去華人那邊看呀，多半是送去那裡了。

這樣一折騰，我又找德士前往廣東義山，途中就有預感，更加沒有希望在火化之前送美姬了。

但我還是繼續催促德士司機，快點，快點。塞車快不了的啦，司機說。停停走走，我一直往前看，往後看，心裡還想，也許會有奇蹟，可以趕得上送她一程。

我有時不知自己為什麼會在這裡，為何會在這條路上，明知徒勞。我情知自己一定趕不上的。終於抵達了，我沿著整齊的草坪，走著人行道過去，上梯級，找。陰天，沒什麼太陽，每一抹顏色都透著灰，看著天色、斜坡，小徑，還是不肯定，這次來對了地方沒有。

我又弄錯了，廣東義山也關了。這時候，我才看到手機裡有訊息，原來是在某某山莊。

終於去到那裡，那裡好整齊，大廳很寬闊，有觀音大塑像，播放佛曲。地板大理石，明亮又華麗。一個白衣黑裙的職員接待我，問我，叫什麼名字？幾歲？姓什麼？然後速度很快地查單子，接著就回答我，啊，結束了，送出了，早上十一點就送完了。妳現在才來。
無論在哪裡，美姬，都變成一個字母寫著的姓氏名字，幾歲，要在簿子上劃掉的姓名，一個時間，am或pm。完成了，他們就把她劃掉。我悲傷地離開，撲來撲去的，依舊沒有送到她一程。

四、螃蟹

十一（未的故事）

街上傳來了播報聲，可是聲音極沙啞，很破，不知說什麼「到正午」、「到正午」。未給吵醒後，起初愣著，好一會才聽懂了，就開門，下樓，跑到大街上。

才不過戒嚴了五天，看到大街只覺得劫後餘生，恍若隔世。

路人都行色匆匆，趕著去買吃的、或打電話。因為出來放風也只允兩小時。十二點半以後，誰都不敢在街上，怕被軍人開槍或捉去監禁。

荷槍的軍人還在路上巡邏。

未買到了一斤米，四顆雞蛋跟一包菜脯，還想去打電話給新加坡的妻子芮蓮。但如今峇都律的電話局絕對去不了。他走去警局旁邊的公共電話亭，那邊卻已有七八人排隊。沒想等了十幾分鐘，前面的人就回頭說電話打不出去了。後來試的人也都跟著掛斷電話，破口大罵，他媽的接線生都死光了是嗎？

條條大路通羅馬，到處電話不通。一路上有許多人還在趕路，時間一分一秒過去。未轉移陣地，試了青年旅社、護士學院宿舍好幾處的電話亭，全都白等，通訊斷了，感覺好像突然在孤島上。

在找電話打的途中，未在店屋騎樓走廊那裡，差點撞上一個瘋漢，那人突然間從柱子後方走出來，像從陰影裡鑽出來的鬼，未起初並沒看見他。

那人瞪大眼睛，面朝未，跟著他好段路亂嚷：妖怪！魔鬼！返地獄！返！我不驚你！一起落地獄！你以為是鬼，鬼哪裡有？你先至是鬼。

未加快了腳步。後來等電話時，還忍不住伸手到頸背後，想拂掉什麼，像有一縷蛛絲橫過的不快感覺。

就在幾天前，未扶過一個死人。以前他從來不曾扛過死人，就連父親過世，他也不曾。

那個人心慌亂的周二下午，有人在喊，排華啊！回家啊！又有人喊，回哪裡？馬來人要燒屋！跟他們拚過，敢來一定死的。那時他剛好走到魯班行公會所在的十字巷口，忽然看到亞德，以前年輕時帶他做過執漏的工頭，背著一個人從橫巷出來，喊他。

阿未阿未，幫我們一下。

那個伙計很年輕，二十多，頂多三十，背後從肩膀有刀傷劈下來，斬到快綿爛了，頭顱垂耷下來靠著亞德的肩膀。

那時已經不可能找到車載了。他們扶著扶著走進騎樓下，聽得那人呼痛，痛，痛，很小聲。在他絕氣剎那，未覺得肩膀與手臂沉重起來。阿貴、阿貴，已沒反應，沒氣了，就在他們之間，死了。

那伙計家並不多遠，一間戰前店屋，樓梯口，亞德大喊，打算扛上樓，街上就傳來槍聲。還聽到槍托拍門，呼喝，進去，進去，不准出來。阿兵開槍啦，路人邊跑邊喊。不知道為什麼，一跑就被射，都像標靶一樣，一群群，都被兵士射倒斃，滿路濺血。亞德喊，走走走，不要留啊。未就鬆了手，死去的伙計就跌留騎樓下。只聽見亞德還在樓梯口朝上方，喊那伙計家人，上去啊，不要下來，會死人的。

在接下來幾分鐘內，未拔足奔跑，明知道兵士專門射跑的人，他還是不能不跑，耳朵上一陣尖銳的燒，聽見玻璃砸碎聲，有重物從高空墜落、碎開。他看見對面店鋪，有個華裔男人一開門，就被外面等著的馬來人，一刀劈開頭顱，血噴滿地。

彈雨中命大沒死。到晚上八九點，未從房裡聽見直升機在天上盤繞，螺旋槳與嗡嗡的播報聲一起響，播音器到底說什麼，其實總聽不清楚。

一卡車兵，在樓下經過。從樓上，有人擲磚，盆砸落，砸卡車，砸到兵的頭，兵就昂頭四望，舉槍朝天掃，啪啪啪啪啪啪，被打到的窗玻璃，就炸碎開，連水泥牆也一洞洞。

滾滾滾滾，未盡量往後縮，縮向內側三夾板牆，遠離馬路那邊的牆窗。店屋後方，是小巷，蓋滿木板屋，那邊車道狹小，軍人總不會從那邊開槍。

深夜後城市終於靜下來，久久傳來的一兩下槍聲，他挨近大街那一邊的窗口偷往下望。看到有一群頭綁紅布條黑布條馬來男人，四五個，手持木棍、巴冷刀，跑過馬路，軍人卻只是喝止他們，叫他們離開，沒有開槍。

久久聽到一兩下槍聲，以及子彈殼落地的咚咚聲。有陣子，火光在碎窗玻璃刃緣上明明暗暗的。

天漸漸明亮，窗口破了，無法阻隔外頭的聲音、氣味、濃煙、燒焦味。人肉被燒的氣味，木材與輪胎燒焦的氣味，各種各樣，刺激著他的鼻子。一整天，他只吃了冬粉麵，乾乾地咬幾口，從壺裡倒出一杯水，拔得一段段，泡在水裡。

天又黑了，隨著時間過去，空氣越發腥臭，好毒，一直咳。全無睡意，頭痛欲裂時，竟聽見後巷傳來一聲雞啼，天都還未亮，五點，最暗時分，槍聲很少了。只聽見有轟轟的引擎聲，緩而長。他矮著身軀，從窗側邊緣往下望，見馬路上有兩輛囉哩在走。看著那兩輛囉哩由遠而近，經過交通燈時，一點紅光線，照到了囉哩後方，隱約可見後面像塑膠般的人體，燒焦的，僵硬的，屍體，屍塊，斷胳斷腳與頭顱。

不只是後面，就連坐在駕駛座上的司機，看起來也像死人，身體發藍、發黑、發脹，活脫脫死人駕車。

一連幾天在家，鄰居蹲身過來敲門，說阿末阿末準備好，我們要自組民防巡邏隊伍。末就開始磨削晾衣棒，把一端削尖。他唯一能找到的，只有支架窗前的晾衣棒。起初，他用菜刀削，不好用，後來突想起，芮蓮幫他收的木匠鑿刀，收鞋盒裡。他就去門邊鞋架下面找出來，都還在，幾把鑿刀用一塊舊衣料裹著，都還保持鋒利。

他用來削棒尖時，體內有個慢慢拔高的囂聲，每次一削，就是削掉腦袋殼的一層薄膜，好像就從這雙手開始，身體被刀占領了，被一種滾漲的情感占領。有一條線，一過就會沒得回頭。以後不再是他控制刀子，而是刀子控制他。

要等到一星期多以後，才終於成功打通電話。他首先打去新加坡裕廊區的車衣廠。

「芮蓮？超過一周都沒看到她。她不是請假回家了嗎？」

於是，他趕忙再撥電給岳父母家。岳父母家沒裝電話，在那森林局前的新村裡，左鄰右舍都是借村長家的電話來跟外邊聯繫的。

電話打去後，首先得等村長去叫岳父母過來。他覺得等待的時間好長，而通話很短。岳母聲音聽起來也很慌，一聽到他的問題，老太太幾乎就快崩潰，「阿蓮沒有回來呀，阿蓮不在你那裡嗎？你別嚇我呀。」

未不知道能說什麼好，只好說，他會再去找人，會繼續找下去。

未去了文良港、馬大醫院，逐張逐張床認臉。他看到了許多受傷的身體。很多人變殘廢了，沒手沒腳，有男人、有女人，有老人和小孩。他帶著照片，逐個逐個問，印度人、華人、馬來人護士，看到我太太嗎？他們一定已經司空見慣了，既憐憫又疲倦，沒看過，沒看過。

很久以前，未也跟蓮一起在新加坡工作。直到前年九月，他搭傢俬廠工頭的摩多車，從做裝修的客戶家那裡回到牛車水，半路給警察截停搜查。摩多車停在路邊，未還想，只是查查身分證駕駛執照，為難聯邦人而已，沒想到那天，組長背袋裡竟然有厚厚一疊剛印好的工會傳單。

未自己從來不曾去過那些工會，也不知道組長帶了傳單。雖然在組屋宿舍裡，時不時有人來發傳單，招人去開會讀共產主義，但未從來不曾去過。他打算等儲蓄多點，找個地方搬，跟蓮同住，所以一直很小心，免得節外生枝。

未與蓮並不住在一起，他們一人住牛車水，另一個住裕廊區家具廠的宿舍。組長坐監。未跟他同路，給他載，百口莫辯。一起收監。警察盤問他，扣留好幾天，明明沒有證據，但新加坡政府還是吊銷了他的工作准證，不由分說就給趕回馬來西亞。

芮蓮繼續留在新加坡。那邊工資畢竟比較好，未說，那妳繼續做著吧，幸好沒有牽連到妳，等等看如果當局哪天撤銷懲罰，他就可以再回去。話雖這麼說，其實沒什麼希望。

有時蓮回家，未會問她，一個人新加坡還住得習慣嗎？

她說很好，看來還要繼續做下去。

結婚了，感覺好像還是單身漢，一個人住在吉隆坡十五碑店屋樓上的宿舍，下班回來就睡覺，也沒有家的感覺。

她每隔兩周才回來一趟。未會到火車站接她。兩人走過木屋區的窄巷，回到肥皂廠後方的店屋樓上。迎著逐漸透明的天色，他們得走上長長一段路。路很窄，空氣裡有各種氣味。溝渠味，餐館後方垃圾桶的廚餘氣味，路邊攤賣的釀豆腐、包子蒸籠、鮮花、水果蔬菜，還有沿路的貓狗撒尿，各種各樣的氣味在晨風裡新鮮刺激地撲鼻。

有些日子，他們會一路上快樂地說著話。快樂來得無知無覺，消失時也一樣。

離開之後，他才開始懷念新加坡的生活，他無法相信自己再也不能回去了。他幾乎以為新加坡是他的家了，他自十五歲開始就在這南方小島上當學徒，每個人都說他手工好，人又踏實，不多話，是個脾氣極好的好人，只是命運不好。但他不曾記憶過往，連母親的臉他也不記得，父親說她跟佬走了。他父親以前踩三輪車，母親走後，兩父子有一度睡三輪車。他父親很少提她，他也很少想念她，但他不怨她，因為就連他自己也不想跟父親待在一起，老頭脾氣很壞，暴躁發作時會打人，一句好話都沒有，根本不會愛家人。他到十四歲才終於逃去新山找生活，再隔一年就過去新加坡。

父親房租付不起，又戒不掉鴉片。他在結婚前一年才帶芮蓮去看父親，看見他跟其他鴉友一同住在店屋樓上一個漆黑洞口般的小房。

你是誰呢？鏡像到處都有。廁所洗手盆上的鏡子，醫院玻璃門窗上的倒影，巴士的倒後鏡裡，都可以看到自己。

這天，在半山芭，他走到角頭間的今日照相館前，就停下來。照相館剛好對著三叉路口，等交通燈的紅燈轉綠時，他就順便看櫥窗。櫥窗裡的氣息總是和平的，凝固了的歌舞昇平。裡頭玻璃架上擺放一張新娘照，新娘娟秀的臉，對正鏡頭，豐腴的身子斜坐鏤花椅，大圓裙在地上像荷葉一樣柔滑張開。

未跟芮蓮從來不曾拍過結婚照，結婚時也沒擺酒，只是在天後宮註冊結婚，在餐館裡請一桌親戚朋友，太簡單了，但他還能怎樣呢？那時都還失業中，沒工作。終於有這個儀式，已經是被被新加坡政府炒魷魚三個月之後的事了。

他還記得他們第一次進戲院看的電影是七彩片《牡丹亭》，看杜麗娘春天不想讀書，跑出去到亭子裡做綺夢。剛好是新加坡脫離馬來西亞那一年，他們看完後，一起坐巴士回家，心裡恍恍惚惚，被某種他根本不曉得是什麼的情緒冒泡籠罩，一直到午夜，到入睡。他從來不覺得政治對他的生活會有什麼影響的，他一直以為，自己會順理成章地留在新島上，直到成為那邊的公民。

繼續往前吧！人總是要往前望。看那輛等著入站的大巴士車，排氣管在噴放臭黑煙，正華茶室的紅燒牛肉麵檔，大鍋湯一開蓋就釋出大團白煙。

萬寶路的煙一縷縷地在茶桌之間裊裊上升。

他忽然聽到一個陌生人跟他說，阿生，借個火？

對不起，我沒有火。他回答。

那是個大約二十來歲年輕小伙子。髮油搽得發亮。問他，要不要看表演？票很便宜，現在行情不好大減價，入場五塊錢。

不，他搖頭。趕著，有事。

有小姐，很近，就在這後面的超市樓上。

那人壓低聲音，毛手毛腳地碰他肩膀，鬼鬼祟祟的。他就別過頭，瞅著馬路，決意不理不睬。

有從芽籠來的，年輕人指著櫥窗裡的照片，比她還要年輕，還要更美。

油飛髮帶他爬上樓梯，好像故意考驗他體力似的，一口氣直跑上三樓。在最高一樓，聽得到屋頂上的鴿子在咕嚕咕嚕地叫。幾張塑膠椅沿牆擺，幾個男人坐著等，好像只是在等診所叫號碼。

有三間房，門緊閉。

其中一扇門開了，一個男人出來，看也不看他們，立刻三腳兩步下樓。接著那門又開，另一個男人閃身進入。

他有點噁心，對自己。像被怪物綁架了一樣，明明很討厭，又不會走開，竟然去買肉。脫褲子，爬上去，壓著一個瘦瘦的裸體女人，乳頭顏色很深，可是很小，可能只有十七八歲，她啊啊叫幾下，他很快就洩了。她指指椅子上一塊祝君早安的毛巾，意思是他可以用那個抹。很多人用過，這個就不收錢。

事後他朝巴生河走去。

竟然沒有人注意到他，軍人、警察也沒攔他查問，好像他變透明了。可能我變幽靈了，他想，沒了肉體，我已經死了。他停在橋上往下望，起初不知自己到底想尋找什麼。雨飄落，他反射性地舉起手臂擋雨，無濟於事，才發現自己忘記帶傘。但既然從頭到腳已經濕透，也不用再打傘了。

從橋上往下望，河水高漲湍急，水花像髒汙的白色蕾絲在褐色水面上不斷翻滾著。

灰色雨水打濕了蘆葦看起來就像無窮無盡的亂線，一團拒絕給埋沒泥中的亂髮。

前些日子，他從公寓裡聽到，有個工人，從這座橋上，看見巴生河上有浮屍。支離破碎的屍塊從上游漂來，一個又一個，有女人有男人，有衫著的衣服，也有已經被水沖得赤裸的。河水被染紅，很臭。現在這裡再也沒有無辜死者的跡象了。不要說兩周，哪怕只有兩天，都夠大自然沖掉人類的暴力痕跡了。啊，我到底在做什麼呢？他悔恨地想。她為什麼要回來呢？那天為何不繼續留在新加坡呢？如今這樣亂走亂找的，還能找什麼，不過都是自欺欺人罷了。

未離開這座橋，轉往下游走，但接下來的路況越發難走，泥濘很多，岸邊越來越高。他只能走在石頭上，有時轉接瀝青小路，漸漸拐離河岸邊。

打老遠，他看見一隊操兵經過，高高大大，全都是戒嚴特種部隊，荷槍實彈。步伐砰嚓砰嚓。糟了糟了，怎麼辦，我超過時間了。手腳冰冷地呆站岸邊，四周無樹，無牆，無可遮蔽。死亡就在面前，充滿威脅，砰嚓砰嚓。心跳急促。越來越靠近了，雨還在下。

操兵部隊們頓然停止。接著有人朝天開槍。

巴生河邊的烏鴉，一陣嘎叫驚飛。

未看見本來齊整操步的特種兵士，像遭到攻擊般，一陣混亂，潰散開來。

一條模糊黑影穿過他們，朝向未奔過來。

起初很小，很模糊，一眨眼，就來到眼前。

未不知自己到底看到什麼。

那條黑影，只剩半邊身，左邊，睜大大那左邊眼，張大大那半邊嘴，嘴裡有半邊舌頭，抖呀抖，看得見那被切過的聲帶，如細弦般貼著半邊脖子，裸著顫抖。

怪物的左半邊嘴張得很大，沒叫聲，傷口好黑，拚命跑，朝向未。

子彈險些掠過他額頭。那怪物也在瞬間就撲近臉，像從額頭透入了未。

未做了一個夢，夢見自己不知怎地來到了一片黑漆漆的寂荒野地。他很迷茫，也不知自己身在何處。幸好，他轉過身，看到背後有一間陳舊大屋，有兩層樓高，屋頂尖尖，感覺有點像畜養牛羊的大屋。木門上還有盞小燈，是黑夜裡唯一的光。

他就推開門，走進去，竟看到小時候照顧他的姑媽在裡頭。

姑媽看著他，彷彿知道他會來似的，一點也不驚奇，臉上表情淡淡的，可是身上的感受很悲傷，好像正是因為連表達悲傷都不允許了，所以才更加悲傷的。

她提著一盞煤氣燈，帶他參觀這間屋子。屋裡有很多房間，又寬又大，只是空蕩蕩的，一件家具也沒有，「全賣掉了。」姑媽說。如今大屋子四壁皆空，水泥牆灰灰色，沒上漆，整間大屋子就跟姑媽一樣，冷淡，空蕩，冷，他瑟縮起肩膀。

直到他們來到一個小角落，地上鋪著亮黃色的乾草，一股暖意湧上心頭。未好想躺上去。

你喜歡嗎？不過這裡以前是牛欄，姑媽說。

他望著這堆乾草，又矛盾起來，一時做不下決定。想想看，如果這裡以前養過牛，恐怕這團乾草底下，會有點牛糞吧，但乾草本身看起來很暖和又不壞呢，「是新收割回來的草。」姑媽說。未就想，不要挑了，還是就在這裡休息吧！他想，就算以前是牛欄又有什麼關係？反正，不管是房間還是牛欄，全都是暫時寄身所而已。難道，在做取捨時，我們不是應該先問自己的心嗎？

難道不是只要心裡感覺對，就有指引嗎？如果連心都不相信，那生命中度過的一切豈不是變得空虛嗎？

杜麗娘

突然好黑。未差點從木梯上摔滑下來，趕緊抓好扶手。

發電機的聲音也沒了，日光燈熄了。四下裡一片安靜，只聞蟲聲唧唧。

幹他娘咧！那些人要趕人回，就故意給我沒電。那個帶他過來的爐主發牢騷。小心點。

不知那些人是誰，總之，有大家心照不宣的「大粒人」在控制著一切；歌台只可表演到九點，之後就不准有聚會。

得散席了，但壞了的裝備不修理不行。歌台棚架上的布幕滾軸好像卡住了，如果換不了布景，「遊園驚夢」就無法出入陰陽界。於是，爐主就找未過來看看，到底這舞台是出了什麼問題。

木梯上出現一線光。

沒想到後台還滿大的，有幾個大木箱，開著蓋，幾盞小燈泡，鑲在木箱蓋子邊框上方，灑落的暈黃光線，足以照亮箱子，箱裡面有支起與收合的小摺層木架，可以讓他們擺放圓鏡、梳子，原來是行李與化妝兼具的工具木箱，裡面有小電池，闔上時是裝衣服的箱子，一打開就可以成為梳妝台。手工非常精巧，未忍不住看了幾眼，好奇地打量箱子前面的人。

有三個演員對鏡卸妝。有一個女人跟另一個男人一起收拾戲服，戲服很重，收拾時得把衣服邊角跟邊角對摺，拉好，小心地放入木箱裡。

未爬上柱子，開始拆滾軸，拆繩子，繩子不知怎地糾纏成幾圈，滾軸輪子動不了，他就爬在梯子上端，耐心地拆。

他修得滿身大汗，爬下來，一個髯口大漢模樣像曹操的人剛好走過來，跟未勾肩搭背，問：去哪裡了你，上個廁所都要那麼久？未莫名其妙地看他。髯口大漢卻又說，來來來，跟我們一起去。

爐主就說，哎，一起去吧，不用擔心宵禁，今晚有委員請客。

整桌人，未只識得那叫他來的爐主，可是其他人卻似乎跟他很熟，還給他安一個角色，柳生柳生地叫。可能這些人就是這種習性吧，都愛胡說八道。有的人說福建話，有的人說廣東話，連唱的歌段也是，粵語的有，閩南語的也有。他們說，亂世嘛，你以為了，我們若不聚在一起，還能怎麼變。

露天酒廳在二樓天台上，可見到對面建築物只餘一個字母J的霓虹招牌，其他字母都不亮了。演杜麗娘的演員，身材煞是高大，可一唱歌舞動，就異常纖秀柔媚。

起初聽著很愉悅，一曲未完，就被勾動起心事。外面的月光越來越亮，照得天台上一片霜白。月亮好像壓在殘破的霓虹燈架上。

不知是因為歌曲，還是因為酒，未越聽越傷心，忍不住就哭起來。也不顧那些爐主、酬神戲廟會委員們都還在旁邊，淚水滔滔，哭得跟孩子一樣。

杜麗娘的歌聲停了，整個身軀躺在地板上一動也不動的。

末還在繼續抽搐哭著。

「她每次唱到這裡都這樣，」花旦說，「劇都還沒完，她就撒手西歸。你說她是不是很任性？」

「咦，怎麼回事？」

「杜麗娘死了。」花旦拉起末的手，去探杜麗娘鼻息。

「你聽她胸膛，心跳都停了。」

師傅你真是好聽眾，這麼投入，那麼多淚水，師傅，不如你也來唱。花旦說。其他人就跟著起鬨。不，不，末推辭，別開玩笑了，我只會拆台倒糞，不會唱什麼歌劇。我來教你，花旦說，跟我做，一步一步。拈起蘭花指，怎麼深夜傾聽，擱下書卷，開窗接幽魂。

末唱得荒腔走板，在座諸聽眾，卻嘻哈笑作一團。你唱得爛沒關係，那個先前招呼他的演員長腳說。柳生啊，本來就是個荒唐夢，杜麗娘卻是個把整個荒唐夢當成真實，對戲劇深信不疑的信徒。

杜麗娘的聲音又幽幽響起了。起初聲音很細，幾乎低不可聞，爾後婉轉，激昂，歡悅，高亢，空幽，既圓柔又宏亮，忽女忽男，千變萬化得簡直不是人類聲音，而是杜鵑，長尾縫葉鶯，布穀鳥，喜鵲，像二胡。直至歌聲又終於變得低沉，曲終，寂靜。

末聽著哭起來，他覺得自己從來不曾那麼悲傷過，這一哭，像把忍耐了許久的什麼給清空了，不知不覺沉沉睡去。

一連幾天，他開不了工，只鎚了兩根釘子。烏鴉從榕樹上，撲落屋頂，啄掉了厚滯的白日時間。不到黃昏，他就走出傢俬廠，去戲棚的後台，去他們寄住的會館樓上，喝酒，聽歌，哭泣。直到最後一天，清晨天剛亮，窗口還一片鬱藍朦朧，長腳就搖醒他，說，柳生柳生跟不跟我們走。未反正一無所有，拎著自己的工具箱，一點也不猶豫，下樓，走了。

未沒想過自己會走那麼遠。好久以前，他還願意一生人做家具。跟芮蓮一起生兒育女。即使天天兜著那幾條巷子，買著從同樣的架子上取來的報紙、肥皂、鞋油，生活再簡單也沒有關係。自從離開新加坡回來以後，他就想，也許安分守己，也能過得下去，安穩沒什麼不好。當然要安穩，每天出門，能知道自己會在哪裡下車，下車後去哪，路線會經過哪，又怎麼回家。這樣你才知道自己是誰，也不用疑惑自己是誰。在這種安定中，你的孩子將會延續你的姓。你的儲蓄將會一年一年累積，你將會克服貧窮。你將可以從四壁財物，感受到安全與庇護。如今，他卻和這雜七八啷的劇團一起，捨棄了舊日的自己，捨棄了那間租來的房子，去搭巴士、搭火車，搖搖晃晃上路。

沿著霹靂河，他們幾乎走遍了半島北部一帶的錫礦城鎮，去過福建、廣東或客家會館借宿，有時也入住廉價旅舍，在那些板壁霉味、蟑螂跳蚤的房間裡打鼾如雷。除了十幾張草蓆，就什麼也沒有的大房間，放下都不屬於他的東西，那些戲服箱、那些道具，在所有臨時下榻的地方，睡個天昏地暗。

各處鎮貌千篇一律但又不會重複。魯班廟、觀音廟、大伯公、郵政局、警察局、巴剎與一兩間華文中小學，斜坡、彎路、山區、礦區、香蕉林、內陸、海濱，好像都重新布置成錯覺相似的舞台。有些再大一點的城鎮，或許還會有汽水廠、麵包廠、娛樂場，像模型拼湊成的世界。

進入新村，一排木柵欄沿著九皇爺廟，隔成兩邊，一邊插香燭，一邊搭棚做歌台，擺涼粉與麵攤。靠近森林區或霹靂州一帶，比如打巴、金馬崙的共產黨黑區，還仍然有實施二十四小時戒嚴的。而在市區、馬路、大街到園丘，一般上自早晨五點開始，人們可以自由走動到夜間七八點。

因為這緣故，演出時間盡量得往前移。六點鐘，太陽才剛要下山，晚霞滿天，歌台就開始了。從搭棚高處眺望，遠處礦湖映照的水波，像一條條織梭起來，從天墜落的星星。

他們一直演到八點多，才拿帽子或傳糖果罐，讓觀眾隨緣捐款，然後收拾卸妝歌台熄燈了去祭五臟。

到將近八月底國慶日，幾乎整座半島城鎮都取消了宵禁，自由又延長了數小時。有這多出來的時間，街戲演完後，他們常常從宿舍走路去雜貨店，買菸買水。有時也在外頭抽菸，吹風，喝啤酒，享受眾人皆睡我獨醒之感。新村裡狗吠聲此起彼落。除了夜間巡邏隊伍，他們很少遇見什麼人。

有這麼一晚，未忽然起興唱了一段，唱完後，感到胸肺暢懷，空氣澎澎地上下流竄，渾身充電。瘋了你！三更半夜！包青天笑了。送你到甘文丁，去監牢裡面唱去。

未把喝光了的啤酒罐掐扁，擲向路邊垃圾桶，沒中，在馬路上滾動一陣。緊跟著不知哪裡傳來幽幽的女聲。起初，未還以為聽到的是門窗窄縫間溜過的風聲。沒人出聲說話，只是豎起耳朵，聽。

未昂望夜空。月亮很圓，在他們對面，有一座焚燒過的廢墟，殘牆上野生的雀榕與蕨葉瘋狂攀長，在月光下出奇地剔亮。一座牌樓伸出拱狀的前簷，餘燼柱子宛如巨大的黑色鯨骸。歌聲穿過了那一支一支的骸骨。

聽不出歌詞，高亢的歌聲穿透雲霄。他們起來尋找，在街上走著，找著，提著一袋酒，嚥下一口涼涼的酒。那女人的歌聲，以其飄忽不定，難以捉摸的距離，在睡著了的錫礦新村巷弄之間，停停歇歇地，引誘他們，繼續走，繼續找。

但是無論怎樣走，路總是不對。無論走到哪裡，他們都找不到那唱歌的人，甚至不知那歌聲的來源在哪。在這座小鎮上，從新街場走到新村，從新村走到老街場，路總是走不完，也看不完整，所有的屋子，也總是只對他們露出局部。

未心裡有個奇怪的感覺，彷彿他的身體，被這忽東忽西、飛來飛去、捉摸不定的聲音給拆過了，又拼回去。身體追著這歌聲，但真正使他牽腸掛肚的，其實是另一支歌，但另一支是聽不到的。歌聲一直在跟他們捉迷藏，忽遠忽近，引誘他們走這裡，走那裡。等到他們回到原地。歌聲又在另一個方向響起來。它越飄越遠，不久他們就聽不到它了。那一晚，月光照耀下，布滿浮雲的夜空，看起來就像詭譎的海面。那歌聲浮上夜空，離開了，不再掙扎，退出了這世間所有劇目的角色。

從前百花劇團是什麼狀況?未問長腳。

從前啊,百花劇團可風光了。最輝煌的時候,它有一兩百人,很多人聞風而至加入當學徒。想想看,要養這麼一兩百人,個個都要吃飯,開支會有多大?每個月都得不停地演,否則團主就負債了。我們那時啊,總是去大舞台,大戲院,大劇場,不只在半島馬來亞,還去新加坡、香港、泰國、緬甸……

輝煌的過去追憶起來就像神話一樣。長腳說,從他一加入開始,劇團就已縮小成只有三十幾人。這有什麼不好,一輛大巴就可載完整隊人。聽著別人說起梨園時代的氣象,他說好是好,可是越聽越難過,好像自己很不中用。吶,那種風光哇塞,卻再也追不回:那些音響與角度多重的燈光設備,從不需要擔心棚台倒塌的穩固大舞台,大劇院。每次演出都會有海報、宣傳,登報章。花旦武生全都傲慢矜持,跟神明一般,大明星。

好想再上舞台,不是沒有可能。最近突然很多邀請信,新村華人的、政黨的、大會堂與團結委員會的,都說要找劇團回來演出。而且不是在馬路邊搭寒酸戲棚,是去大戲院、州級大會堂。

在更為蕭條冷清的九月底,午後兩三點開始,烏雲厚厚地來了,雨淅瀝瀝落至黃昏。登上後台的木梯滿是泥濘拖鞋印。已經有好陣子,他們感覺到,一種積極往前,拒絕悲傷的氣氛正在蔓延。自從國家封鎖了五月暴動的報導之後,人們就閹掉感覺。此地變成了一個不允許悲傷的國家。漸漸地就連他們自己,也對悲傷感到不自在起來,一日那感覺湧出,就想以大聲說話、大動作來驅逐它,像恨不得點火把照耀光明，彷彿悲傷的情感就跟蒼蠅一樣多麼讓人羞恥。

確實，大家都這麼說，憂鬱是無用的，只能勾選遺忘。

不知是幸運還是加倍不幸，雨季來了。天空把灰色的雨水降落，卻也寧靜地裹著他們。他們對著台下的一排排空長凳子演戲，沒有人看。雨淅淅瀝瀝地打在空地上。一連幾天如此。

跟過去不一樣，他們決定把時間秩序改變，在沙沙雨聲中，他們反倒自由起來，唱自己愛唱的歌。從第一晚開始，柳生就前往牡丹亭開棺，杜麗娘還魂為人。接著，驚夢幽媾。之後，休息場次，為未來的劇目宣傳，劇團或擇《告親夫》，或擇《王允獻貂蟬》演上一兩場。要拖到次晚，他們才回到杜麗娘春天念書無心的那一幕。在主人公被遺忘的記憶始露端倪之際，天就暗了，快八點了，就此打住，拉幕，宣告次日再續。向來，他們就善於這麼吊觀眾胃口的，他們相信即使觀眾看了無數次，為了想再看一次柳生挖墳讓杜麗娘復活，第二晚總是會再回來的。但是現在，他們讓觀眾每晚來，每次接下來的表演，都要比前晚往回轉。沒想到這一周竟然連綿霪雨，一連幾天台前寥落，除了偶爾有個流浪漢過來，濕淋淋地坐在雨中拍掌、大笑、大哭、品頭論足。

歌台開始縮短時間。尤其雨天搬動戲服本來就麻煩，潮濕會使昂貴的戲服發霉斑，清理很花時間，織繡珠片若掉了脫落，往往會一片片接著連串跟著壞，損失就讓人更心痛。於是，為了減少換戲服，他們開始一段一段地跳唱。

他們專注地唱最悲傷的段落。最淫蕩的段落。最激烈的段落。

在這麼多劇目裡面，沒有比遊園驚夢，更加激情蕩漾的。夜晚融在雨聲裡，燈光照耀處，長凳上一片白茫雨花。

其實也並非全然無觀眾，再遠點，巴剎的寬闊屋簷底下，窩縮著一個熱騰騰的賣熱花生的小檔，賣花生的馬來父子從頭看到尾。在檔子旁邊，也還有幾位婦女，撐著傘，走了好段路，特地來到巴剎屋簷下看戲。她們坐在只及腰高的水泥牆頭上，腳踩過牆腳邊墊著的木箱，跨坐上去，每個黃昏巴剎收檔後，那邊就是現成的座位了。沒什麼觀眾的日子，視野本來應該很好，然而，距離實在太遠了，舞台太高了，坐近坐遠都看不清。台上的燦亮戲服，她們只能見到上半截走來走去，頭飾、帽子、肩膀插旗的六國大封相[1]。

像這輩子看過的所有戲劇，隔著雨水，邊看邊咬花生，看得既熟稔又零碎地，照看不誤。只有台上的人知道，杜麗娘的演技多好。她演猝死與復活，就像真的猝死與復活。當杜麗娘猝死的時候，倒在舞台上的，彷彿只是一件空戲服，戲服底下沒有人。好像她已經散走了，不在那裡。

這些年來，杜麗娘的演技已經到了這般出神入化的地步。每次柳生一打開棺材，她就躺在那裡，徘徊在生死之間。整整一周滂沱大雨，杜麗娘演死演活，玩個不亦樂乎。

不過，未卻有點困惑起來，如果哪一天，他退出了，不再唱了，譬如啞了，病倒了，那麼杜麗娘是不是就會徹底死了？還是反而徹底活回來？我為何會在此？是幫助杜麗娘，還是阻礙杜麗娘？

悲傷是無法抑制的。哪怕在這些不追憶不訴說過往的日子，只是一逕演著別人的戲、扮演一個不知為何被說服來演的柳生，未還是覺得，舊傷還是在哪裡隱隱作痛。

胸口底下好像有一顆洞。有時，他會想像自己從心裡伸出一根手指，把那傷口輕輕按捺著。在他睡著以後，夢倒安慰了他。睡夢的修復方法，就是從他腦海深處，釋放出一條長滿黑鱗滑膩膩的蛇。那條蛇沿著胸口的洞溜出來，涼涼地，游過疼痛的地方，然後像吸收了那無法講出來的，吐嘶。

到天亮以後，那蛇就消失了。因此，醒來以後的未，又覺得晨光裡什麼都沒有。好像根本沒有那些壞事與壞念頭。但到天黑以後，或者在天色陰暗的日子裡，疼痛又會回返。到他喝醉了，睡著了，夢又把蛇叫出來，涼涼的，冷冷的。

有那麼一天，跟杜麗娘演完開棺那幕劇之後，未走回後台。包青天坐在戲服箱子前面掩臉流淚。一個人硬撐了幾天演三四個角色，在梅雨季節裡，難免孤獨悲淒。但包青天卻彷彿下定決心和盤托出，對未說，如果杜麗娘醒來，或者她沒有再回來，我們就解散了吧，別再勉強。

未其實早就明白了。看著杜麗娘死了又回生，她的光彩奪目，令未不禁感到，無論是他或其他人，全都只像在襯托杜麗娘；但如果杜麗娘徹底醒過來，大家也會演不下去了，好像整個劇團都是杜麗娘夢遊

[1] 廣東話俗語，指混亂、衝突、大打出手。

時做的夢。

現在這劇團真是破爛不堪了，以前這種酬神戲，我們驕傲得不屑接。從前啊從前可輝煌了……他無法再說了，再說下去，像講著揶揄自己的笑話。

他問未，你會繼續唱吧，嗯，柳生？未沒有回答，他不知道。

包青天告訴他，五月暴動那天，他們分乘兩輛小貨車，打算北上安順。車子進入秋傑路時，武生們的車子給砸破了，馬路上一大堆陌生的馬來流氓揮動真的鐵棒與棍子、刀子與鋤頭。有真實的火燃起來，包青天看到另一車當時甩衝向交通燈柱，司機被一個馬來人扯出來拚命斬剁像切椰子。專演包青天、三國演義與西遊記的武生之中，只有他跟杜麗娘坐同一輛車，其他人都當場死了，被劈得剩一半的，斷手斷腳，後來武生們的車子爆炸，燒成焦黑。

暴力來時，身居其中，一時反應轉不過來，第一個想法竟然是，咦？發生什麼？演戲嗎？是突然的臨時做戲嗎？你會愣著，不敢相信。怎麼可能？怎麼可能？要扯進那麼多人？即使現在，回憶起來，五月十三號以及之後，文武百官輪流上陣，為了一些權力鬥爭，寫專欄，拚命解釋，卻只有一方聲音，不正像一場單音劇？只有一方的人可以出聲，他們說是什麼就是什麼。華人一片沉默，沒有人能開口解釋，只能沉默地報導。不能說出來的話，就已經表明了憤怒在什麼地方。解釋現場的聲音，只有一方在定義，「馬來流氓當時之所以殺人，都要怪華人刺激他們」，「都因為華人遊行示威囂張，激怒馬來人，馬來人殺人是為了維護民族的立場」，所以，這樣看來殺人是對的，不知哪門子道理。這不就跟女人穿得性感才刺激強姦犯，故此是穿得性感的女人的錯，同樣荒謬嗎？

殺人的人沒有罪，不用負責，暴力來了，恐怖不只現場，也在事後，強迫人們對此沉默與遺忘。連傷心、憤怒、種種感覺，都被剝奪掉了。

包青天說，那天是因為柳生跟杜麗娘吵了架，平時他們同坐一輛車。但吵架撕破臉太凶，那兩人不想看對方，柳生想迴避杜麗娘，才與包青天換位。

想要發光發亮，妳自己去發好了，柳生嫉妒地說，去發個夠。

未不想問下去。心裡一窒。

有些他人的故事，聽起來就像是自己的記憶。

從檳城上到合艾四小時多，過後轉至北大年陶公、耶拉、素叻他尼（萬崙），北上尖噴府、巴蜀府，每處都至少表演三四天，全在廟前廣場搭台。

每個人都是來看杜麗娘的。其他廣東班現在都要靠請新加坡的搞笑藝人、港台歌星登台來拉攏。不曉得為什麼，從合艾第一場開始，往北移後，買票的人越來越多，直到座位都滿了，還有很多人繼續站在繩子外面看。

泰南的觀眾很熱情，從台上望下去，黑壓壓地水洩不通。天氣又好。每場戲金至少都有五六千銖。

包青天開心地說，好久沒有當明星了，真像做夢似的。

這樣一站站地巡迴，來到曼谷神社佛寺廣場搭台。來拜佛還願的人潮特別多，在繩子圍起來的觀眾區裡，擺有短凳子有椅子，椅子還有帶墊的，有椅背或無椅背，入門票分成五銖、十銖、十五銖、二十銖。都還沒拉幕開唱，就售光了。

杜麗娘唱《幽媾》時，連掃地的、收香支的廟祝，敲木魚的僧侶，都不禁停下來傾聽。舞台地板繃緊了，布幕一動也不動的。風都不颳了。連撲燈的飛蛾，也在顫悸中成灰。台下的人，聽著聽著，先是笑，接著哭。淚眼中，幽冥黃泉路彷彿穿過佛寺廣場中間。而心中隱密的祈禱，也跟杜麗娘的一樣，那麼猩紅，充滿了羞恥的快樂與黑暗。

在一重重蘭花圍繞中，女人愉悅的色情身體，和她那詢問著自己何以存在的聲音，吸住了周圍的飛蛾、蝴蝶，跟著她時高時低的歌聲，舞成時高時低，迴旋還復的螺旋轉梯。一座透明中空的螺旋梯，每個人都看見了，它閃閃發亮，如螢火蟲自夢中盡頭連綴到歌台燈下，像在神仙、人間與地獄之間，來來回回上上下下地縈繞。

男人與女人都感覺到身體裡頭的心跳，兩腿之間，有什麼像海棠一樣紅，酥酥地冒泡。

察覺到自己也會妒嫉時，未就想逃，從柳生這個角色裡離開。嫉妒，這種噬空的感覺，真不快樂，他受不了——也不自由主地厭惡起使自己厭惡自己的那個人，甚至想對勾起陰鬱感覺的這些人，都敬而遠之。

然而，異鄉如此陌生。一旦離開城鎮，四周就是荒野地。世間雖大，竟無處可逃。

夜裡愁思叢生，他無法入睡，離開被窩，走下樓，去雜貨店買酒喝，醉得七葷八素，直到腹胃腸腔一陣翻轉，不禁蹲在路邊溝渠，在陰影中，大嘔大吐。裡頭那隻漆黑的怪物啊，牠知道不知道牠是誰？究竟對誰噁？

你又是誰呢？你以為你是誰呢？

一回未出去買酒，回來時不知怎地迷了路，剛好走到礦湖邊，四周淒寂，暗暗的，他摸摸口袋想找打火機，手帕掉了出來，飄落水上，漾著茫光。他想把手帕撈回來，卻一腳踩進水裡，想去抓向那團光。他突然僵住，那水裡的光，怎麼是一張鬼臉，亮如白煙，有眼，有鼻，在對他調侃嘲笑。

我誰也不是。

未想。

想笑就笑吧。

柳夢梅沒有臉譜。也許自己應該塗上陰陽臉吧。

讓臉分成左右兩邊，一邊在這裡，一邊在冥界。借用柳生，逃離過去；然而，隨著時間過去，入戲越深，代替了過去的自己。是時候，把過去帶回來。

柳生不是不愛杜麗娘。只是愛一旦摻雜了嫉妒，就像心眼長了心魔的黴菌。他不停地挖墳，卻從來挖不出那討厭的自己，只是一直在燈光下揮袖子，越揮，越無味。……

這個世界上的女人並不是為了當情人、老婆或當小妾而存在的，也不是為了當陪襯。

現在，依循劇本，杜麗娘要求另一個人大聲地回應。

輪到末了。

以前不行的，今天卻可以了。今晚他的歌聲終於可以從對的地方冒出來，不是從模仿的地方。從丹田提氣處，在肋骨底下，腹部後方，那就是自己的聲音，它說：這裡呀，在這裡呀。大聲唱出你的脆弱、懦弱與心碎。

以前他會迴避這地方，那時他有罪惡感，或者自卑感。自卑感與罪惡感使人想糾正什麼，結果，越想莊重就越變得死氣沉沉。恐懼橫隔在丹田之前，聲音需要提氣時，就給擋著了，像碰到一個漆黑的盾牌

——

因為我叫她回來才回來的！（噢，你不該有這種感覺！）她是不想跟我一起住，我被嫌棄了。

聲音依舊一句接著一句地冒出來。他必須與之周旋：我想知道真相！

真實就是雜蕪，就是亂七八糟，就是一團打結。

打結裡面有珍貴的記憶。

但那些凶手，他們想剝奪我的記憶與感覺，更可惡的是他們掠奪了你，還希望你說好——好了以後，他們就可以感覺良好地洗淨並擦乾雙手。

接著，他們就用恐嚇來懲罰不願意說好的人。你心裡，因此藏著一股憤怒：我很憤怒，因為那些任意殺害者、掠奪者，還想使我消音，竟然還活著，大搖大擺的。

然而，這種憤怒，其實有點像詛咒一樣。想著要如何報復，卻更加癱瘓。

所以，在暫時想不出辦法的時候，先放棄他們吧，他們不值得占據你的生命任何一分鐘——因為那些人腐爛了，沒有藥救了。

也許，在有生之年，就和杜麗娘一樣，他也沒有機會去明白，到底世界發生了什麼事，有生之年，知道自己不會收到道歉。但是，如果那些懦夫，一輩子都在自我辯解，像把心鎖在家門外的話，那麼，別等了！

未今天給自己畫了不同的臉譜，一張陰陽臉。左邊綠，右邊紅，一邊是我，一邊是柳夢梅。

他喜歡這臉譜，陰陽臉比小生更適合他。現在他可以接通丹田，從死，從恐懼、負疚、悔恨、憤怒以及複雜的羞辱中，唱。

大聲唱！

未繼續唱著，跳著，從側門轉到後台，接過長腳遞來的鋤頭，再度轉到舞台前面。挖掘吧，挖掘吧，拯救吧，拯救吧，把埋在廢墟堆裡的死人救起來。

把從前埋葬的那些，帶回到地面上。

杜麗娘的身體在戲服底下薄薄的睡著入夢了，她衣袍上的菊花又再次枯萎了，等這段唱完，輪到她時，她就會醒過來。

Tempe

一九九八年五月，印尼排華。阿烈工作的娘惹餐館，來了一個印尼華僑廚師，他會弄天貝餅（Tempe），一種爪哇豆類發酵餅，白色的，吃起來味道很淡。阿烈母親住院養病，甚愛吃，原來是她的家鄉食物。她的病歷表掛在床腳上，Cheong Yaw Mu。結婚這麼久，阿清從來不知道阿烈母親的名。從安娣叫到阿姆，阿烈的媽媽一直是以阿姆這個稱呼存在的。

「你媽叫什麼名字？」坐在車裡，回家路上，她忍不住問阿烈。

「嗯，怎麼？友梅呀。」

姓什麼？她又問。

「張，張友梅。」

張友梅，她重複念一次。

結婚，照顧孩子，煮飯菜，奇怪生命的往前與原地有時是一體兩面。或許變化的是肉體，而心底，仍然在岩層泥下陰影裡繼續潛流。

旁邊的冰箱上，有幾塊模擬古蹟花磚模樣的磁鐵吸附著水電單、煤氣桶單。另外還有一張是女兒從大學宿舍寄來的自畫明信卡，是動物群聚的圖案。

放在洗碗槽旁邊的廚餘紙袋，不到下午就吸引一行螞蟻，爬進爬出，沿著磁磚上方與水泥裸牆的交界處，來回梭巡成一條黑色虛線。

做菜時，她心裡總是很平靜。

絲瓜削皮，切片，入鍋炒過，加紅枸杞，加水煲成湯。

豆腐上鋪了蘑菇與菜脯。

從醫院回來她一直平靜，煮完午飯後抹完地，孩子回來沖涼，又出去補習了。

這萬事收拾到一半的廚房，吹髮筒、杯子、毛巾、水壺與紙箱都擱放得亂七八糟。她坐在飯桌旁吃午飯，一邊望向眼前只有極厚雲層，很白很亮的窗戶。

從前還住蕉賴後巷，還年少時，她曾在洗衣坊工作。洗酒店旅社的床單、枕套、客人衣服，洗晾收衣，之後還要熨好，摺好包好。倘若哪天在晾衣場上昂頭，看到一道長長的飛機痕出現天上，末梢還有一顆晶亮白點繼續往前飛，就會頓然欣悅，好幸運，忍不住抱著還暖熱的衣服，雙掌合十，對著天上那道白痕，默默祈禱，許願。

之後，繼續久久昂頭望著剔藍高空，直到天上那道白線變胖了，模糊了，彌漫散開為止。

遠處的車海聲流入屋裡。奇怪這樣聽著，竟也像很多年前在蕉賴晾衣時聽著的葉海聲一樣。

不知道遇見誰，誰會來到，是否都是被那些尚未回覆的糾結給吸引過來的？

有時候，擱置在一旁，只是因為想不到怎麼回答。我們可以把一直擱置著，一直不知怎麼處理的東西，當成是沙洲嗎？任由時間去沖蝕、拍打，任其緩慢，變化。直到該來的，被時間之流送來，時間就有一圈閉合了。

她拿了毛巾進浴室洗澡。就在浴室裡，脫下衣服，赤裸裸地站在花灑下，忽然哭起來。花灑一支支的細水柱就跟雨一樣，非哭不可，痛痛快快地大哭，抽搐著哭，像個小孩。

日子像紙一樣，時間像紙一樣。一下子就窿裂撕開。

她偶爾停下把鼻涕擠掉。水真冷，即使這天外頭太陽很亮，水還是很冰涼。悲傷像一隻細小的螃蟹，揮動牠細小的腳爪，爬出充滿淤泥的洞穴。淚水無法抑止，跟著洗澡水與肥皂泡，從排水孔，從陰暗的地下水道，流到大海去。

一個倖存的孩子和火

接生產護用艾絨薰孕婦的臍帶，薰到它焦，從燒焦的地方，才把臍帶剪斷了。

剛出生的孩子給裹在襁褓布裡，睡在旁邊搖籃裡。

護士離開了。母親疲乏地睡著了。但她睡得不好。爐灶裡的灰屑不知怎地一直噴出來，好像屋子斜傾了，不停地把灶坑的煙灰搖出來，空氣變得很糟糕。

母親終於嗆咳著醒來，非常難受。

火！隔壁失火了！

她跳起來，從搖籃抱起孩子往外衝。

屋子簡直像紙做的，金黃火燄迅速吞噬牆壁。

她沿樓梯飛奔跑落，咳到快死了，才在階梯口，挨著一面牆不支倒下。

豆記仔無傷無損，真是奇蹟呀，因為風把火從你媽背後摘走，婆婆說。

她的敘說一句起，兩句止，其餘說不了的，靜靜地像空氣般填滿小屋橫梁之間。

他被她們無比寶貝地愛著，聽著她們告訴他，他無從憶起的劫後餘生。他應該是故事中的主人公，卻實在太早歲，無法追憶。

他以為自己應當無可能記得。但Ben走後，某一晚，他竟夢見，其時母親還年輕的臉與身體，她才剛分泌乳汁的乳房，她抱著他跑呀跑。脫險之後，她憂慮地檢視臂彎裡那如豌豆般小的孩子，天啊，孩子奄奄一息，就快死了，正值恐怖絕望，猛然抬頭，卻訝見孩子長大了，從對街一家屋內門檻，好奇地望她。

接著他又驚奇地發現，那孩子竟然是Ben。

初識Ben，是在檳城亞逸依淡打槍坡，兩人從組屋十七樓，居高臨下俯瞰。打槍坡是七十年代的舊產屋，五百方呎，擠一家大小七八人。垃圾，老弱病殘，牆癌，漏水，還有樹倒問題。他那時還在市政局房屋部公關部上班，上司叫他來應對媒體採訪，看對方要什麼。Ben當日一襲藍衫卡其褲，竟襯得他漆黑雙瞳眼白透藍，像從海洋出來的人似的。打槍鋪[1]組屋的受訪者不願倉促入鏡，堅持要先換衣梳髮。他們就在外面等。

正午日光照亮青苔如淚的走廊護牆。

他避開與Ben對視，身體卻不期然地緊張起來，佯裝無事淡定地往下看，只見華人墳場半亮半陰，一片雲影移過。

墳場總是很綠，空氣清新，島嶼很小，發展商恨不得全島起完樓，快沒什麼綠地了。墳地通常土質水流疏通不錯，很少積水，也不會淹水。最大問題始終是人而不是鬼。他記得初識這天，他們言不及義，又句句都在掩藏，暈眩，不全然因為人在高處，但說不定其實也就是因為高的緣故。遇見喜歡的人，也有一種害怕。

我們總不知自己為何會愛一個人，愛的動機可能不純正，但是陷入了，就是陷入了。

有好幾年，他覺得人生好像已經結束了，在各種各樣必須繼續跟進的項目裡，獨漏自己。身體成焦土，日子乾枯無味。奇怪的是，一旦有情慾，是毀滅的，是風暴，可是，死寂僵感也就打破，變活了，縱使這只是暫時的，但又何妨？有那動盪不安，生命也就有什麼繼續在走，不會一池死水。

要不要去澳洲買屋移民呢？跟 Ben 靠近些。

他始終不曾告訴母親，那不是容易的事。有的事，你知道得很清楚。語言其實無法交流每一件事。哪怕是相愛者如他們。

饒是如此。遙遙兩地，又不得不靠語言。每一次，我們都希望愛著愛著就能迎來治癒創傷的奇蹟。無法交流，總讓人分外耗損。很疲倦。他之前不知道為何自身被抗拒與拒絕，後來他覺得知道了，不是知道原因，而是知道外界的看，不是他單方面可以防止的。

---

[1] 打槍坡（打槍鋪），Rifle Range, Padang Tembak，是檳城島的一個貧民窟，位於墳地山坡的一個邊界區。

如今他當然可以繼續努力說服自己，激情什麼的一切都過去了。但是心裡的尖刺感，又一直存在著，實際上，是不曾過去。要過去，談何容易。在心靈有共鳴的狂喜時，也同時存在著孤寂的深淵。

其實這些感覺，全不是可以去抗拒的。越抗拒，越像扛舉大石，越難度越過去。

我好像一直在抗拒傷心。這一天，他忽然領悟到這點。

不，不了，我不抗拒了！好累，就浸透我吧。

接著，真的就滲心滲肺。本來憤怒中，往外弩張的盔甲，一旦放棄抵拒那感覺，就鬆下來，成了雨，薄薄的，落背後，濕透。

十月業績很差。這個白天，很煎熬，他帶個客一天跑三個地方，對方一間也都看不上。暮靄，回到辦公室，他繼續拚搏，撥電話給第二天約好了的屋主，卻發現，就在兩小時前，屋主另外簽了，自己賣了。什麼都壞了。手機、車頭燈。光碟唱機。回去還塞車兩小時。搭電梯上樓，停電變黑，伸手不見五指。他住十二樓，像爬螺旋貝殼一樣地往上走，途中遇見同棟居民，迎面下來的，感覺都沒見過，都陌生，都持著電筒，或靠手機螢幕的光，靜靜不出聲地爬。汗流浹背，一層層爬上去，好不容易，終於到家，衣服好濕，好痠痛好折磨好痛快，像死了什麼又活回什麼，肚子好餓，摸黑吃打包回來的經濟飯。

發動機塔塔塔塔塔塔，從地面吵到高空。

這晚他涼也沒沖就睡著。就做了那夢。夢中母親的眼睛變成了他的眼睛，好讓他跟B對望，轉世的Ben一無所憶，雙眼清澈，心無窒礙，即使在夢中，他跟母親都是心境滄桑。但這多好，只有在夢中才會有這種奇蹟，此刻與未來（或者其實是此刻與過去？），都在同一框了。好像還聽到一把聲音跟他說，孩子已經被領養了，好父母，你不要擔心。

他心裡就一陣放鬆，像有什麼卸下。

好像從這天開始，第一天，第二天，蝕骨的疼痛給移開了，輕了。他平靜了好陣子。

可能世界早就毀滅，毀滅很多次，人都是從夢中痊癒的。現在他們獲得了第二次機會，重生。

準備搬家，要離開，不是澳洲。澳洲太傷心。租出這屋，承租者是個四十歲的女人，有點滄桑，膚褐色，破腳，獨身。他自己就是房仲，不用假手他人。全部自己來，當面交鑰匙，也不外是再講一些廢話，什麼屋子就交託給妳了幫我好好保護。奇怪的是，他現在不介意講這些，可能前些時候孤獨太久。轉身落樓，走過草坪空地去取車時，最後看一眼。那時公園的燈已熄，很暗，很黑，獨餘玻璃窗戶與電梯間在夜裡燦亮。這才看出原來兩邊建築一模一樣。往左看，往右看，彷彿彼此是對方的鏡子。彷彿住在裡頭的人，也一樣將在各自的人生裡互為彼此的鏡子。

五、蜘蛛

蛻皮

以前蘿不知道，原來，自己也會渴望野性、無法征服等等那些。

初相識時，誰知事情以後。一齣劇結束了，大家都在忙著收拾道具，互相恭賀，她卻興致索然，沒有依歸。都不是她的劇場。她是來支援的，她總是在支援別人。

他負責監製，剛好站在梯口，背對街燈，她則從地下室走上來，聽到梯階上，有把聲音問，行李箱在哪裡，借來的服裝跟行李都要還人。原來是他朋友的，大山腳潮州劇團。都收好了，她說，帶他走回舞台後面更衣兼儲藏室。一起開門，開燈，雜物好多，空間好窄，在裡頭轉進轉出，就會擦到胳膊手肘。他很高大，皮膚很白，她想起有人說他，像隻困在小池塘的大白鷳，應該要去廣袤的山野地。戲劇已經做了十來年，兼職講課，有時回去做廣告總監，終於慢慢老了，還在東奔西找，為給劇團籌錢，找金主，貢獻良多。她聽說他桀驁不馴，不過，這樣在舞台後方放置大堆道具雜物的小小空間裡轉騰，他動作意外地柔細，冷靜，不碰跌任何東西，小心地托撐著梯子、架子和布景板。他要找的潮州劇團半古董篋箱，竟給推至櫃架深處。在一堆箱子、道具、三角梯之間，沒多少空間可以挪位，她個子小，立刻擠身進入那窄角落，本想拖那行李箱出來，但他說最好別拖拉，怕刮壞。最後還是她出來，換他進去。不可思議，身體很大，肢體卻很柔軟，可以在極小空間內，彎著腰，半蹲，矮身，使力，半抬拿出，能屈能伸的。稍後，大夥一起宵夜，去麻麻檔，沒想到，都十一點了，快半夜，喝著拉茶吃著炒米粉咖哩卜，突然就吵起來。他問是誰把潮州劇團篋箱放到那麼裡面，不是已經交代了今天這場演出完後，他就會先帶走還人家嗎？怎麼漏忘監製交代，一夥人說不清。總之有人傳話忘了。本來不是什麼大事，不過有人開始講笑起來，為打圓場，笑話卻惹怒了另一個負責舞台道具與布景的工作人員，他也有演出一個不甚重要的路人角色。扯破臉，就在一碟碟牛眼煎蛋炒快熟麵和羅地加奶依序送上桌時，數算舊帳種種。幾月幾號，幾點，在哪裡，誰欺負與誰霸凌，誰歧視他，一條條數，氣氛就僵了。起初有爭辯，吵了一陣，眼紅脖粗，不歡而散。記得是那樣始於歡躍終於破壞的一夜。回家順路，他開車送她，間中只交談幾句，心情不佳。但仍然像前輩關心後進，問她過去演什麼寫什麼，家裡幾個兄弟姊妹。途中停紅綠燈時，扭亮燈，他從車前箱找出一片光碟，有最近另一場演出的錄影，借給她，說不能外傳。那時候，她看見那暈黃燈光下，他的額頭與鼻子，極柔滑，不設防的臉。說不明白為什麼，漆黑中奔馳回家路上，她心裡有個古怪的直覺，覺得自己將會傷害這個人。她不喜歡這感覺，最好不要發生。之後，她怠慢了他寫來的電郵。

幾個月後，另一劇場，竟又碰面，情況卻變了。好想念，好掛念。通宵熬夜，獨自搭車回家，哪怕必須一路走一路回頭看，這感覺還是使她心內暗暗盛放，蓋過了現實裡的治安危險。快樂，憂慮，又掙扎著，模糊模糊地想，要保護他，保護我們——為了防止那壞預感發生。

要當保護者，就是要有母性。但她都不擅長，都不會照顧別人。越想奉獻就越空，像那種不知不覺付出到過度了，損傷了的母親一樣，不知不覺變得想去占有這個人。

蘿沒有別的姊妹了，又無父。應該沒有什麼人跟她爭奪母親的愛，可是嫉妒難道就是人類天性無法免除的本能麼？從何而來。怎麼可能回想與分析，猶如要回憶起襁褓時期的遭遇，怎麼可能，三歲以前的事，根本無法可憶。要追溯到多遠，我們才能知道神祕的陰暗心理起於何處。跟那人關係結束的一整年，一年多，也許兩年，三年？拖延得特別緩慢。蘿只能讓自己頻密移動，不想住家裡，不想聽、不想看到外婆、媽媽、阿姨們的臉。她們總是笑，總有聚餐，可是那陣子蘿莫名其妙受不了她們。她們永遠受盡委屈又說不出真相。只能往她這裡堆，她先搬去蒲種，說這樣靠近那家她教書的國際學校。但在那四壁雪白，乾淨空蕩蕩的房子裡，慢慢地，又不禁覺得自己下班回來終日無聲息，只有乏味的練習簿要一直批改。晚餐進購物中心吃，喫完不想立刻回宿舍，就繼續逛，好像租來的房間也還是囚室。一撥打電話，那端反應冷淡，心就刺痛，傷疤又撕開。一天竟然，在教務室裡大哭，旁邊兩個老師看到，束手無措，進來教務室找其他老師的什麼班長什麼學長，也愣愣地。怎麼辦，怎麼可能，那人怎能這樣對我，無法置信，工作忙時還好，能做工也還好，最怕是不能夠。到周末天，她搭車去遠處，身體得不停移動，看外婆，看母親，看海濱，看海最好，因為天地夠大，自己變渺小。第二年母親忽然搬去大山腳，做旅行社分行經理。母親說表面上是升神台，其實是下放邊疆。蘿就開始搭長途火車北上，去她母親家當客人，但總待不了幾天，又收拾行李南返，周一回國際學校教對外漢語課。她必須忍耐著那股聯絡對方的欲望。每次她以為自己暢懷地抒發感受之後，只會收到貶抑與羞辱。她不知自己為何那樣被定義。

體內的妒嫉又像火炭那樣燒，一直燒，直到燒空。不知怎麼辦，就逃去院子，看著外邊的風動葉影沙沙，看著鴿子麻雀在電線與樹枝之間跳動。

不知道該去哪裡，地球可是一直在運轉，滔滔地流逝。地面也像箭矢一樣往前飛。我在這上面，它要帶我去哪呀，一陣悲痛，她蹲下來，只有這樣才能護著心。風颳吹枯葉清脆，好像地面有把聲音會說話，只是這並不是任何一種語言。先於所有的語義，沙沙沙沙地響著。在外婆種植的桑葚樹前面，看見一團會動的白芒光，在磚石隙縫上顫抖，起初，她還以為是蒲公英，特別小的蒲公英，好久沒看到，怎麼有點髒，黑黑一點。卻原來是蜘蛛在吐沫。再看，不是吐沫，屏息地看著，是蛻皮，很慢很慢，不像脫衣服那麼容易。看蜘蛛怎麼脫掉那半透明的皮，從一層膜裡解脫。她看得渾忘時間。蜘蛛脫皮很久，很緩慢，就像蟬蛻皮，蛇蛻皮。退出一個和自己一模一樣的殼，一條細絲，蜘蛛和它的舊空殼，空殼還在輕輕旋轉，孿生鏡子，一生一死。

她上網找，原來生物蛻皮很危險，那層膜要從呼吸器官深處的內膜撕出來，從體內脫到外邊，一個差錯，就會堵塞呼吸，窒息，死。有很多昆蟲，在這過程中死去，蛻皮原來會致命。至於能夠成功，完成蛻皮的，牠們就會啜吸舊皮上的汁液。舊皮原來是可以讓昆蟲倖存的糧食，喫掉它，活下來，恢復力氣。

有一晚她夢見，好奇怪，四周圍都是樹根，原來走在地底下，不知什麼時候就走進泥土裡，樹根鬚都看得清清楚楚，忽然間，腳下的漆黑被撕裂，閃電像樹根狀，四分五裂。

從這發亮裂口，進入地穴般的黑房裡，有個長髮女人在繪畫，那女人持一枝毛筆，一揮，就有顏料潑灑在虛空中膠凝，湧動萬狀。只可惜光線稀薄，稍現即隱，看不完整，但蘿知道，那黑暗中的畫，正在一點一點地完成。蘿陶醉地看著，也抓起彩盤調色，直到上面的世界忽然有鈴聲響起，啊，不能留了，得「回去」了。女畫家先走，蘿也想走，本來的進口卻突然間就沒有了，突然就湧入白晝，蘿摸摸找找，不幸凡手指所觸探之處，盡皆成為天花板。剎那間，周圍變成了日光燈下的辦公室，一排排辦公桌上文具筆插、公文檔案疊壓，電話鈴聲一直在響。

總得解開過往，解除那使自己癱瘓的封印。一個人必須要擁有權力，走進那過往的記憶與情感，才能理解，何以如此。要去回憶，要捍衛感覺與記憶的權力。無論如何，都要獲得這樣的禮物，好讓自己有一天，可以在時間裡走回一圈。真相大白。

要很久以後，她才明白，為何有時候，女人會去迷戀那樣的男性了……對，是「有時候」，而不是「有些女人」。

一連幾年，天災人禍。

聖誕節剛過，蘿想起，去年此時，「戀情」才剛萌芽。一種隱隱作痛的腐蝕感，又再咬著腿，收縮胃。永遠不明白，痛苦到底是跟身體哪個部分呼應，好像在連中醫都不知道怎麼歸類情感與臟腑關係的地方，有隻怪物，漆黑烏鴉，藏在體內，暗無天日，啞了似的，一直啄。節慶假期，不想一個人待，她又北上母親家，大山腳，兩人一起看電視，咬瓜子吃海帶，有足球賽，忽然螢幕下面走出一行字。印尼亞齊省地震引發海嘯。

廣告時間，蘿轉台。好駭人，人跟樹葉上的螞蟻一樣。鏡頭蒙太奇般，在普吉島、印尼雅加達、印度洋、檳城新關仔角、直落公芭的海濱，切換。一艘漁船被沖到馬路中間，購物中心酒店的玻璃都碎了。海水淹上三四層樓，把人從酒店房間捲走。聽到失蹤者罹難者數字上升到多少多少，母親就搶回遙控器轉台。轉看香港無線連續劇，武俠片，飛來飛去。

看不下，起身，給蘿獨自看。

那傷痛不會好了。即使已經過去三四十年，母親外婆她們全都討厭看有人死去的新聞。不管是波斯灣戰爭，輻射核災，情殺，謀殺，自殺，撕肉票，全都直接翻過去。就算虛構的，電影，連續劇，也不行。人不能在沒有泥土的地方死，人只能死在有泥土的地方，外婆這麼說。

不要跟人講家裡的事。不用給人知道妳是五一三家屬，外婆跟蘿說，講了也沒有用。

蘿第一次去祭拜是一九九八年。先前他們家已經不去很久。墓碑很小很小，在雙溪毛絨痲瘋病院，希望之谷的後山，離首都約二十四公里。都坐阿良叔的爬山車，有十個座位。斜坡路，岩石嶙峋，凹凸不平，一路彈跳。

白霧般的野草在墳塚土堆四周搖曳。

每個墓碑都簡單地以拼音字母寫上名字。每一個名字底下，都寫著死亡日期，一九六九年五月十三日、一九六九年五月十四日、也有一九六九年五月十五日的。墳場面積不大，墓碑很整齊，一排排，荒草淒清。

後來幾乎年年都去拜，卻次次都不確定，明年是否還會再來。一九九八年蘿去了，九九年，兩千年她也去了，就是那年，三十歲，拜拜完回來，隔兩周，在劇場裡，第一次見到那個人。關係只維持一年，就忽冷忽熱，她不知怎麼辦。我都沒想要你怎樣。我一點都不想破壞人婚姻。阿媽一生跌跌撞撞，我都想一定不要像她那樣。他模樣若在從前，我一定有那麼遠閃那麼遠，分明是老油條，私底下又不知為何憤世嫉俗，老文藝青年樣。根本不是我會喜歡的那種類型。可是，原來，我竟然也可以愛人。甚至半夜醒來還想，忽然心頭冰涼，到底此生人要在哪裡，好孤單，所有跟他人的關係，都通通退去，變得一點也不重要。他若有在，就是家所在，否則，就哪裡都漂泊。還怕他死。不知怎麼辦好。也許起初只是他對我好，我想回報他。動機不正確，我很迷惑，都不曾有過這種情感，哪裡可能，做夢都不曾有過。以前無父，自由自在，母親呢，她每捲入一場戀愛，心不在焉，要繳電費要繳學費學校要籌款，十問九不答。我一定不要像她。凡事活著要憑自己手腳，窮到破洞，沒有資格追求摸不著邊際的愛情。雲遊煙夢，一定跌落深淵。忽然捲入。連底都沒有。翌年清明節，她跟家人說，她有事，不去祭拜，其實哪裡還能有什麼事，都被踢出太平洋，還眼巴巴地趕去雪州大會堂看他作展。要等到海報出來，才發現原來他在那裡做展，卻沒有告訴她。不是說還是朋友嗎？在他看來，她一定是塊不小心沾到衣上的黏口膠，說了只能做朋友，畢竟是需要保持距離，才能把「孽緣」給捻熄。她等了一個月，沒有電話，心很涼，終於忍不住，打電話給他。他說，什麼事？如果沒有事，不要再打來了。我承擔不了。不能繼續。第二年，外婆說風濕，不去拜。去年回到來，痙攣發作，衣服都沒法洗。身體像在抗議。

鬼魂好多。外婆說，有幾百個鬼魂在那裡，全部都慘死。

他們家去幾年，又不去幾年。拜了也沒有用，不會好，更難過。還葬那邊，這麼荒涼。山芭濕氣好重。坐那麼久，坐車上山搖到我心口悶，又頭痛。

到得亞齊海嘯毀滅那年過後，連母親都長白髮了，幼細雪絲，像水刷從額頭拉到髮尾。人過五十，髮膚血色就開始褪了，這肉身就要開始退出世界，額邊手臂開始顯出老人斑。桂英頭靠後座椅背，微昂著下巴，發出鼾聲，她一大早五點就起身炒沙葛包生菜，提著飯菜盒，從北海搭火車下來，百多公里。

又隔五年，蘿才再度跟她們去雙溪毛絨……進去吧進去吧。

C

相隔十幾年再度聽到C說話，是在大榕樹下雜飯檔用餐時。蘿沒想到，C忽然失聯，一封信也不回，是因為她不快樂。

一個懷胎四個月多的孩子流產了，她已經好幾個月看著波音掃描下發亮的心臟。什麼計畫也沒有，只是不想回家。南韓，蒙古，西藏，阿富汗，莫斯科。拿了英國打工的旅行簽證，在英倫待兩年，常常在不做工的日子，去公園草地躺著，看人。沒想到兩年下來，存到的英鎊還真不少。之後又去土耳其。

在語言懂得極少的異鄉，沒有需要交談的人，沒有可以深談的人，進不去別人的世界，別人也進入不了她的。除了可能的危險，被搶劫或者被侵犯。

現在C鬢角白髮看起來特別細。

妳有想過，這個世界上，有什麼應該遇見卻仍未遇見的人嗎？C問。

我不知道，蘿回答。

C租的廉價組屋，跟她去教書的科技職業大學，隔一條馬路。屋內有一堵朝東牆窗，迎向東北季候風雨的方向。雨水沿著窗櫺蓄一長條框積水，從窗角滲透牆壁。這窗戶在蘿的左邊，有時C起身去廚房煮熱水沖茶。剩下她一個人呆坐時，蘿就看著這發黃的雨痕，看它上面黴痕。

一種什麼也不用說的懶惰，在蘿體內散開。事件告一段落了，儘管總會在我們以為已經結束而安心的時候，結果總還在哪裡繼續變化或發酵，不曾真正成為過去。

C說我們總是在中間。

C用一條吸收很好的毛巾墊在茶盤下方。

等到茶水沖過幾輪味道太淡以後，C就把茶葉夾起來，換過別的。

蘿想著要有一種愛，這種愛不必去爭奪。她這樣想著走過樹蔭與一些攤子。愛應該是這樣的，它會自己走來，你不需要跟任何人搶，也不能從不愛你的人那裡乞討。這樣想，才發現這想法原來盤繞心頭很久了。有一天，她正走去巴剎，走在幾棟公寓包圍的一條馬路上，陽光很曬。前方走來一隻黑色的狗，偶爾搖一兩下尾巴，通體黑亮，看起來滿老。狗的身上都是傷痕。牠的傷痕細小斑駁，布滿眼睛周圍。牠既孤獨又神氣地從路的另一端朝蘿走來。蘿看著牠在這條白亮耀眼的路上，狗走得像牠自己的黑浪，蘿看著狗，一邊卻不知自己到底像什麼地朝牠走去。終於交錯而過，那刻，她站住了，看著牠，即使牠跛了腿，還是無損於牠就是自身背椎上那起伏的黑色波浪。牠也回頭望她，也停住，眼睛專注，無辜，憂傷，天真而信任。就在這一刻，蘿覺得自己恢復了交流，跟一隻對她不設防的衰老野狗，恢復了跟世界的交流。

對外漢語與水果

重操舊業，教對外漢語，一周二十個小時，第一年拚命備課，十年前用的，不再適合了。舊房子，天花板很矮，得打開所有百葉窗，才通風。貓爬上書架，望窗外，好幾小時，窗口都裝鐵絲網，牠無縫可出。蘿做投影片，對著電腦，生活像在書桌與門之間走來走去。除了出門教書進課室，她不去劇場了，也不去支援別人。人家都說她「退休」了。但教書時，她總覺得，也像是歸零後又重新開始，會話課不就像小劇場。設若言語對白就是戲劇的單位。那麼給切得最小的，並不是字，而是停頓，是空白，是尚未成形，凡事從這裡開始。

教室裡，一片白，白牆白板白天花板。百葉窗都閉上。他們像在背景去除的白色劇場裡上會話課。每一堂會話課，若然能有時間，應該都能像小劇場。雖然沒什麼大起大落，只是找伴互練，交換角色。只是，沒有背誦，總是有點忘記，又還有點記憶，在那之間，就有了曲折隙縫餘地，可以進行鍛鍊，像重新開始，禮貌招呼、問路、問方向、巴剎裡討價還價，撞車擦損找人求助報警之類的。

蘿覺得自己也在扮演一個角色，一個有理性、井然有序又樂觀的語言老師。注意聽他們發音。這裡的學生九成都是馬來人，其餘幾個有東馬原住民跟印度人。沒有華人。馬來語裡較難念出陽平第二聲。後來蘿教他們，要念到像英語的soul，so-ul，這樣起伏上下。還有他們會過度發出送氣音，要教他們不能把波念成「破」，不能把它念成「踏」。

學校異想天開，做錄影替代實體教學，可以省時間省人力，主任說，以後不用這麼常進課室。

蘿說這不對頭，來學校，自然是為了要面對面。不用進課室，那還要她來做什麼。

這事情源起於蘿自己的投訴。

一人教超過五百人，變得像帶牛工人，按部就班依照課綱犁耕兩小時，像儀式，什麼也沒來得及種下去。蘿找主任，想請她找個兼職老師回來分擔一些班課，卻不允。

製作錄影帶教學，主任說。蘿搖頭，又不是遠距課程，初階就拿錄影取代互動教學也不合理。

主任始終不想請人，蘿問主任，日語韓語英語都有不只一個老師，還兩三個那麼多。那是因為我們給臉，主任說。那為什麼我這邊要請人不能，蘿問。她想建議請C回來教幾堂分擔，因為本來就是C教的，她脊椎痛復發才辭職。

因為華語不像日語與韓語那麼能上得了場面，主任說，not so presentable。

蘿就心想，如果有人也這樣跟妳講，馬來文不像英語日語韓語那麼能上得了場面，所以不可以給馬來文臉，妳會高興嗎？妳心裡會有什麼感覺？

母親這些年已經不再說過去。她每個月都帶團，去馬六甲金馬崙，幫客排餐館訂酒店巴士，南上北下，東西海岸反反覆覆地去，好像終於活向未來，但她知道母親沒忘，只不過是選擇對過去保持緘默。緘默，不等於空白，緘默是更黑的黑暗，像藏進地穴裡，而地窟裡的物事都仍然還在那裡。

蘿教了兩年，蘿漸漸適應這個地方。蘿都沒有告訴母親，她工作的地方，很靠近甘榜峇魯。職技大學對街，過一條馬路，就是以前爆發殺戮，暴徒出來的地方，她知道，那些外地來的馬來人，在這裡的拿督哈侖家群集，喝神水，出發去砍殺。

跟主任吵架以前，她曾在那邊用餐過好幾次。那邊吃完，就可以走路過來這邊上課。此外整個區，沒有什麼地方好吃好坐的，都是醜醜的購物中心。

但現在不一樣了。她走進一間路邊的馬來檔。起初，她只是想要在那裡至少坐一次。她點了綠咖哩煮魚套餐，第二次，她去坐娘惹飯館吃薑花藍豆碟飯。小販都是年輕人，都滑手機都聽韓國流行歌曲，新式餐廳，混雜韓菜日本壽司。賣甘榜炒飯的檔主，化腐朽為神奇，在鋅板上架掛鉤子麻繩，懸吊幾盆萬年青。半露天座位，人來人往，她坐著，看手錶，時間滴答，啜黑咖啡。總有吊盆黃金葛垂懸覆影，吃完再慢慢地走過去上課。

不滿繼續醞釀。妳應該要感激有這種機會。主任說，妳這樣對妳自己的職場表現很不利，妳是不是不願意吸收現代科技。妳這樣講是在威脅我嗎？蘿問。後來吵到管理層，再打下來，馬來主任臉拉很長，決定從其他分校區調一個有九年經驗的馬來老師來教漢語，不請C，理由是，這人本來就已經是我們的老師，充分利用，就不用再外聘兼職了。

但蘿知道原因不是這個。

我明白了，C說。少數民族是這樣。她們去茨廠街，吃宮保雞丁，地瓜葉，鐵板豆腐。蘿也知道，他們不可能再加多一個老師來教華語。

她們互相安慰了好陣子：也許事情不會像她們想的。想想看，說不定那會是一個開明的馬來人，情況也許不壞……一個願意學華語、教導華語的馬來人，不也正是個少有的，願意走這條路的馬來人？有那麼多資源，他幹麼要去學華語呢？如此應該跟對方多加交流才是，應該樂觀點去迎接對方。

但她們都明白，實際上，在現實裡，她們是無法競爭的。一個位子消失了，以後就不會補充回來，給非馬來人的名額總是有減無增。她們已經聽過有很多這種例子。連國立大學教了許多年的老師都是這樣，一旦一個華人離職，給馬來人填進來，以後這個位子就不會再請華人來做的了。這樣的事情，整整三十年如一日。妳很奇怪，怎麼可能，連黑人電影都有得做，過去了半世紀，巴士已經從黑人只能坐後面，到今終於可以自如上車，為什麼這裡還是老樣子？五十年。

這感覺很難受，很沉重。

世界就是鬥爭，心就是鬥爭的場域。生存飯碗完全不知會變得怎樣，越來越狹窄、越來越狹窄，這艱難的、問題與處境，如今迫在眉睫，再也無法漠視。

她們一同走街道散步，邊走邊看。這條街上，有很多賣菜賣水果的攤檔，四周有許多孟加拉人，印尼人，越南人，形形色色，當然也有本地人，膚色口音都非常混雜。塑膠籃子裡的水果也各種各樣，水蓊、哈密瓜，還有些很少見，像蛇皮果，還有一種不曾見過的，叫kheksa，怎麼吃，怎捨得吃，好可愛，整顆果實長毛綠茸茸，每粒都連著柔軟的綠枝條，好像整籃都是有細長尾巴的青色老鼠，原來從印度飄洋過海。

C買一袋蛇皮果，分一半給她。

我們不能再壓迫自己。她說，宇宙會幫助把自己照顧好的人。

蘿搭長途巴士去旅行，途中，她在座位上睡著了，夢見一個剛從降頭詛咒裡恢復過來的女人，來跟自己一起上人類學。在她夢中，整班同學包括自己在內，全都聽過這女人的故事，即這女人曾經中過降頭，喪失了好幾年的生活。這女人醒來以後，十分努力，想要透過學習知識來充實自己，來趕上這個世界。即使如此，大家卻還是免不了把那女人當成是一個跟他們有異的人，有一天，當班上有人終於洩漏出那隱密的想法時，這個女人就收斂起和顏悅色與和氣的笑容，恢復回那誠實、疏遠的臉容。她說，她的經歷並不是可以放在任何一種知識模式裡去觀察與理解的。這個世界上，沒有一種你們稱之為知識的結構，可以懂得我的感覺。那些動輒就對我說，妳的過去是可以忘記的，妳的傷是可以痊癒的人，他們都不懂得我，也不願意真正去感覺別人。

蘿醒來時，巴士車廂還很漆黑。醒來那刻，手麻麻，幾乎感覺不到自己的尾指，好像只剩下四根手指。原來睡時壓手掌，壓到尾指都麻痺了。

一邊揉著那尾指，會有一點麻痛的感覺。蘿回想著夢境，她知道夢幫她說出了她自己不欲說出的實話。夢中的女人痊癒了，帶著一種不怕淒寂的驕傲，以後也就不再在乎他人的眼光了。

引擎聲在夜裡轟轟地奔馳。

我們唯一能靠的只有自己。

可是又不能單獨生存。

在單軌列車上

妳幾乎不知道可以去哪裡。輕快鐵過黃梨山。額頭貼靠窗，往下望，鳳凰木花季已過，綠葉如羽，片片爭取最大量陽光。一排舊建築店鋪，竟然還有仿漂白的靛藍牆色。空地上，桌椅開傘如度假日，好愉悅，眼皮下流麗滑過，跟妳陰鬱的心情一點都不符。

一群曾姑婆曾叔公的親戚，以前阻止妳媽媽妳婆婆說五一三，現在卻在背後說妳去教馬來人華文，說妳阿婆姨婆舅公以前被馬來人燒死妳小舅舅失蹤下落不明，妳卻去教馬來人講華文。不過，偏偏是痛徹心扉的婆婆媽媽跟姨婆舅公什麼都沒說。其實這事妳本來都不知，從來都沒聽妳媽說過。妳以前只是初戀失意，所以逃到檳城去，偶然給馬來人教起漢語班，有日妳看到廣告，時薪一百二那麼多，一周只需教四小時，十幾二十年前，這薪水可以讓妳悠哉悠閒，在小島，背山面海。妳就坐渡輪過海峽，去那工業區應徵，那是第一次妳教馬來人、印度人、麻麻人和受英文教育的華人，十幾個工程師，因為他們將要在八個月後派遣去中國大陸。

那年，妳去打槍鋪墳場附近用一百五十元租一整間單位，五百方尺兩間睡房。五個月後，課程就結束了。妳沒有再繼續，他們想要學有大陸腔的中文，而不是本地腔的華語。

妳看看銀行存摺，就是儲蓄的數目有讓妳高興。一點踏實感。檳島房租好低，比吉隆坡好，空氣清新，有劇場小導演一對兄弟住在日落洞，特別有趣。妳跟他們出去玩，認識許多人。某日在劇場認識一個泰國女人，叫艾，雙眼皮，褐色皮膚，她極想融入大家，學會了福建話，摻雜的巴剎英語，跟大家一起說，哎呀「殺拉（salah）」（錯）了，「疙慄」（geli），學會每一句話末尾加一句「了」（LIAO），雜七雜八。她總是掉雨傘掉水瓶。巴士上，計程車，好難兜回去找的海鮮檔。檳城有好多海灣，直落巴杭，直落登布雅，直落公芭。可以看日落，吃海鮮，爽，但好遠。艾每次掉傘都說一句夠力又再來，學到很像。如果失去的東西會回應我們就好了。我們的愛，像是愛上一個對方都嫌棄我們愛的人。只有我們自己喜歡，但幸好自己會喜歡。付出去的愛，向來就是屬於我們自己的。不真的屬於妳喜歡的人（既然對方不能接受），更不可能是國家。妳大可以這樣想，為什麼不，會成長的人是妳又不是他們，因為一直像防備敵人疑神疑鬼，除了踐踏妳，他們什麼也體驗不到。

看排練。艾說，Don't play play。好奇怪，想起艾好清楚，她那剛好只夠包屁股的超短牛仔褲。坐摩多環繞島嶼給敦到屁股痛。記憶走馬燈。

總之，課程完了，又多住兩個月，妳就回吉隆坡。那麼久的青春往事，都已過去十幾二十年，看見年輕小孩，無法置信，他們都在妳初出社會那年出生，歲月無情。出去上班，搭單軌列車，常沒位子，就站吧，可能多幾年就會有人給妳讓座位。頭靠車廂窗玻璃，有風的日子，葉海翻動，不知什麼樹名。曾經一度，妳刻意誦念所有事物的名字。如今，樹蔭靜憩，光影斑駁覆蓋遮陽傘，人行道，單軌動很慢，慢慢從妳眼簾下滑過。這家鄉，怎會不是妳家鄉？當然是妳家鄉，生於斯，長於此。翠綠相映。麗日。單軌列車搖搖晃晃，忽然感觸，原來這座城市的單軌一圈一圈妳已經乘坐了十幾快二十年。何止。中央藝術坊路段蓋得早，幾乎一通車，就跟同學去坐，在那邊吃炸蝦餅吃炸魚餅，都是馬來人東西，好像小小地叛逆了母親外婆的傷痛記憶。但她們從來也沒有阻止妳去。

憤怒並不往這些地方找發洩。倒是有些年，選舉來時，她們冷淡，不想去投票。

走馬燈，一站站。上來一群外勞，一群外籍生。膚色各異。有孟加拉人有緬甸人有越南人。餐廳裡的侍者很多是尼泊爾人。工地裡的是印尼人越南人緬甸人。學生，則都是比較幸福的一群，不用睡貨櫃。這世界上，到底是流動穿梭的人多呢？還是固定有家的人多。在車廂裡，妳無法確定，自己的心情接近哪一種。也許，人都是嚮往他方的。即使在最悲傷的時候，從前某些年，最失魂落魄，心傷亟欲哀死，奇怪在同樣的空間，妳想起那些年。如此相似，甚至也許就是同一趟車廂，卻明白到，什麼是新陳代謝。我們不斷死去，一座城市裡，只要七八年，新生命就出來，一代人記憶就模糊，二十年就更迭換掉許多符碼，金融、當家、保護與防禦，愛的記憶與話語，臉。唯獨愛恨憤怒就是肝臟，內裡，幾代人都一樣。

那些年，妳都不想要什麼。什麼都不要。被甩當時，無法置信，那人說不要就不要。那人對妳的心情完全沒有一點體恤。很久以後，有一天，蘿不禁想，這一切混亂，是否都始於那年妳不想去祭拜死去的姨婆曾外公曾外祖母。因為那麼巧，一直到妳又回去雙溪毛絨祭拜，〇六年，混亂才終於過去了，至少接近結束。那年有煙霾，從印尼飄來，厚濃濃，白，看不透。車廂過處，公寓、辦公大樓、店屋，都像浮在白茫中。妳搭車眼淚一直在飆，不管別人怎看妳。你們好不容易恢復聯絡，一個月，兩個月，他語氣依舊譏誚不滅。與其說妳被刺傷，不如說妳被對方看妳的方式打擊，原來他一直認為妳是怎樣怎樣的人，大概是把妳當成毒蛇吧。現在回想起來，只有在檳島才是真正遠離的時刻，那座島，像度假島，好像另一個時空，平靜，有新朋友，又可以排練演戲，可以不受影響。一回到吉隆坡，妳又遇見他，還帶一個女人來，好像怕妳不死心，就帶多一人，嘲笑妳，挖苦諷刺，妳感覺到排擠。妳連獨立廣場與所有劇場都不想去。可以去，但心情會很勉強，何必呢。只為了撐尊嚴，弄到腰痠背痛，不知怎地就感冒起來。那女人，妳不明白，如果她也曾經這樣被人對待，為何用同樣的方式來戳刺別人？難道她不覺得，這樣重複，等於說以前別人這樣對她傷她都是對的嗎？她到底有什麼問題？記得那時候，妳還想，也許是我想多了，不是這樣。沮喪，回家睡覺，不想起來，等到妳起床，喉痛眼澀，外面就濛濛白白。煙霾來了。煙霾一直籠罩。妳把自己關在屋子裡，關上門窗。免得煙味進來。室內空氣不流通，醒睡都覺得像給大象壓心口。手機裡傳來傳去的簡訊都在教人，可以把不要穿的衣服，浸透加醋的水，晾在室內，醋可以中和炭屑臭味。煙霾很重，空氣有毒，妳看電視新聞看網絡新聞看印尼蘇門答臘為何撲熄不滅，原來森林有地下炭，火在地底下，澆水也會冒大煙，毒煙，真是兩難。妳從早看到晚，一點都不想生產，哪能生產。有一種情況特別揪心，森林區不停有人遲遲才給救出，那些人好像拖到很遲，都不知道有搜救隊伍存在。通常都是孤苦老人，頂多帶著小孫子孫女一起生活，一定都在吸著黑煙到最後一分鐘。妳做夢都夢到黑煙，把肺腐蝕出一洞洞。嚇醒。很逼真。妳醒來看著房門天花板，心還在跳，好像這人生是另外注入的虛假記憶，有個龐鉅的陰謀力量把妳從森林搬來這裡，那邊還有個親人要妳救，妳怎能捨棄親人，被捨棄的親人，好可憐。被遺忘。這煙霾，每隔幾年，去而復返。二〇一四年，白煙又再籠罩，這一次，妳還非得出去一下，去醫院，去看妳那陌生的外公，他呼吸困難，快死了，醫生叫家人做決定，妳母親與其他五個阿姨和外婆，從醫院出來，去越泰餐廳，點了餐，默默吃，都不想講話。

餐廳人不多，隔張空桌，靠牆，有一群啞巴，十來人，年齡從中年三四十歲到十幾歲，好像從聾啞學院出來聚餐般，共坐一張長餐桌，全都熱烈，表情何止豐富，睜眼聳眉，額，鼻，肩，臂，皺，揮，怒放，好自由，一定一輩子都不曾受到那種什麼含蓄表達才是美與優雅的限制，沒出一句聲，旁觀也能覺得激騰，起伏猛烈，語言就是身體，手勢肢體姿態，又快，又活躍，煙霾一點也阻礙不了他們。沒有語言隔閡。深黑膚色的印度人，馬來人，黃種人，膚色一點也阻礙不了他們。有穆斯林女孩子也有不包頭的，看樣子各族各宗教都有，都可以一起吃飯。妳觀察他們好陣子。

他們會嫉妒嗎？也會吃醋嗎？應該會。只要是生物就會。但如果一輩子都在猛開猛烈，想怎樣就怎樣，多好。

煙霾越來越濃好幾個月。去購物中心，走這端都會看不到另一端。報紙刊，有人去機場接親人，竟然有接錯人的，還懞查查走到半途，才發現不對勁，都因為看不到臉，太誇張了，說不定，真相是其中一人心碎失魂，本能失靈。這世上，沒有比失戀更盲目的了。說不定毀滅地球的肇因，就是因為無愛，有人很久以前就失去愛，不曾痊癒過，又有權有勢，即使從小什麼都有，就是無愛，所以才燒森林，拚命掠奪。世界因此從赤道中間被噬嚙成一個蘋果核，看這天氣，妳都不想講話。到站車門開開關關，毒煙進來，總讓人想咳嗽，咳不停，咳到激烈，就覺得，窗外公寓大樓，全都浮，都晃。路面都看不到底，茫茫白白。銀行，人行道，購物中心，車站，迎面而來的臉，計程車與列車，全都煙裡來煙裡去，虛幻異常，只有刺鼻味道與喉頭乾燥異物感，真實無比。讓人身體發燒，睡不好。外公就在這樣的季節裡撒手，醫生說，他走到很自然，護士來看時，他就走了，他們也沒有不特別做什麼。找不到的小舅，永遠被隱閉。妳跟六個女人阿姨婆婆道別，跟母親一起走進總車站，回甲洞。

煙霾拖兩個月，有那麼一天，終於，可以開窗，空氣恢復，不敢置信。首先，要把自己拉回來。蘿想，於是開始確認每件事物的名字。必須給它們一個位置，在腦海裡。現在，是個詞彙。現在，我把我自己擺在這個位置。這裡。她又想。我的手指，我的鞋子，我的頭，我的鼻子。心中念每樣東西的名字，斑馬線，紅綠燈，安全島，門把，狗，麻雀，鳳凰木，天橋，風鈴木，時鐘花，牽牛花。芒果樹。

九年了。到底人變了什麼？城市還是一般。單軌火車很慢，走也慢，班次又少，排隊要進去也好慢。幾年前它有顆輪子從高空掉落，砸傷一個英文報記者，所以才得慢慢走。系統受過傷，慢也好，妳倒喜歡它慢下來，全世界都快。是太快了，徒然耗損。列車在軌道上慢慢爬，好輕的車廂，可以感覺到它會晃。

停站星光大道，上來好多年輕人。其實妳早忘了多年前的事，如果不是因為外婆入院，情景又有點相似。外婆痙攣了好幾天，等到她終於可以開口時，就說，她要講，把全部都講出來，五一三，她要趁自己記得時講，不能委屈吞嚥加諸死人身上的汙名。不甘心。如果不是聽到這，受衝擊，妳可能都不會去想，那件事。這麼多年，妳仍然人在這裡，踩著同樣緩慢的步伐過活。真正不一樣的，不是城市，而是妳。即使人在同一處，妳也終於變了，不同了。妳從來不逃。對很多人來說，逃跑是很奢侈的選項。額頭輕靠玻璃。空氣跟玻璃一樣。好奇怪，同樣的車廂，那曾好長的黑夜，不知什麼時候，離開了。妳仍然記得，甚至歷歷在目，它卻不再傷妳，反而平心靜氣，想，我也曾經這樣。我經過了。

探完病等電梯，看見旁邊往上升的電梯，飛出一隻白蛾，妳眼睛跟著牠，牠顫抖飛一陣，棲停牆壁高處，好平好直對翼，直可媲美那鋪牆磁磚。叫尺蛾。

妳都已經生了華髮。

直銷進來兜售靈芝酵素，叫妳們買這買那，說人類身體細胞，七年內就會經歷新陳代謝。妳都不用這些保健品。不過，這時間表，挺靈。七年前痛不欲生，七年後終於全歸零蛋，重新開始。妳覺得自己還是得到了某些珍貴的東西。因為妳始終不會否定這記憶。因為我想要主動去愛人，結果我得到了，自己願意主動給出的東西，它兜個圈，回到我這裡來。

我不知道，它是什麼。

這不是愛情。它超出愛情，在我以為的，預期的，那界限之外。

想到原來，我也可以，為一個根本沒有把握的結果，去付出。去妒嫉。使我心平氣和，使我覺得，我自己應該對所有的創傷敬畏。創傷有我為了安全而剖挖封鎖凍結的形狀，創傷就是容器，它召喚一個人進來我生命。想到這點，我的憤怒，變得很小，像藍火；又好像能看到結束，跟繼續。

賈米爾

那個馬來老師叫賈米爾（Jamil），他來報到時，臉上露出靦腆的笑容。她驚覺，其實已經見過了他。在郎加威島上，還是學校四月裡幫教職員報名，國家博物館推催的旅遊團。其中一趟，坐船遊島，看一處上古積灰岩層。岩石很滑。地殼變動，裂開，滑移的地表，露出岩石一層層，因為海水與風腐蝕，數億年。這裡每跨一步，時間就等於數萬年。導遊說。

那裡還有顆杏仁般的冰河落石，像夾在千層糕之間。當時團員還一起跟它拍照，所以妳看到賈米爾，就認出來。

坐在船上，蘿有時持著一本畫簿，在那裡看人，畫素描。如果找出來，說不定也畫了他。妳是個藝術家嗎？當時有個人還好奇問。不，不是，她說。只是畫爽。

賈米爾只有三十二歲，非常友善。我們是不是見過了？

對，她點頭。

我看過妳的海報，演出。他說。

她倒有點意外了。怎麼會？

他說在地下獨立廣場，以前，他也叛逆過，玩搖滾表演。那邊不是很多海報。

那很久了，怎可能記得。她不大相信。大概是聽人說的吧。

不過，真正的問題始終是不能繞過去的。蘿想，現在這種情況，賈米爾也會想要緊抓著這份工作。只要這話說出來，和氣，友善，統統都會蕩然無存。然而，如果不說，我們的和氣就始終是表面膚淺的。上司交代的工作尤其狗屎。蘿還得教他，帶他，進入這裡的教學系統。

蘿知道，設若在最沒有威脅性或利益衝突的情況，他們就會要變得比現在更好一點的同事，甚至更好一點，也未嘗不可。

他一定感覺到了，每次她聽到他講話的奇怪反應，故此特別小心翼翼地來問她。她繼續壓抑著內心裡奇怪感覺，繼續回答這個、那個，那些枯燥乏味的教育部要的文件，學校網頁怎麼用。這種把人壓榨無趣的文件，只盡量分類清楚，一一說明。

起初她還是很生氣，後來她想，這不能怪他。有問題的是這個系統，這個制度。就算把文件弄得再好，還是一樣爛。因為這樣的制度，充滿歧視、排擠、膚色、邊緣主義，馬來民族主義，該改的沒有改，根本不會變好。豈有此理。

「謝謝妳。」賈米爾說。

她忽然受不了了。然而，他又畢竟什麼都不知道，蘿繼續對自己說，他應該是無辜的，但他真的不懂嗎？這位置，他無辜嗎？我們喜歡友族同胞開明是一回事，然而對於制度問題卻不應該存有僥倖之心，問題不會自動消失的。

我到底在幹什麼？我為什麼要受這個？

「不用謝。」她說。無論如何她不想忍了，有必要大聲地說，要大聲地說！

「當然我也不能要你別來跟我爭。可是，這個爛制度！要到什麼時候才對我公平？」

的加巫[1]

本來從小路上拐進來時，甘榜都還跟平常一樣，有街燈，屋子透光。但在一扭開門入屋那刻，世界就突然變暗了。

賈米爾摸黑入屋，燈扭不亮。

他走到窗邊往外看，沒有街燈，沒有發亮的門窗，只見電線桿、巨羽般的樹葉和屋頂連綿起伏的剪影，襯著一弧殘月懸照的夜空。

他聽見漆黑深處傳來腳步聲。

「媽？」

腳步聲沙沙地從地底走上來。

他想起父親入院前說的話，老說聽見有人在屋裡走路。

他胸口一緊，極力睜眼看，但什麼也沒有。

也許只是老房子，老房子偶爾會有雜音，像屋簷、屋梁剝裂的聲音。兩隻貓窩縮在電視機架子上，跳下來找他。外邊有車燈投落一團光到窗戶上，什麼異樣也沒有的。他放鬆下來，找出煤油燈，點亮了，開始吃晚餐。

他的晚餐是路邊攤的漢堡包。平時他會邊吃邊看電視或看網路。他會看宇宙大爆炸，黑洞、單細胞藻類、跨越泥盆紀、白堊紀、直立人類出現的科學紀錄片。他遍覽視頻網站，經常是這些倣效科學家般的理性聲音，伴他用餐，往往吃完後他還會繼續看上好陣子。這習慣是當年他在北京唸書時養成的。當時他很想念家，一直看老家的新聞，經常看到吉隆坡、東海岸、柔佛州，每隔幾小時大雨就帶來大水災。世界末日越來越靠近了。他想，就算有生之年，我不會看到世界末日，也必然能在有生之年目睹氣候暖化。

還等什麼呢？想做就快點去做吧！

寫信給愛妮啊，問問她最近怎樣了。

老實說，大白天，工作忙碌時，他是不會有餘暇回想過去的。

她是那麼自我中心，好難相處，令他自尊總是刺痛，既然要走，就走吧。

不過，等到他去了北京，在朝陽區租個小房，冬天騎腳車，挺著臉頰上的刺骨寒風踩去上課的路上，

[1] 的加巫是 Dejavu，既視感的意思。

一邊騰出一隻手用圍巾抹抹那因為太冷而流出來的鼻涕，竟想念起她來。

但事情畢竟走到這一步了。

他在租來的房子裡獨自用餐時，偶然點滑鼠看起這些天文片。這些紀錄片口音很清晰，正好用來學漢語。

他看到了宇宙最近一次經歷的皺波振盪。

一顆黑洞被另一顆黑洞吞併了。時空扭曲過了。

他總想，世界也許會在哪個岔歧點上，把一些事情取消，又重新來過的。

有時他希望目前的人生都是重新安排過的，回到某個過往的關鍵時刻，可以有第二次重來的機會。

漢堡包吃完後，他揉掉那包裝紙，拿起手電筒，走出門。

小路在月色下，看起來就像褪色的黑白照，他感覺自己像走入照片裡，卻不知道可以走到哪裡去。

任意地選個方向，往河邊去吧！他許久沒走這條路了。晃著手電筒，一路走一路看，只要來到哪段路，有dejavu的感覺，那就對了——世界末日可能就已經來過了，似曾相識，恍若看過：就像照片被剪過後，再黏回來的疊痕。如果追得上時間，趁著那痕跡尚未消失，會看出蛛絲馬跡的。

仔細看，到處都是銜接得醜醜的馬路，路總是走到一半就結束，又再接過。水泥銜接瀝青。黃泥路銜接水泥。巷子路牌名全都一樣，只是加上號碼與字母ＡＢＣ做區分，到處都是補丁。

賈米爾覺得，他、他母親和鄰居，全都是從遺忘的毀滅中，倖存下來的人。只是不知道，到底自己這一次重來，有做對了沒有。

哥哥是在他七歲那年走的。當人們從油棕園溝渠，找到哥哥時，他穿的校鞋好破，沾滿泥濘。聽說他當時還有氣。大人們找了車，送去醫院。

那一整天，他坐在樓梯上等，走上走上很多次。他看見哥哥曼的鞋子掉在樓梯下方，其中一邊鞋頭裂了，像鱷魚嘴開開。

那場意外，讓父親很痛苦。他哭，一整夜，哭嚎，撕心裂肺的。

他們沒有搬家過，賈米爾聽過一些謠言，誰跟誰曾經是英雄，是勇敢的人，殺死過幾個華人流氓等等。但後來就沒有人說了。有些人消失了幾年，再回來後都有點奇怪，跟周圍有點脫節，常打老婆打孩子。

他記得小時候父親很安靜，他的身體是渾圓的。當他看到別人家的孩子，他會蹲下來，嘴裡發出逗孩子的聲音，伸出那雙厚厚的手，搓小孩的頭，臉上表情無比憐愛。他對待貓也跟對小孩一樣好，沒有分別。他們家有許多貓，最多的時候多達十五隻。

他走回來時，看見鄰居正在門前洗車，一邊跟他打招呼，「還沒睡？」

「我只是去散步，」他說，「屋子裡太悶了。」

「是啊，太熱了。唉，真是一點創意也沒有。大選天，大停電。一定是他們搞鬼。」

「投票站的話是應該有備電。」他說。

「我女兒剛打電話來說她那邊都還沒恢復。唉，明天醒來，我們的國家還會是正常的國家嗎？」

他不知道要說什麼，只是彎腰旋開水龍頭洗掉腳上的泥濘，水嘩嘩濕透褲腳，他不管。

他踩著潮濕的腳，走進屋裡。起初他還想尋找抹腳布，不一會，他發現自己根本不是在找抹腳布，只是有點心事重重，想東想西地，走進一間房，又走出另一間房。

雅各最後的時間

窗外的木棉花，一朵接一朵，沿著枝幹熾熱地相接，底下停車場白線格間，有輛車子兜來兜去兜了很久，還找不到位，他想那車主一定很心焦。

奇怪這樣俯瞰，賈瑪爾（Jamal）覺得自己可以感受到他人的心思。上蒼也是這樣看人的嗎？迷濛地，約略地感覺著地上的人嗎？祂到底是可以繁無限止地瞭解每個人的卑微想法，抑或，祂其實粗心大意，覺得我們彼此無甚分別？

有時候，父親會問賈瑪爾。

「怎麼可能是錯的事呢？」

「錯的事情哪裡會有一大群人一起做呢？」

很久以前，賈瑪爾已經回答了他，如果是本來錯的事情，就算很多人一起做，也是不會變正確的。

父親老想反駁，不過他無論如何都不肯重複說出賈瑪爾說的那句話。

他不知要怎麼阻止自己的家裡被外人入侵。那些黑黑的、灰灰的人。每次用完咖啡以後，他們就出現了。喊他的名，雅各，雅各。「你又喝神水嗎？」他想抽菸，但打火機怎麼也點不著，「淋點火水[1]比較容易。」在他上大號過後，去洗手時，聲音也會來：「洗不掉的，無謂浪費水。」下樓時，「直接跌下來比較快。」在他坐下來，想開電視看時，他們又說：「盡量看吧，遲些你就什麼都看不到了。」

他整晚都不曉得在看什麼。

終於關掉電視去睡覺。

這正合這些影子們的心意，他們就等他拉上被單，蒙頭蓋被。他們很清楚他的事，知道他妻子剛過世，她很可愛，他們說，真想念她以前剪下的時鐘花插在瓶子裡。

他睡得很不安寧，感覺到壓力。

起初，他只是把沾滿汗水、血跡的衣掛在牆上。以這動作，宣告自己絕不是一個任人踐踏的人。

在這之後，原來掛衣服的板牆，變得有點深色。

等到近月底，滿月那天，月光很亮，牆上那抹痕跡拉長了，色澤更深了。

那抹痕跡就從牆上瞅著他。喚他。他聽到自己的名字，一回應，它們從牆上掙離，活了起來，在家裡四處活動。

它們不停嗡嗡地對他說話，咬他的手臂，咬他身體。

他睡得不好，後來只好搬出臥室，把門鎖上。

他不再當農夫了，巴冷刀早已丟了。三十幾年來，他住過公寓、廉價租屋、店屋樓上。做過水喉工[2]、挖溝渠，一直看著泥土，滴汗入土，第三、第四、第五個孩子相繼出生，影子終於不再干擾他了。

四年前妻子過世，送她出殯回來以後，當晚他在家裡就聽見了那些話。「要做什麼就快點做吧，趁你還活著。」像他妻子的語氣，但那聲音完全屬於陌生人的。

當他坐下來看報紙，那聲音也插嘴：「全都是騙話。」「鬼都不會相信。」

沒有電話鈴響。灶頭是冷的。他自己煮水，沖即溶咖啡，把日子過得跟以前一樣。在屋子走來走去，讓腳步聲與呼吸填到每個角落。

白天過得很快，一下子就天黑。

黑夜卻好慢，不知何時才過去。

六月底，他接到電話，一個同鄉兒子打來的，說他父親肝癌末期了，沒有多少時日，父親經常在窗邊

[1] 酒精的俗稱。
[2] 水管工。

呼喚著親人、朋友的名字，這幾天也有念著雅各伯父的名字，念著念著，都好幾天了，剛剛才知道您電話。

病人與他，其實已經二十四年沒再見面，原來還住在萬津。很久沒回了。計畫要搭火車去，但火車很慢，又不準時。還是該快點過去，可是德士很貴，幾經猶豫，心想，畢竟也不是多好的關係，他還是去了火車站，沒想到等了一小時，還沒來，聽說車壞了，車廂翻卡在軌道上。於是，他又爬上樓梯，出站，到馬路邊遮攔德士，這樣就花掉二、三十幾塊。在德士上，他坐著闔眼，唉，車停停走走，胸口好難受，頭好暈，他會暈車，不時又睜眼看一下窗外飛逝風景。看高速公路上的高架路牌，綠底白字，一個接一個切過。坐在車裡，他有種感覺，好像被隱形的繩子推往什麼所在，一關一關地，被拉回去。回？真不知該說是回，抑或「去」。但等到抵達，彎入甘榜、園坵，車子沿著小徑慢慢走，途中有好段路，看得見冷岳河，舊日風景，頓時，密密麻麻的感覺爬上心頭。

那朋友曾經在某次，在馬路邊挖溝渠時，突然對他說，不該去的，早知道不要去，又說這件事不對。什麼不對？他問。殺人啊，會有報應的。當時，他覺得，那是個笨蛋，畏縮，不能承擔。這件事，他說，如果你怕，以後就不應該再講，忘記它，也不要跟別人講。之後，他就避開對方，保持距離，若路上遇見打招呼，他也不笑。他們就慢慢疏遠了。至少有二十年，他完全不再想到對方。

到他朋友家了，那裡還是種滿香草與芒果樹，原本的高腳屋改建了，成為嶄新大屋，底層是水泥，上層是木板，漆亮麗的黃色。前面鋪了西敏土，停著一輛灰色的國產休旅車。那個四十幾歲的小兒子，長得很好看，名字叫賈米爾什麼的，還在等他，接他進屋。坐在床邊，看著從前的朋友，模樣都不同了，他蓋的薄被是一塊沙龍布，雙腳伸出來，腳掌小腿都水腫，整個人完全是鬆皺皺的皮囊了。只有臉，還能依稀辨識出那輪廓。

原來我們身上也有東西是不會變的，一直在骨子裡，既熟悉又陌生，然而，對於同一個人，有時，我們也竟然會覺得，那只是一個相似者，而不是同一個人。他很震驚，不禁感傷。病人也沒能講什麼話了，眼睛只睜開一縫，知道他來了，有好幾分鐘，睜大眼睛，努力保持清醒。他就坐著，有陣子，他覺得慶幸，至少，自己來了，有在場，這一刻，也希望對方不會孤獨。但沒多久，那人眼皮便又垂下來，入睡。

是告別的時候了。

有時候會聽見腳步聲在屋子裡，沙沙、沙沙地，走進走出。從一間房走到另一間房。

「雅各，雅各。」影子們繼續喚他。

就算把房門都關起來也沒用。就算出門去，改換道路走，那腳步聲都在前方，沙沙、沙沙地，等著他跟上來。無論他怎麼換方向，只要往前走，它們就在更前面的地方，等他。

很多人來到他床前。

「你今天胃口好嗎？」

「你好像開始麻痺了吧。」

起來，測一下體溫。

「你別劈死醫生護士才好。」

天使簿

雅各死了。

眼瞼闔上了，但他仍然看得到房間。床頭小櫃上還有他用來喝水的塑膠杯子，床腳還懸掛著他的病況記錄板。這感覺很奇怪，彷彿他同時醒著與睡著，有一個清醒的他望著床上沉睡的他；不僅如此，還能同時看見牆內與牆外。看得到各種細節：芒果從枝梢掉落壓碎枯葉，落到地上的一些果實已經爛了，露出的果肉裡有蟲子在鑽。毛蟲在葉子底下吮吸汁液。這一切吸引了他，他很久沒離開過屋子了。

你死了。黑影們繼續跟他說。

我無罪。

他們說，這不用跟我說，有本事就跟你的真主說去。

於是他決定出發去尋找真主。

一個夜歸騎士亮著摩多車大燈，拖曳一尾長長白煙掠過木棉樹下。沿著溝渠邊的小徑上，有年輕人三兩成群，吞雲吐霧，談談笑笑。

他有個新發現，自己視線竟能如X光般穿透一間間屋子的水泥牆，看得見那些激情消逝了的老人軀體，是如何在吃著飯時就想睡覺。他的視線繼續像鳥般掠過屋簷、電纜線與回教堂，他想，真主一定就在那裡。但真主的位置神祕，不是他能看得到的。

飄飄蕩蕩地來到十字路口，四周圍有一棟棟並列的舊公寓，每棟公寓外邊都有一個螺旋狀盤繞上升的救生梯。這螺旋狀的樓梯吸引了他。

他朝那裡移去，來到公寓底樓，看見幾個老男人坐在長椅子上聊天。他們在高談闊論（這些華人老是以為他聽不懂華語和廣東話），大聲講馬來人壞話和大罵政府只顧給馬來人餵奶。

「他們哪裡捨得丟掉枴杖！」

他生氣起來，詛咒他們。

「現在跌倒！」

然而沒有用。他們聽不到他。

他想抓石頭扔他們，但他的手是透明的，什麼也拿不起來，什麼也摸不到。

他想起，他已經死了。他如今只是縹緲虛無的靈魂，沒有了肉體，他什麼力量也無法發揮。到處都聽到有華人在破口大罵，罵政府沒用和馬來人懶惰的話。他甚至開始感到不耐煩，因為那些內容每次聽起來都差不多一樣。

起初他很煩躁。更糟糕的是，他忽然發現靈魂沉到泥土下面，幾乎是在沙石中艱難穿行。他因此不得不留在現場，聽那些他很討厭的華人胡說八道。

他發現自己無法報復。他詛咒，但是完全沒有效用。

人們去了又來。樹葉掉了，橡膠樹變紅了。交通警察半夜來設路障。他就目睹警察們要脅咖啡錢，貪汙。別把錢拿出來，別人會看到，警察這麼說，他們把罰單簿子伸進車窗內，讓對方把鈔票夾在裡頭。不過他什麼都能看到聽到，只是無能為力。

有時發生車禍。救傷車來了，但人都死了。

到處都是影子。世界充滿了陰影，變幻來去，像夢一樣。

有一天，他突然看到一團光亮的東西，像月亮般浮動在十字路口。

那是一個天使。那時，他終於能動彈些許，就謙卑地昂頭看天使。天使問他：

你怎麼還在這裡？

他說，告訴我，我有沒有罪？

天使說，你不是已經知道了嗎？何必問我呢。我無論告訴你是或不是，都不是你獲得的經歷。

我想見真主。

天使說，真主沒有形體可以見，所有的人都要等到審判日。

他陷入了深深的失落感，迷茫，憤怒，痛苦。因為他生命結束了，不能再經歷了。

要去哪裡？要去哪裡？要去哪裡？

他已經死了，怎麼可能再去「獲得」經歷？

他花了很長的時間，跟在城市裡的男人與女人後面。沒有人對他感興趣，他開始妒嫉那些活人的眼眸，尤其當那些出來約會的男人與女人（還有些是女人與女人，男人與男人，後者在他看來更甚褻瀆神明）相互看對眼的時候，他們的眼神熊熊燃燒，噴出電火。無論他怎麼咒罵，「叉死你」、「再吃豬肉跟喝酒就哽死你」，那些人依舊眉來眼去。

當恨與嫉妒最極端時，他發現自己又再度陷入泥鉛中，動彈不得。

他老是會被困在這些心裡最討厭的場所。人們喜歡卿卿我我。肌膚相觸，經常是這樣的，胳膊不安地碰一下下，膝蓋也碰一下下。他看出他們心如鹿撞、掩不住的喜悅浮現臉上，亂淫蕩的，真可恥。

他繼續困著。恨著。詛咒著——他發現，每當想詛咒什麼人，他就變重了。用盡最後一絲靈體之力，卻什麼也沒能實現。

他只好放棄那點詛咒的企圖。

憤憤想著，有一天你們也會像我這樣……心突覺悲傷。

變成鬼，所有鬼魂都很孤獨，沒有人會跟鬼作伴。鬼又經常不屑跟鬼作伴。因為鬼很悲傷。

他想念自己的妻子，想起她剪下來的茉莉花，茉莉花到處都有，只是她哪裡都不在。

悔恨油然生起，酸澀澀的，他脆弱了，一脆弱，卻奇怪地發現，自己也鬆脫了些。

就離開土地，飄動起來，去尋找茉莉花。

餐館四周圍也許有滿多花樹的，但麻煩的是餐館周圍有很多狗，由於狗看得到幽靈，會朝他吠。他始終不曾學會怎麼對待狗，或哄狗。

他繼續回想妻子會喜歡的東西。

一條掛在晾衣繩上薄薄的絲綢圍巾，他對它用力吹一口氣，它飄下來，落到草地上。他進入人們的家，使勁把桌上的一張報紙吹起來，不過報紙底下什麼也沒有。

紅豔的木棉花凋謝了，樹上長出了蒴果。蒴果爆裂，木棉花絮散在路旁的雜草堆中，像雪花一樣。

隨著木棉花絮飄飛，他又再遇到天使。

你好像變了。天使自己也沾了滿身的白色棉絮，一邊好奇地打量他。

我殺過人，我要懺悔，我要找真主懺悔。

我無法幫你引見真主。

我該去哪裡懺悔？

那你何不回去看看？

回去哪裡？

你覺得該是哪裡，就是哪裡。天使說。

他像塵埃那樣，在這個他不復存在，不復能給人看到的城市裡繼續翻滾著。有時他覺得自己在塑膠袋裡翻飛，越過馬路，差點給車子衝得潰散。有時，他發現自己落在貓尾巴上。有時，他發現自己給貼在一張宣傳紙的黏膠帶上，在馬路上飄來飄去，給鞋子踩來踩去。

他根據路牌，或天橋上的招牌，看著建築物，努力辨認，一個地方，接著一個地方。

他繼續翻滾，途經一個綠底白字的招牌，上面寫著秋傑路巴剎。正是這裡，正是這一帶，他顫慄起來。這裡的氣味異常濃烈。摩多排放黑煙。魚、蝦、雞、鴨，各種死去的動物都在流理台上切割、秤重、包紮，從骨頭到內臟都可以算錢。潮濕的流理台上，血水滴落。

他附在一片羽毛上，當羽毛降落到血水和泥濘鞋印疊黏答答的地面時，一隻老鼠，從料理台下陰影裡，睜著漆黑的、冷酷的眼珠盯著自己，讓他心裡一寒。幸好行人們來來去去的急促步伐，在地面上攪起了細微的氣流。

他跟著氣流飛出去，飛到大街上，秋傑區已是酒店林立。商店都是新的。屋頂上面都架設著訊號台，一支支，東指西指，密密麻麻。

缺席的一九六九年

國家檔案局很寬大，只是少了一九六九年。

所有的舊報章給裝訂成冊，硬皮封面，堅固得像書墓碑，必須抬起來，小心放在木架子上，才可能跟眼睛形成舒適的閱讀角度，然後翻閱。

有年歲的紙張非常脆薄，時間蛀食報紙，一不小心會弄出屑屑。

在這些厚甸甸的剪報大書裡，一九六九年五月是失蹤的。一九六九年五月，可以出現在全世界任何一個國家的圖書館與剪報資料，只除了這裡。

電腦系統，也只釋出了一些些讓人感到愉快的圖片。

她知道，在那段日子裡，有人看著暴徒在家門前倒油點火。看著家對面有人被斬殺，給切成一塊塊丟進池塘。驚駭恐怖，卻長達六十年都沒說任何一句，子孫也不知道。

在那段日子裡，報章上一片和平粉飾。政府原則上盡量「少做」，「低調」，「時間過去大家就會遺忘」。故出現的都是愉快輕盈的文章，比如「戒嚴兩周我們如何度過」，閱讀一本書，去廢礦湖游泳，玩牌九，賭二十一點，學書法。但就是不會有：家人的最後一面，民防巡隊少年守夜的經歷，鴨池塘的浮萍是不是都可以吃，該怎麼撈怎麼煮，酒店裡的無頭女屍，胎兒連臍帶從破開的孕婦大肚滾出掉落戲院階梯上。民防巡隊十九歲少年持著菜刀坐在最近大街第一排木屋牆邊的木凳子上，腿和手停不住發抖，因此不得不整晚靠著一個大鐵桶。軍人任意開槍，許多壯年男人死了，許多女人成為寡婦。很多事情讓人震驚到沉默。

她在某座S城遇到一個印度人。高大，鬈蓬捲髮，手腳瘦長，往桌上放下檔案的大手，指關節又大又明顯。

她聽了蘿的問題，乍現懼色，接著露出微微詭異的笑容，突然退後，作狀貼牆聆聽，再跑回來，壓低聲音，小聲地說。

很多年前，我曾看過，每個文件夾封面上都畫了大大的X。裡邊照片，只要看過到死都不會忘記，整條馬路跟池塘都是斷手斷腳斷頭。很多烏鴉啄啄啄。他們（不能告訴妳是誰的他們）就把這些文件夾都帶走了，沒收了，到現在，都沒放回來，也不知還在不在。

劇場海報上面寫著：

請柬

死去的親人 滅絕的動物
軟弱的靈魂 蛻變殘敗的蟲子
囚籠裡的老虎 大象 鱷魚
今晚我們相遇

一連三晚的夜間動物園，就在獨立廣場底下，沿著螺旋梯一級級地走下去，走下去時能聽見自己的鞋跟敲叩聲。

所有我聽過的傷害的故事，全都像對鏡孿生般有另一個反過來的版本。第一個在文良港被殺死的人的謠言，是荒謬的，誰也不明白為什麼死去的華人孩子，會被謠傳成馬來孩子。我們的劇場製作了一張宣傳海報。過去是這樣一張臉。左眼與右眼並不看見同一個世界。

國家製作了一張面具，國家認為只有它給的版本是對的。眾所周知，它壓制了徹底的討論，既不責問，也從來不道歉。國家禁止了真相的探索，也封鎖上那條本來可以讓整個國家、種族、關係，去深刻蛻變的那條路。

第一幕劇：

蛾眼睛

我們每個人都知道這裡是受傷的國度。人們攜帶傷口，像蛾臉那樣背著。除了自己，每個人都看得見。不要胡說別人背後的那張臉噢，母親這麼複述祖母說過的話。那是很魯莽很不禮貌的。我知道她為何那麼說，因為他們背著的那張臉，我們也有。

不想說話的時候，我們會看看星空，這樣就能稍稍舒坦，好像就能暫時脫離那道極度奇怪的，傾斜的地平線。

很多年前，我的祖父打過我的祖母。幾十年來他每逢吃飯時，總坐在祖母右邊，從那邊看不到祖母臉上被拳頭碎凹了的頰骨。看到那一邊凹扁的臉頰，總令他心裡很不舒服。

我祖母不記得當初是怎麼來到這裡的了，她覺得，像是從一間搖晃得很激烈的屋裡跌出來的。屋子飛過了膠園、火海、屠殺等等之類可怕的場景。她在途中曾經失去過一個小孩。本來在屋裡玩耍的孩子，在屋子搖晃得七零八落時，從窗口掉了出去。

我和我祖母，以及我的母親，都覺得我們同住的屋子再也不會變好了。地板是歪的，側向一邊。本來是長方形的鴿子樓，幾十年下來，漸漸變成歪歪的了。我們必須適應這份不平衡的感覺，因而就學會了歪歪地站著、坐著，無論是洗澡還是做飯，日子久了，我們體內的骨頭疊扭扯拉地重組過，直到我們都覺得這樣生活也可以，且習以為常。因為我得生存，別人也得生存。為了能夠一起生存，我們就同意那份契約，把過去遺忘了。可是從那時開始，屋子就慢慢地變成了漏斗的形狀。

萬事遺忘，遺忘會讓人比較舒適。在告別的空氣裡，只有茉莉花香才稍稍讓心裡撫慰。在七月裡，每天傍晚七點鐘開始，祖母種的茉莉花綻開了。廚房、客廳、房間與折疊起來的衣服裡，到處彌漫著茉莉花微澀的清香。

在這裡一起生活還不錯，因為我祖母、母親和其他人都很善良。只除了那年復一年越發傾斜的焦慮感。地平線是傾斜的，走到哪裡，都感覺不穩定。可是大部分的人卻聲稱，他們覺得很好，很平啊，沒什麼問題。有時在巴士車上、或上班打卡時，我又強烈地，有身在失重空間、正往深淵跌落之感。但我總是無法證實。彷彿在地平線底下，有只怪物正在吞噬、拉扯地面；那種只在夢中出現的怪物。

這間傾斜的屋子、這歪歪的樓板，這感覺不對勁的，老讓人覺得無立錐之地、得像壁虎那般學會吸附於壁上的生活，都可以忍耐點，繼續撐著吧。

夢中怪物並不在白晝裡出來搗亂。因此白天裡大家總是很好，只要別把心裡的疙瘩掏出來講。

比如說，關於那道奇怪的地平線。因為「傾斜」變成禁忌了。「歪斜」、「歪」，也是禁忌。但你也常看到這些禁忌的字眼出現在廁所門板後面。有時你會看見別人家的時鐘、照片、畫，在牆上不知怎麼掛歪了。然後就想，我們家也一樣啊，沒有任何一個家庭的軸心不是斜歪了的。

離開是沒有用的，曾經離開的人說，其他地方的地平線也很奇怪，可能更奇怪。

在必須拱彎起身體行動的屋子裡，屋子越來越矮小。地板裡凹陷的部分，也越來越脆弱。我們的床都擱在歪斜的地板上。其實床好好地擺著，可不知為什麼，總覺得所有的家具都正在滑落，地板越來越薄。夢有時會複製出另一個倒過來的尖錐體，去平衡眼下那個越發艱難的漏斗。有時候，夢境裡毫無魔變。我們打開門，看見外頭空空如也。

住在尖尖錐形屋子裡，一年年飛逝越快。我的祖母已經不再曉得事物的名字。她不記得爐竈旁放鹽、白糖與茶葉的地方，水果的味道，去診療所與巴剎的路。像刷牙、爬樓梯、梳頭髮等這類動詞，她都說不出來。

我們並不想重提悲傷的往事。每當祖母想起一些些，想說卻又啞滯難言時，我就會覺得難受，好像胃裡有一條蛇盤蜷，散發出冰涼的腥氣堵著呼吸。

如果她們什麼都不提，我將會繼續在失憶中感覺舒適，同時又得習慣那種瀕臨失重的惶惑與憤怒。

我經常看見人們聚在房子裡，激烈地說話。在這房子裡說的話，另一邊房子的住客聽不到。儘管這一邊的人大聲說，但另一邊根本聽不進去，活像他們只是在對樹洞說話。也或許，另一邊的人其實都聽到了，但是不敢回應，不敢說，我聽到了；只怕聽到的話，會像針那樣，尖尖地刺進打開的心裡。那就很疼痛了。

我也害怕，每句話會否失了準，如巨刃般落下，豎立成巨人的牆壁，誰也跨不過去。除非你有魔法的語言，可以撫慰所有人的傷痛。可那會是什麼語言呢？

心裡隱隱作痛又無法追溯那來源時，我就學祖母與母親，抬頭看天上的星星。她們經常連日曆都不用，光看月亮，就知道今天是什麼日子。

我背上有跟你一樣的臉噢。母親對我說。翻過來是一樣的噢。

這簡直是我想講的話，她說得好像已經看懂了自己背後的那張臉。

此刻我背後的表情，必然遮覆著一個還在悄悄顫悸著的孩子。我已經給外邊刺激了一整天，我知道，我也許就是那株不該被培養的野草。整個白天，我伏在小窗前往下望，看到街上有一大群人示威，拒絕平等。我們不能忘記過去，不能失去尊嚴，他們喊，平等的話，我們會滅絕的，我們不能滅絕。從嘴裡嚷出來的口號聲海，聽起來就像有人拚命揮旋著黑暗噩夢的破布袋一樣，如牛屎那般硬的話語就啪啪篩落整條街。可是在整個遊行隊伍背後，他們的每張蛾臉霎明霎暗地閉閉合合地翻撲，像另一片驚懼的海濤無聲地流過窗子底下。然後到了晚上，國家電台就說，這裡畢竟還是美好和諧的國家，所以讓我們繼續維持原狀。

我早已習慣了失望，這並不奇怪。

我和我母親昂頭往上望；滿天星光，針刺破的細小眨光。有那麼一瞬，那從我的頷骨底下浸透面頰的苦澀感倒還真的消失了。

媽，你如果累了，就去睡吧。我說。

天空就像西瓜一樣嘛。母親卻說。

是啊。我回答她。

不知要在哪裡，才有那種可以傾聽蛾臉們的語言呢，然後，這些喧響與沉默就都能抵達到地平線下的怪物那裡去。

星星底下，母親背後的蛾眼睛久久地，久久望著我。

第二幕劇：

半邊人

不久以前，當軍隊還在兩人抬一個，把屍體放進挖好的大坑洞裡時，有這麼一個人，掙扎著從白布裡爬出來。

軍人不曉得看到的是什麼。布沒裹好，兩隻手從白布裡伸出來，撕裂，白布落下來，露出那個幾乎給活生生劈成兩半的人，只在下腹部，靠近陰莖處才稍稍銜接，往上看，他的肚子、胸膛、脖子、頭顱，都給刀斬劈兩半。

這個活生生被劈成兩半的人，踩踏著其他屍體爬出坑。左邊的眼睛，右邊的眼睛，各往左、右、上、下，骨碌碌地轉了一圈。

軍人沒見過這種情況，瞠目結舌，只有幾個醫學院實習生，大喊一聲。那活生生快被劈成兩半的人，給嚇了一跳，拔腿就跑。

軍人在後面追，那個復活的人來到一條分岔路口，左與右，無法一致，就在那路口，硬生生地撕開來。

往右邊跑的半邊人，跑向森林，跑到深山裡去。那小徑繞著小山丘迴轉，繞了一圈又一圈，跑得他暈眩不已。世界到底怎麼回事？為何像貝殼一樣旋轉？

半邊人終於抵達到一個移民開墾在內陸的聚居地。

半邊人跑過稻田，田裡的農夫們困惑地看他，以為他是怪物。不過，畢竟是森林荒地，什麼怪事都有。所有的人圍過來看他。他就像一張給撕開來的照片。從右邊看他，跟常人無異，但從另一邊看，就見到人被世界啃過的樣子。

「你是誰？」

「叫什麼名？」

「從哪裡來？」

半邊人張開口，想說，卻想不起。

他記得自己騎著一輛摩多，風馳電掣，來到某個大大的交通圈，本來需要轉九點鐘，只轉到一半。

各種蒙太奇般的畫面，在半邊人腦海裡走馬燈般掠過。

「到處都是死人！」「亂葬崗！」

一切的一切，歡樂、愛，都被剝奪了。

還有些畫面想到就特別疼痛，心碎，卻說不出來。

啊，亂葬崗，原來如此！他們對亂葬崗很熟悉，饑荒、戰爭、肅清，亂葬崗。

他們就按照自己的方式，去懂得，眼前這個半邊人的經歷。

「看來外邊還沒有平復，唉，自從整個半島淪陷以來就生靈塗炭……」

半邊人有點困惑，他就問他們，「這是什麼時候了呢？」

「一九四五年呀！」

半邊人突破時空，回到了過去。

以後，他就成為了山裡那群開墾人的其中一員，從一九四五年、一九四六年、一九四七年，從戰後風聲鶴唳的，在馬共與馬來人之間的報復行動，一直活到一九六九年五月十三日那天。

另一邊的半邊人，則往大馬路跑去，跑到城市裡。

街道上都是光亮的落地玻璃，像芭蕾舞練習鏡般，映照路人，跟街道一樣長無止境的鏡子。圍著他的路人，個個手上都像攫著一顆星，隨時對他放射無火的冷光。

「什麼東西啊？」

「怪物！」

「AI？」

「也許是複製人實驗失敗的產品。」

半邊人無處可躲，每條街道都有人用鏡頭在追蹤他。

不過他發現只要自己豁出去，往其他人衝，其他人就會閃開，尖叫。

接著，警察來捉他，用網、用電擊棒，包抄他，捉到後就盤問口供。

「你是誰？」

「叫什麼名？」

「從哪裡來？」

他什麼都不記得，心情很恐懼，非常混亂。

「照一下條碼。」

他掙扎著，還是被捉去了當實驗觀察對象，被當成動物對待，真難受，憋氣死了！

醫學院的人把他埋在醫院後方的公共葬場，也有點像是亂葬崗，幾天以後，他又復活。

他從很久很久以前復活。

那時，種族，地理、物產還沒有給發明出來。宇宙只比黑洞大一點，星星之間的距離突然拉遠，像夢一樣無法抵達。

宇宙就像飛揚的塵土，一群蜜蜂扛著塵土，嗡嗡群飛，有一隻熊拚命伸掌擊打。

發出了極高赫茲的聲波，扭曲時空，天地才剛成形。

半邊人孤獨地在盤古大陸上生活。他很難死，之所以能復活，就因為這身體細胞剛好是不死之身。冰河時期來臨，他被封在冰塊裡，冬眠了，隨海漂流，到退潮時，掉落在積灰岩海岸上。那地段剛好在孫達洲邊緣。

又有另一次醒來時，白堊紀與人類紀都過去了。其實中間也曾醒過的，經過一些事，返來覆去返來覆去，冬眠那麼久以後，回想起來，全都只像夢的一瞬光影。

地殼又再變動了，地球只剩下北邊歐陸的一大片，和南邊澳大利亞的一大塊。半邊人醒來，在震動不停的地面，跌跌撞撞地走。

到處都是一片荒涼。沒有人，沒有屋子，也沒有稻田。對地球來說，孫達洲僅剩它最後的幾天。他沒走很遠，就在一座洞穴前遇到一顆骷髏頭，它本來埋在洞穴深處，地殼變動把它推出來。由於長期隔離氧氣、太陽、雨，骷髏保存得異常完好。他甚至還能聽得見它堅持的意念，這意念好固執，那麼多年後它還在那裡喃喃自語。

不要讓華人和印度人來跟我們共享這個國家，不要放棄我們的特權地位，因為我們以前受過英殖民的傷，我們受過華人剝奪的傷，我們要保護自己，不要讓歷史重演，不要滅絕……

他以前很討厭這個聲音，可是好奇怪，現在倒是這聲音讓他辨認出，自己從母胎出來的地方，原來就在這個位置。

他蹲在那裡聽了好一陣子。

真是毫無意義。就放下它，繼續往前走。

到處塵土飛揚，沒有生物。也沒有阿米巴。好熱，很快又會變成永恆與黑洞了。

第三幕劇：

平行的路

火車輾過軌道，噹噹。一節節車廂長得看不到盡頭，沒完沒了。車頭前，落下了，防止闖入撞火車的欄杆，一直攔著，不知幾時才要提起。

軌道欄杆前，停著一輛車子。車裡司機，對這一刻，迷惑起來——但什麼是「一刻」呢？手錶與手機顯示的時間，儘管才過一分鐘，感覺卻不止。

火車依舊轟轟，彷彿這是一列無起點與終點的環帶車廂，頭尾相接，就為了攔住他。

儀器板上的導航圖畫面裡，有另一條平行路，讓他很在意。又直，又寬，發亮，帶點粉紅色。

但轉頭左望，卻只見荒野，貓尾草。霧靄四野。

黃色警告燈一直閃爍，噹噹、噹噹，響不停。

他終於不想等，離開車子。一步步提起腳，暮色蒼茫，涉走深淵，只能憑腳踩落地，才覺有承托，但每一步，都不知下一步，越走越深。「迷路了！」他驚恐四處張望。現在他已經徹底陷入另一個時空。

放眼四望只有貓尾草。

有一把聲音，沙沙、沙沙分開荒草。

沙沙沙沙，他仔細傾聽。

左腳輕、右腳重，這是個跛足的人，他想。忍不住呼喊，「喂！哈囉！」

那分開草叢的腳步聲停頓，風聲。依舊沒看到人影，但他大聲問。

「你知道那條直路嗎？過了這片野草地，應該有一條又平又直的大路在那一邊？」

那把蒼老聲音回答他：

「要小心又平又直的路，真正的路都不平坦。」

「高速公路不都又平又直？」演員說。

「它耗費你的金錢時間與汽油而已，開車開了二三十年，從南到北從北到南，你以為你去了哪裡。」

「我們沒有去那裡，」演員說，「每次出門都是想要回家。」

你現在要回家嗎？

我現在要去博物館。他說。我在博物館工作。

這麼夜了，你還要去工作。那漆黑中隱形起來的老頭，聲音啞暗痰濁。

不，不是，我正要回家。他有點糊塗了。

你應該走看起來比較不舒服的路，看起來崎嶇的，不容易的路，是比較真實的路，所有來自森林的人都懂。沙啞的衰老聲音說。

舞台上搬來了硬紙皮屋子、硬紙皮天橋。一座硬紙皮城市。

那個在博物館工作的男人，不知自己身在何處。不得不蹲下來，問路邊的幽靈，因為他沒有別人可問了：怎麼回去火車路旁邊呢？

火車路？我們不知道。

那已了無生命氣息的橡皮臉，轉動著眼珠子這麼回答。

怎麼出去呢？

「不如，」幽靈伸出白骨般的手指，朝陰影深處指去，「你走那邊看看吧。」細瘦天橋，殘破，搖搖欲晃的。一個又一個，指給他看。下了天橋，來到小路Y分岔，T三岔，十字路口，一路踩報紙、踩布條，拖鞋、碎磚、碎玻璃樽，好幾次，他幾乎墜落。因為玻璃碎，再加上鞋底的潮濕水氣，割破了紙天橋。天橋好長。到處都是血。「選舉勝利」、「反對選舉」、「搶回我們的至高權力」……

無論走到哪裡都是一堆紙皮。公寓、車站、欄杆、國旗、馬路。斗大的紅漆字眼，Cina Babi（華人豬）。「誓以鮮血清洗」。紙郵筒、紙電箱，也有標語，「我們愛我們的國家」、「這個國家是我們的」……大字小字，有馬來文、華文、淡米爾文[1]和英文。

每個路口都有一個幽靈。

你找路出去嗎？你要是出去，就幫我帶話給我的親人？

演員答應了。

幽靈就湊近他耳朵說一句話。

幽靈的留言很冷，像刀讓他從耳窩到心臟都凍痛。他踩著一邊重、一邊輕的腳步，繼續往前。越來越多幽靈迎面而來，全都潮濕寒冷。演員感到脖子更痠痛了，骨頭像結冰，就更加吃力地往前走。

越來越徬徨，不管怎樣走，路最後都會來到一道鐵花滾籠，跨不過去。時間就在這邊界停了，〇。怎麼都走不出。

連巴士車站也有幽靈棲息。

起初他沒停，視若無睹，直向前走，途經公寓、旗桿、紙郵筒、變電箱，鬼打牆回到文良港（Setapak），幽靈懲罰他。

重複兜回三次，只好低頭，問巴士站其中一個幽靈。要怎麼離開這裡？

你可以跟我們一起等車。

他就陪他們等車。

[1] 印度人的母語。印度人是馬來西亞第三大族群，占六點二百分比。

等了很久很久。

時間像死了一樣。

每次他問，車什麼時候來，幽靈們總說，等一等，才一下子。

你怎麼來的。你父親呢？他還好嗎？這些幽靈問他。他也有被燒嗎？他有被剁嗎？他有被劈開頭嗎？他有缺胳膊嗎？

感覺像灰燼一樣苦，從耳朵沿著下顎滲到他口腔裡。

他很口渴，想喝水，想起了從前，小時候尋找水，挖土，鏟尖插進土裡，挖了一陣，要停下來，捏捏一下泥土，要感覺泥裡有水氣才好繼續挖下去。但如果不繼續挖上十尺，誰也不知道這底下有沒有水源。水就是一切。就是活命，可以滋潤，滲透泥土、岩石，長久滴穿，沖潰所有的防衛……

彷彿是在呼應他內心的不安。漆黑中，出現了一道光。響起了車笛聲，馬路上兩隊開路警衛，打著紙鼓，大人物出現了。

好多幽靈就把眼睛掉轉去看那來的大人物。

我們是犧牲的，我們是無名英雄，我們弄髒了自己的手、自己的身和心，我們心上的創口還在淌血，沒人看得見。

我們殺過人。

但在馬路另一邊，反向的路上，又有另一些幽火在說：道歉吧，你們得跟我們道歉！為了國家之名所做過的事，撒過的謊言，恐嚇我們的痛苦，一直到天荒地老，這道歉的日期是沒有盡頭的。

至於那個大人物，他嘴巴張開，除了說，哪、哪、哪，之外，就沒別的了。嘴張好大，好像在笑，可是眼睛沒有笑意。對這一邊，他哪哪哪，對另一邊，他也哪哪哪。

面對殺人這件事，他什麼話都說不出來。

妻子告訴他，一個死了三個孩子的五十歲沓迪族母親，乘筏划水，離開被土地局定義為家的村落，朝向森林，回去父母住的森林那一邊。

自從有了劃地為界的原住民村，國家就想讓沓迪人停止遊獵。政府好意地給他們門牌地址跟水電，藉由這樣的措施，森林就屬於國家的了，可以蓋水壩，伐樹桐，挖礦。

兩個男孩與一個女孩，二九、二六、十八，一個接一個發燒、嘔吐、拉肚子，明明離海那麼遠，竟像溺水般呼吸不了，一個接一個走了。是黑色詛咒嗎？水池骯髒？村長說水壩的水有汽油的味道。

她把孩子葬了，按照原來的天葬習俗。他們的靈魂將會給老虎、熊、老鷹，帶回到森林去吧。

好想念、好想念啊，每天醒來，總想著要去哪裡看他們。

獨自一人越過河，回到從前的森林裡，沒有水電供應，父母也早已過世，沒什麼親人了。她得孤獨地，住在潮濕、濃密的原始森林深處，不與人說話，不對人解釋在她身上發生的事，只是沉默地生活，摘果實、打獵、喝雨水。

不知何故，那喀迪女人渡河回到出生伊始的森林，我會一遍又一遍地想著，早也想，晚也想，她說。

沒想到妻子竟然如此投入於那個原住民女人的故事，即使她們根本不是同一族人。他無法打斷她。

犧牲。

犧牲（Korban），是他父親教誨他最多的語彙，人類崇高的美德。

「生命就是沒完沒了的犧牲」，道德來自於犧牲。

透過犧牲欲望低等的滿足，我們就有可能成為道德高尚的人。

他發現自己沮喪，憂鬱。好多年來萬事部署，卻對心靈的無法可施。可以獲得權力，卻不總能做你自己。自己是個奇特的神祕發現，遙不可及，比什麼都遙遠。

說不明白為何他們會信任這根繩子不會斷裂。當人走在高處，在懸崖邊，面對腳下深淵，亟恐懼孤獨，卻幽生愛念。

確實那時她們都在吊橋上。橋很長，深淵底下灰綠森森，虛空寒冷廣巨。

吊橋釋放了他，內裡熾熱，外邊寒風剎颳。他夢見背後悄悄裂開一條縫，就像剎殼，他就退出來，怎麼原來一直有這個硬殼。它最核心的膜片藏在體內，包裹心臟，如小鐵片。

脫下的殼皮又來找回他。

它在他恐懼時回到他身上，迎面而來，從額頭、鼻子、胸腹，深入心口，覆鎖。

年底，黃濁色洪水溢出了鶗嘍河，洪水淹沒許多花園住宅區，以前不曾淹水的地方，大水蛇入屋。整棟屋子颱飛，僅剩一座水泥樓梯孤佇荒野。。

大停電，走廊亮起緊急照明。一個個看了幾百次的陳列櫃，石斧、原始人的土。石器時代出土人類的仿造模型，農耕犁，標定牢固簡短的說明。以前有人跟他說，博物館方舟應該像方舟，搶救滅絕動物般保留歷史記憶。

「以為有記憶的時候，其實遺忘就更多。」她說。不過是殘骸。

雨水猛戾，囂末日。父親回來的戒嚴夜，無燈火，恐怖又平靜。恐靜症，整夜踱步，每一夜，即使戒嚴解除後，他還一直在動，走，走得像時鐘滴答。

他把自己蜷成一隻耳朵。世界的聲音聽起來不一樣。屋簷的敲撞，大風溜入簷牆隙，這鬼號聲，遠處的海潮聲。他祕密地聽到所有的聲音。

「種子很硬，像死亡的核。如果你要進入種子，你就得經歷死亡，」她說。

「死了，埋進泥土，心、腦與背都給打破了，幽靈的眼珠嵌回頭上，而目向內，瞳孔也朝內看，就成為真正的鬼了，此後看得見這世間每樣事物的內在。也能吃到樹上的花，以及任何它想吃的果實。」

他想像種子裡面，是何等狹窄而漆黑。等待發芽的胚珠亦處於活與死之間。

活和死，是兩種不同的波弦，持續相干，不停變化。像兩種情感動力，循環往復，不會全然漆黑。也像叫喊與啞默。由於種子很封閉，就會有回聲，叫喊、回聲，緘默，循環往復，相互干擾與破壞。不會全然漆黑，亦不平　。

你死了，進入種子。你在裡面講故事，你朗讀，你記得，你遺忘，你在裡面輪迴。

我們被趕出森林，住在國家指定的村落裡，像被趕出自己的生命之外。

「很多年以後，當小孩想逃出村子柵欄，他會發現自己無處可去。別人都很完美，他想變得跟別人一樣好，卻總是很難。

「我們像彗星一樣掉落下來，光芒熄滅，從很暗的角落裡出生。

「部落裡有個女人，她一出生眼睛就是閉著的，結婚，生子，直到有了孫子，成為一個婆婆。漫長的人生裡她什麼也看不見，無論白天晚上，都要問別人意見，該去哪裡，該做什麼，該選擇哪個，先是問父兄，後來問丈夫、兒子乃至到孫子。後來他們嫌她是累贅，把她扔到寒冷潭水裏，水冰入骨啊，冷到心臟快停頓，寒意卻使她睜開眼睛。

「她第一次看見了星空，就起身離開，回到了部落裡。」

「我不會再硬擠進別人為我準備的殼裡。」

「我憤怒過了。我喊出的聲音，相互敲結成寒冷岩石，變成了圍繞自己的凍山谷，我曾經追著一個男人，就像我追著各種世界認為好但摧毀靈魂的東西，直到我雙足終於踩在嚴寒之地，我不是唯一的一個。我必須離開這裡，動身前往別處。」

你也有一個恐懼的孩子在你裡頭。

我們之間有些相似，我們的地位卻不平等。

七〇年代，刻墓碑，還是手工。師傅說，他最初先學刻后土，後來才刻大理石。他們家最初做墓碑的舊場地，是在霹靂州甘榜芭羅（kampung Paloh）的一排木板屋，如今那屋子拆了，完全不在了，被大馬路和嶄新二層樓水泥店屋取代了。

那是個很年輕很瘦的男人，他繼承他父親，而他父親的功夫是跟岳父學的。外地來的男人和妻子兩人，每天彎著身體在堅硬大理石上刻字。他們學會了一樣手藝，就繼續做著那手藝，因為既已有人脈物資網絡，不做這個，又不知道要做什麼。

他有時蹲在地上，有時坐在凳子上。石碑有時平放地上，有時擺在大桌台上。石頭剛送來，還很粗糙，要先打它。打它是為了使它表面變得平坦一些。那時還沒有機器，他們得用一把鐵鑿，斜斜地對準石頭表面凸出不平的顆粒敲打，就像在伐山。這樣石頭就稍稍變薄了。之後，再用磨石片把它磨得更滑。磨石片是一塊青色的石頭，圓圓的，有點像樹桐心，表面刻著密密的年輪般的溝紋，那種青色有點像蚊香，但很重。聲音敲起來空空的，很脆。磨石碑的工作，得由兩人來做，男人與女人都能做。各站一邊，一人抓著一邊的把手，在墓碑上一拉一推，讓石磨片在墓碑上面輾拖過去，同時打著圈圈。直到把石頭表面徹底磨平，像鏡子那麼平滑。

這才拿起鑿子與槌子，彎著身體，在光滑的表面上刻字。鑿子從石碑上方，一字字往下挪。

某人的姓氏、出生地、生卒年、誰為死者立碑。

他和妻子每天早上五六點就起床，磨磨刻刻敲敲，直忙到晚上九、十點，一天才刻幾個字。一直弓著背。白色的大理石粉塵，撒落滿身衣服與頭髮。

到中年以後，五十歲就退休，五十三歲就塵肺病去世，之後，就輪到兒子繼承。

白天，那敲石頭的叮叮聲響，隨風傳送到同村人住家的牆頭。

敲墓碑的聲音，跟時鐘一樣準時。聽到他們敲墓碑的聲音，就知道五點已經過了，差不多也該是出門去膠林或錫礦的時候了。

她已習慣，聽著這聲音起床，聽著小鎮那一端傳來的叮叮聲鑽過樓板，她穿上襪子、拉開門閂。有時，你可以感覺到那個做墓碑的人緊張還是不。

腳伸進襪子與鞋子裡，開門走到馬路上，你可以經過大片叢芭，可是你不能走進一棵樹裡。因為你還活著，就絕不能進入泥裡，不能進入任何一顆泥粒，任何一片葉子，或踩過的木地板裡。吃著麵包時，撕一小塊，嚼到很綿很爛，滲透你。向來就是死了的事物才可以滲透活著的，並成為活者的一部分。否則，萬物總是把你關在它們外面。

可以拿一樣東西觸弄另一樣東西。攪拌、刺戳、推、拭、拉。看東西如何被擺布，失去，切割，敲擊，獲得。可是一個活生生的人絕不能進入石頭、鐵或哪怕一條絲繩裡。除非死了，屍體給肉蠅與微生物分解，幾年後，可能有得撿骨，也可能沒有。如果直接埋進土裡，就會成為泥土一部分，被植物根鬚吸收，進入種子，再進入菟蘿、飛鳥或其他動物的身體裡，死亡就是分解，跟大自然融成整體。

某些早晨，醒來那刻，親人還在我耳邊。相隔四十七年，我妹突然入夢。夢中我髮還黑，在浴室裡洗衣，妹妹從廚房喚我，我說妳等我一下，讓我洗完，我被這一大盆衣黏住了，離不開。姊，我要走了。不，再等一下，我終於放下衣刷，進廚房卻不見人影，明明聽她聲音剛落，我拚命找，每個蓋子都揭開，甕，米缸，碗櫥，飯鍋，爐坑，紙盒，妳在哪裡呀。起初還聽到她回應，這裡啊。後來就沒影沒聲，她來過了。

妳九十一歲，還能吃得多久呢。腿水腫，糖尿病，夜裡難眠，左眼白內障比右眼嚴重。世界看妳，不過是個女流之輩。身上唯一好的，是妳嘴裡還有真的牙齒。前兩年常來探妳的社區M黨議員，終於賣鹹鴨蛋。以前他每次來，坐多久，妳就搓眉搓鼻多久。長命氣，對眼總盯著妳看。不過時間越久，那箝制妳的聲音就慢慢失效。

身外之物。東西收拾起來真不少。有些帳單收七八年，後來是時間證明我們不再需要它了。有些東西，妳會反覆檢視，想了又想，因為妳知道丟進垃圾袋送走之後，就不會再在屋裡遇到了，以後就不會記得，那刻就是掂量最後一次。

妳沒有任何物件可以紀念兄弟姊妹，除了一個船務公司贈品的白色行李袋，那是妳弟弟給妳的，他後來轉去新加坡做水喉工，以後就成那邊的永久居民。妳曾用這行李袋，裝衣服，出外坡，做送嫁娘，做月，一晃十幾二十年。有一天人們會忘記妳，被忘記最好，這些痛苦怎麼能要人知曉。阿良不同，他走了妳很孤獨，他是個柔和的人，不會頤指氣使。阿良會聽妳說，不會講一句妳不好，不會跟妳說講這些有什麼用，從來不會貶低妳。他接受妳吃素，幫妳看哪裡有素食檔。他走後，妳很傷心，火化前，最後一刻，妳對他說，下一世，返來時要記得。妳願意記得他，比較起來，這世上還有更多事，很苦澀，讓人沒有勇氣說，下一世出生要全部記得。是非講，並不是最怕的。最怕的，是害怕自己跟別人不同，不敢論是非。妳也怕過，不敢講真話，想順著別人，就像活在自己身體外面，什麼也感覺不到。

阿囡負責幫她扔，一包包用車載去回收站。她蹲著太久，膝蓋、大腿根都麻痺了，一站起來，動一步，就痛，就像每個關節處都脫臼。一生人的博物館，阿囡說，博妳個頭，妳笑，破爛倉庫。國家博物館，妳們去過一次，很大間，看完出來都沒什麼感覺。有地圖有模型有假人，有皇室大床，有黃金樹葉，好像輝煌旅館。即使自己的家像豬窩垃圾堆，都好多了，有人性得多，有妳喜歡的碗碟，茶杯，針織桌布跟窗簾，妳喜歡柔軟的東西。最近天氣熱，鞋跟底、洗衣桶、商場塑膠袋，都壞了，塑膜也起泡，像出痘。總有壞損，像拋落船，沉滯屋內某角落，如果不是〇七年，驟雨水淹吉隆坡，從甘榜峇魯淹到甲洞文良港一帶，東西不會從暗角浮盪出來。妳媽媽困公寓樓上，妳和蘿則困在地鐵站，因為占美回教堂停駛了。妳們什麼都沒吃，倖免於水難的快餐店便利店，食物都給搶購一空。妳們折騰到半夜，濕濕冷冷，痛，要注意溝渠，水道，走每一步都像殘害自己的腳，不走原地又等死。終於走到巴士站，沒浸大水，也沒巴士，攔德士回家塞兩小時。媽媽獨自在家，停電，漆黑，隔壁沒人，可能鄰居還在外頭顛沛流離。幸好有快熟麵，白麵包，美祿，熱水，至今，妳們從不忘在家裡囤糧。淩晨三點，她起來嘔吐，吐得滿滿濃臭的橙紅流液在洗刷槽裡，要想辦法去醫院，身體好不容易陷沉床上，乒荒馬亂的一天，好多夢，支離破碎，從隱密心底游出來，浮浮盪盪，滑過眼前，像船千帆過盡。如果有飛船多好，要去哪就去哪。最好有小叮噹的如意門。

身體就是負擔，有時太重，有時太輕。二十幾歲出頭，妳瘦得只有三十八、九磅，一回囉哩卸貨，妳得扛一百粒錄影機，上上下下，放樓上儲藏室。後來只要聽到塑膠袋刷刷嗶啵聲，就覺得自己腿裡也有個裹著塑膠袋的零件，還未拆開。

更早以前，五月九號，妳記得，跟弟弟，去看林順成葬禮，走在巴生河旁邊，走到布綢莊店前面，就停下來。怕走失，妳緊緊抓住弟弟的手，直到他喊，家姊妳抓到我手很痛。妳才放開他。你們後來退進一條小路。他蹲下來，好奇地看，馬路上，怎有腳印。

他伸出腳比比，跟我一樣大，好奇怪，怎來的。

妳不明白，有什麼奇怪。他就是會注意這種東西。他說，以前一定有個小孩子，不怕燙，雞ㄚ腳（kaki ayam），馬路剛鋪還燙，就踩上去跑。

不知為何，都只有一邊。是左邊。

父親本來有個做鞋的店，角頭間，半地下室，跟別人合租。一個工作檯，幾個架子。在上面切皮，釘鞋，敲敲敲。叩叩。

妳們有時會跑進去，在裡面玩捉迷藏。玩到忘了餓。小心有蛇的，大人這樣嚇妳。妳不信，如果是真的，父親和那班同夥的鞋匠，早死了。嚇妳的鄰居說，是真的，皮味會吸引蛇，鞋匠有刀妳沒有刀，蛇就會來咬妳。

始終不曾看過蛇，不過，妳漸漸明白另一件事。妳父親，其實沒什麼朋友。鞋鋪收了，租不下去，半年做不到兩雙鞋。他把東西搬回家，老半天坐在陰影裡，一動不動，直到黃昏電線杆影子斜斜進屋。那個跟妳父親一起租店鋪的人，說，你老豆沒有用，都做不到生意。妳覺得那男人真討厭。妳弟弟就說，你走開，以後別來我們家。那個人還逗他，你去講你老豆，是你老豆沒用。你弟弟回家，抱住你父親的腿，問，我們是不是沒有錢了，變窮了。

他自己有一雙好鞋子，偶爾出門會用鞋油和刷子把它擦亮。幾年前在梳邦再遇見他時，他腳上也只穿拖鞋，不懂那皮鞋哪裡去了。

整個上午，空地上一直有人在燒枯葉。煙隨風溜入窗隙。農曆七八月分。一堆堆細火燒入暮色。煙味，總讓妳想起河流，血。

今天，看到一個沒有手的人，出來賣紙巾，一個老男人，樣子像華人，本地廣東口音，不是外勞。就在平日去的小販中心，那個人一桌桌去兜售。妳不想買紙巾，因為妳只用手帕，就跟他買兩隻公仔狗，可以送人做紀念。

妳很不安，做了奇怪的夢。夢見走在山谷裡，漆黑樹線剪嵌入餘光天色，妳坐進一輛車裡，不知怎麼發動，卻花時間檢查那片可聯繫星星的車前頭儀表板。

早晨，冷水澡又讓妳渾身發抖。很久以前，天氣更涼。童年，在甲洞森林局旁邊，有許多鳥聲，有養豬池塘長滿浮萍。人們走路都要走在墊鋪沙上的木板，那木板從木屋一直拼接到池塘邊的茅廁。屋子外圍也有鋪沙，鋪沙是為防水蛭。沙很利，會割水蛭身體。其時妳對未來一無所知，六七歲。清晨空氣冷得發脆。黑暗裡每一秒，都是一絲隱形烏鴉的黑羽毛，縫合你腦海裡的幽靈翅膀。妳好像剛從另一個世界飛回來，總能記得夢。妳有個夥伴，看不清楚面目，妳們一起飛過，多少世紀的地窖，甚至看過雪，覆蓋山丘，像脂肪。牛羊在山上，烏雲滴煙灰。

最近，這座城市每天下雨，但政府依舊把這裡管理成沙漠，一直制水配水。妳帶姊姊去醫院做身體檢查。整棟樓制水。上完廁所，竟沒得拉水。妳問在廁所裡洗刷的兩個馬來婦女，什麼時候水會再來呢？她們說，不知道呢。妳走回候診室，有點迷路，沿著走廊，妳走過很多區，呼吸區，神經區，心臟科，布置都大同小異。

一路張望，尋找那門。醫院總有這場景，兩側門對門，走廊出口對出口，對鏡般的走廊。直至看到妳姊，她獨自坐在淡綠色椅子上，姊姊就在這裡，記憶滿滿，她一直保有的憤怒，紅色，閃耀，刺激妳，如一顆石瘤心。

一五年的元旦新年剛過，妳就跟朋友們一起去布城，拉布條，去支持那些被霹靂州政府逼遷的農民上備忘錄，農民們把蔬菜、木瓜、柚子、番茄、長豆與青瓜，擺滿地上。政府把土地賣給了發展商。他們種菜的地契沒有了，被奪走了，他們想見霹靂州大臣被拒了五次。那一天，他們坐巴士南下到布城，帶來了許多蔬菜水果，五顏六色，顏色活潑潑地，擺放在他們站立的腳前，在土地局大樓前面。

世界總是混亂，政府與國家以各種合法步驟，來掩護犯罪的事，利益勾當也會給銜接成正確。妳不懂，這世界在權力的傾斜裡，到底會走到什麼地步。空間越來越小，像一件衣服越裁越窄。布城回來，妳和朋友們停在文良港，去南北花園夜市吃晚餐。妳的朋友沒吃素，只有妳只吃素，妳四處走動，有一個客家擂茶飯，有一攤檔齋亞參叻沙，放很多黃梨很多薑花很多黃瓜切絲。妳點了齋亞參叻沙，走回桌，座位對面，有個花檔，妳看到那個檔主，六十近七十，臉朝妳，但或許只是在看路人。臉頰菱角線條有點熟悉。薏米水來了，邊啜飲邊想，輪廓似曾相識，那花攤一桶桶菊花，文殊蘭，百合花，含苞待放。妳總無法平靜，起身走近。阿蓮姊，妳叫。起初她一時沒認出妳。

她出來好久了，莫名其妙坐了十一年牢。現在有點駝背，一旦對人放心後，言談間就流露出她本然的樣子。自從六九年五月暴動後，她和她丈夫就收到侵害國家的控狀書，不經審判關進監牢。世界變了好多，她說，以前每個人都在街頭上，現在做什麼講座，運動，都要在酒店，都要租房間，租會議室，真奇怪。妳看到她賣的還有紅色康乃馨。她有一輛囉哩，常去金馬崙載花。

妳跟她買了一枝白色百合花。她不肯收錢，送妳。

妳一路帶回家，坐在朋友車子裡，那花以一份報紙捲裹著，露出微開的花蕾。路邊的樹葉搖晃，不知那是什麼樹，從高處，像手指一樣揮別，再見，再見，再見。灰綠色的霧一陣湧動，溢出了每片葉子，很快就暗了下來。

有很長的時間，醒來後的每一天，是從鋪床開始的。鋪床，拉窗簾，關窗簾。把床單拉直，撫平。熨衣服。

妳收慣衣服。十四歲，妳後來死去的四姊十五歲，妳們一起去洗衣坊做工，那家店是日本人開的，妳在那裡第一次認識友梅。妳們三人一起看見有輛飛機航過高空，那機身細小，似一粒會發光的米粒在天上飛。天空好亮，妳學友梅，對它許了個願，它越飛越遠，直到看不見。

有這樣的日子，當我們把衣服收起來時，就像把太陽收回來。像收起許多個暖和日子的身體，洗淨後又會有新一輪時日。

靠著欄杆的鐵海棠，今天長出了一簇橘紅色的花瓣，連同橢圓翠葉一層層地藏起多刺的枝莖。在公寓底下，高速公路接通南北大道處，仍能看見，一座藍色礦湖，像雨水降落吉隆坡的眼淚。

礦湖很多，哪能全有名字，尤其位置隱密的那些。世界盡力給事物取名，有一些，妳覺得別有意義，像蜻蜓，人馬座，北斗七星，鬼針草，牽牛花，縫葉鳥，德步西，咖哩葉，蟬，黃薑飯，紅青火。還有從高空墜落，破裂後繁衍綿延的，像桃花心木，其蒴果呈螺旋風墜，這跟蛻落的蟲殼很像，最近妳在人行道上遇見幾次。妳蹲下來觀察，這些蛻殼，鬚腹纖毫皆具，真像本尊，但裡頭已然是空的。像看著生命往前過程中的死亡。

妳必須繼續，尋找，或進入，某種抵拒妳的邊界。妳不肯定它是不是存在，甚至無法具體說出，那到底在哪裡。妳總想，要學習一種能力，為了得回記憶，心知肚明，要恢復感覺，要醒覺地。趁自己還活著。

後記

我帶著小說搬遷好幾個地方，沒想到最後竟會在淡水寫下句點。小說原題《繁花盛開的森林》，七月初才定名為《蛻》。初稿是在新加坡開始的，之後回到金寶小鎮繼續寫作，時間一晃就三年多。直到三年前才搬來台灣，夏末九月，從學校回來開門進屋，午後陽光從紗窗照進走廊，心情有點舒暢時，才發現隔壁門牌上的數字，湊巧就是五一三。

在它旁邊住了三年，時間久了以後，我經常很擔心，小說會否完成不了。直到現在，仍然無法置信，小說已告一段落。由於忽然身在不同位置，對於國家、家，跟個體，總會想很多。這段突然跟家鄉拉遠的日子，也讓我得以跟近幾年來對身分認同漸趨穩定的想像，有了剝離，發現自己處於更多不確定的灰域，卻使得我更常去想，諸如什麼是「家」的問題，小說本來的敘述「動機」就有了變化。

也許因為聲腔開始改變，不只如此，連說話的速度也變慢。然而在家鄉，我說話速度總是很快，氣勢與自信感不同。身體的記憶，超出我心所以為的。我們說話交流，也總是在呼吸和屏息之間交替進行。若說身體就是保存記憶最後的餘地，那麼，家倒可說是語言的源起，是我們有欲望的聲音最初變成語言的地方。萬般不確定中以書寫為家，而文本，該是在這兩者之間替換得到的身體了。

在家以外，我們遵循的是文法標準的言語，語句都要完整，但在家裡，跟家人說話，即或說得一洞一洞，哪怕只有隻詞片語，或者語句未完，家人還是能夠意會。這麼多年以後，我滿喜歡採訪時聽到的許多說法與語彙，幾乎不可能以華文書面語來文雅地複寫。我就想，要盡量把口語織入書寫裡，要把這許多差異的時間和觀點織覆並存。

寫五一三時，不能不想到，歷史敘事，怎樣與國家制憲對「種族」的定義勾連。我想借用原住民的「部族」觀點，來補充一個被遺忘的視角。比如在馬來西亞半島，有一個原住民部族，族名叫Temuan，其意為相遇。世間事物有各種相遇，路的交叉，人際之相會，山脈相連也能成高原腹地。族群，本來就是帶著萬殊差異，從四面八方來到同一處生活的混雜群體。

對事件的詮釋不統一、駁雜，甚至不和諧，帶來繁複，最是自然不過。

至今，一些事件仍然會不斷反覆提起，為了強調是華人自己導致這暴動。比如，在暴動兩、三週前，在檳城，有個巫統黨員被殺害，屍體被潑紅漆，警方認為是其時鼓吹杯葛選舉的勞工黨成員下的手。五月四日晚上，一個年輕華裔工人林順成在甲洞馬路上塗寫杯葛選舉的標語，被警察槍殺，五天以後，勞工黨為他辦了萬人葬禮出殯。接著，十日全國大選，開票後，反對黨勝利遊行示威。五月十三日，第一件衝突在傍晚六點左右發生，根據 John Slimming 在 Malaysia Death of a Democracy 書中寫，觸發暴動的事因荒謬得無以復加，最初，在雪蘭莪州吉隆坡的文良港（Setapak）[1]，有一個華裔小孩被殺，但當消息傳到馬來甘榜時，不知怎地，以訛傳訛，竟傳成被殺死的是個馬來小孩，在不分青紅皂白的悲情之中，暴動蔓延整個吉隆坡。每個人都把自己看成是系統的受害者，這種邊緣的感覺瀰漫兩造。

到底導火線為何，官方版本（一九七〇年，國家行動委員會出版的報告書）認為原因是大選開票

[1] 馬來文地名 Setapak，位置在首都偏北，直譯其意，可為「一個地點」或「一步」。

之後，反對黨勝利遊行時，言行舉止囂張，觸怒馬來人。官方急於給事件定調，卻沒有去深化對歷史的討論，也沒有接納不同族群的看法。

要深化對歷史的討論，或者開闢討論，不能只用邏輯或順序發展來理解現象。至今，檔案依舊封鎖，現場逝去，不允公開討論，這集體記憶中的黑色歷史，在後來數十年，不斷反覆回繞成為政治幽靈。

雖然有以上的介紹，我希望這本書不被看成是輔助歷史了解的材料。文學選擇小寫，並沒有不對。我選擇以開清單般的方式，以一連串補充缺漏視角的小題，組成實驗性的書寫，目的是為了可以有最大弧度，在虛構裡伸縮地書寫被資料匱乏限制的面向，也為了可以擁有最大可能性去接近各人的身體與內在欲望、情欲與孤獨而來的，也許是一些生命邊緣但親密的發現。

我經常從一篇寫到另一篇，悄悄變更那些相似線索或符號的意義，使其意義或隱喻可以流轉、鬆動而不固定，好讓交流可以活絡，也讓各個部分與部分之間，點線連，就像還有絲線存在，保持希望，總不會全然封閉或斷絕。

記得數年前在採訪過程中，有一回，一個受訪者曾經吐出幾句憤怒之語，但受訪者很快又說明，自己依舊信任馬來人為友善的友族同胞。我在這次經驗裡感覺到，我們日常在臉書中、在報章裡複述的和諧美好話語，雖然善意，但已經對受難家屬，形成了莫明的壓抑。

為此，小說必須拒絕只奏和諧之音。雖然只要不去觸及那些負面記憶，彼此之間就可能輕鬆地和平共處，可是這樣就不能學會度越。

有些壞記憶或黑暗記憶，也許就是那條不和諧的歌弦，終有一日，卻可和往昔連接起來。故事的誕生也許始於，一個人想要解釋此刻，解釋生命怎麼來到這地步，如班雅明說的，為此，「必須從現在逃離」，以便可以深入地回憶過去，明白人生，為此刻重新講故事。因為當現在太過單一視角，喧囂的聲音無法讓人思考，就需要去看回過去，整理記憶的碎片，這是一種解放。

這過程中，我非常感謝馬來西亞作家黃琦旺以及兩位台灣作家童偉格和張亦絢，為馬來西亞版和台灣版《蛻》寫的序文，豐富了這本書，我覺得自己收到了非常珍貴的禮物。也謝謝他們都有細心地幫我指出小說裡的問題與細節疏漏，還慷慨地和我分享，對書寫未來可能性的發現。

校對的過程裡總是反覆修改，兩位編輯，吉隆坡大將出版社的盧姵伊（她也是九字輩的馬華散文作家）與在台北寶瓶出版社的張純玲，對我的任性甚有耐性與包容，我對她倆由衷深摯感激。也感謝國藝會馬華長篇小說創作發表專案的支持，以及給我這麼長時間的寬容，讓小說得以完成。

7月23日淡水關渡

【致謝】

感念

五一三事件在場者、家屬、同代人、朋友們。

特此致謝

在作者撰寫此書期間提供了許多幫助：傅向紅。覃心皓。鄭君聯。吳振通。林秋泉。殷玉珍。蕭思蓮。陳進豐。阿嬌。葉金龍。阿英。鐘金鈞。

《新海峽時報》（New Straits Times）。《每日新聞》（Berita Harian）。《星洲日報》。《南洋商報》。《新明日報》。台灣《中國時報》全文影像資料庫。

John Slimming（1969）。Malaysia: Death Of A Democracy。J. Murray London。

柯嘉遜。楊培根譯（2007）。《513——1969年大馬種族暴亂解密文件》。人民之聲出版。

林嫚婷（2007）。《五一三事件華人之集體記憶探討》。國立暨南大學東南亞研究所碩士論文。

林順成犧牲五十周年紀念工委會（2019）。《林順成烈士——新村人民的好兒子（林順成犧牲五十周年紀念）》。

五一三事件口述歷史小組（2020）。《在傷口上重生——五一三事件個人口述敘事》。文運出版社。

國家圖書館預行編目資料

蛻／賀淑芳著.——初版.——臺北市；寶瓶文化事業股份有限公司,2023.08
面；　公分,—（Island；326）
ISBN 978-986-406-372-7（平裝）

857.7　　　　112010868

Island 326
蛻

作者／賀淑芳

發行人／張寶琴
社長兼總編輯／朱亞君
副總編輯／張純玲
資深編輯／丁慧瑋　編輯／林婕伃
美術主編／林慧雯
校對／張純玲・陳佩伶・劉素芬・賀淑芳
營銷部主任／林歆婕　業務專員／林裕翔　企劃專員／李祉萱
財務／莊玉萍
出版者／寶瓶文化事業股份有限公司
地址／台北市110信義區基隆路一段180號8樓
電話／(02)27494988　傳真／(02)27495072
郵政劃撥／19446403　寶瓶文化事業股份有限公司
印刷廠／世和印製企業有限公司
總經銷／大和書報圖書股份有限公司　電話／(02)89902588
地址／新北市五股工業區五工五路2號　傳真／(02)22997900
E-mail／aquarius@udngroup.com

法律顧問／理律法律事務所陳長文律師、蔣大中律師
如有破損或裝訂錯誤，請寄回本公司更換
著作完成日期／二〇二三年五月
初版一刷日期／二〇二三年八月十日
ISBN／978-986-406-372-7
定價／四三〇元

馬華長篇小說創作發表專案

國藝會　PHISON 群聯電子股份有限公司　郭文德先生

AQUARIUS 寶瓶文化事業

愛書人卡

感謝您熱心的為我們填寫，
對您的意見，我們會認真的加以參考，
希望寶瓶文化推出的每一本書，都能得到您的肯定與永遠的支持。

系列：Island 326　書名：蛻

1.姓名：＿＿＿＿＿＿＿＿　性別：□男　□女

2.生日：＿＿＿年＿＿＿月＿＿＿日

3.教育程度：□大學以上　□大學　□專科　□高中、高職　□高中職以下

4.職業：＿＿＿＿＿＿＿＿

5.聯絡地址：＿＿＿＿＿＿＿＿＿＿＿＿＿＿＿＿＿＿＿＿

聯絡電話：＿＿＿＿＿＿＿＿　手機：＿＿＿＿＿＿＿＿

6.E-mail信箱：＿＿＿＿＿＿＿＿＿＿＿＿＿＿

□同意　□不同意　免費獲得寶瓶文化叢書訊息

7.購買日期：＿＿＿年＿＿＿月＿＿＿日

8.您得知本書的管道：□報紙／雜誌　□電視／電台　□親友介紹　□逛書店　□網路

□傳單／海報　□廣告　□瓶中書電子報　□其他

9.您在哪裡買到本書：□書店，店名＿＿＿＿＿＿　□劃撥　□現場活動　□贈書

□網路購書，網站名稱：＿＿＿＿＿＿＿＿　□其他＿＿＿＿＿＿

10.對本書的建議：（請填代號　1.滿意　2.尚可　3.再改進，請提供意見）

內容：＿＿＿＿＿＿＿＿＿＿＿＿＿＿

封面：＿＿＿＿＿＿＿＿＿＿＿＿＿＿

編排：＿＿＿＿＿＿＿＿＿＿＿＿＿＿

其他：＿＿＿＿＿＿＿＿＿＿＿＿＿＿

綜合意見：＿＿＿＿＿＿＿＿＿＿＿＿＿＿＿＿＿＿＿＿＿＿＿＿＿＿

11.希望我們未來出版哪一類的書籍：＿＿＿＿＿＿＿＿＿＿＿＿＿＿＿＿

讓文字與書寫的聲音大鳴大放

寶瓶文化事業股份有限公司

（請沿此虛線剪下）

廣 告 回 函
北區郵政管理局登記
證北台字15345號
免貼郵票

寶瓶文化事業股份有限公司收

110台北市信義區基隆路一段180號8樓
8F,180 KEELUNG RD.,SEC.1,
TAIPEI.(110)TAIWAN R.O.C.

（請沿虛線對折後寄回，或傳真至02-27495072。謝謝）